Das Cover-Motiv wurde von der

Berliner Künstlerin Mona Pfürtner gemalt,

und mir von Frau Dr. Irmgard Pfürtner-Bloos

freundlicherweise zur Verfügung gestellt.

Herzlich Dank dafür.

Für Julius und Nils

Wenn Geduld nicht ausreicht, um das Warten zu ertragen,

macht Schmerz sich breit, der die Seele foltert

aufgewühlt zischende Gischt steigert die Sehnsucht

während die Gelassenheit im Meer versinkt

mit jeder sich brechenden Welle schlägt Besorgnis dein Herz,

worauf sich Raureif setzt

nur wohltuende Gedanken an das Kommende

lassen die Eiseskälte tauen und das Gemüt

mit süßer Salbe der Hoffnung heilen

G.G.

Günter George

Ben,

mein Kind in einer anderen Welt

Sie waren froh, endlich das Motel erreicht zu haben. Viel zu lang schien die Fahrt gewesen zu sein. Bis hier her haben die Kinder trotz der langen Strecke gut durchgehalten. Doch nun sind alle geschafft.

„Lass den Kleinen noch schlafen, während wir auspacken", flüsterte Alex Hannah zu und strich dem Jungen über die Wangen, der im Kindersitz tief schlummerte und die Hand seines Vaters nicht spürte. Gut so, denn im wachen Zustand würde sich Ben kaum berühren, geschweige denn zärtlich streicheln lassen.

Hannah, seine Mutter stieg lächelnd aus, als sie den zufriedenen Ausdruck in Ben 's schlafendem Gesicht sah. Sie nahm die Papiere aus dem Handschuhfach, ermahnte dabei Susi nicht sofort wieder fortzurennen.

„Ich gehe mit dir Mama", bot sich Tina an.

„ Ja, komm, wir werden schon mal einchecken. Alex, sieh nach Susi, bitte."

Die Strenge in ihrer Stimme zeigte ihm, dass nun der Zeitpunkt gekommen war, endlich Ruhe zu finden, sich lang zu machen und abzuschalten und Kraft zu sammeln für den nächsten Tag.

Susi, 6 Jahre alt, und in ihrer Art manchmal kaum zu bändigen, war dabei den Parkraum zu vermessen und die verschiedenen Autos auf dem Parkplatz des Motels zu zählen. Dabei versuchte sie es in Englisch zu tun, was ihr misslang, ihren Vater jedoch erheiterte.

Alex lehnte entspannt am Van und beobachtete Susi, die singend auf einem Bein hüpfend die parkenden Autos umrundete.

Die langen roten Zöpfe flogen ihr bei jedem Hüpfer ins Gesicht.

Er hielt sich schützend die Hand wie einen Schirm vor die Augen, weil ihn die noch warme Abendsonne blendete.

Nun ist sie auch schon ein großes Kind, wird Mitte des Jahres eingeschult, dachte er.

Doch vom Typ her ganz anders als ihre 14-jährige Schwester Tina, die vernünftig, ruhig und manchmal schon fast zu erwachsen wirkt. Sie ist Klassenbeste in ihrer Schule und in fast allen Belangen ein tadelloses Kind. Manchmal schleichen sich in Alex' Gedanken sorgenvolle Nuancen ein, ob dieser perfekten Vollkommenheit. Die Bedachtsamkeit und Ruhe, die das junge Mädchen ausstrahlt, brachten den Vater oft ins Grübeln. Eine ausgesprochene Schönheit ist sie obendrein, kommt nach ihrer Mutter.

Mag die bevorstehende pubertäre Phase noch einiges an ihrem Verhalten ändern, doch im Grunde bleibt sie wohl die Perfektionistin. Kommt sie vom Klavierunterricht nach Hause, lässt sie keine Minute verstreichen, um anschließend hastig zu beginnen, das eben Gelernte in mindestens 2-stündiger Übung noch zu verfestigen. So, wie sie jede Herausforderung angeht. Niemals hört man sie klagen.

Auch kann man ihr stets die Beaufsichtigung ihres Bruders Ben übertragen, noch nie war sie nachlässig oder missmutig, wenn Dinge zu erledigen waren, die andere Kinder ihres Alters nur ungern tun. Sie hat wie sonst niemand den Weg gefunden, Bens geistige Betonkuppel zeitweise aufzubrechen und in das von Eisblumen in Milchglas verwandelte Fenster seines Lebens kleine Löcher hineinzuhauchen. Tina weiß ihren Bruder anzusprechen, wenn er sie mit fragenden Augen ansieht.

Verträumt lenkte sich Alex' Blick in den Innenraum des Fahrzeugs, wo Ben noch immer den Schlaf der Gerechten hielt, den Malstift in der rechten Hand wie einen Haltegriff fest umschlungen. Ben war im Januar 10 Jahre alt geworden.

Ja, er ist das Sorgenkind der Familie. Seit sie vor einer Woche in den USA gelandet waren, hatte Ben vielleicht 5-6 unvollständige Sätze mit ihnen gesprochen. Ansonsten äußert er sich wie gewohnt verbal lediglich mit kaum hörbarem, fortdauernde ja oder nein, mit Nicken oder Kopfschütteln, das er erst dann beendete, wenn man die Hand auf sein Knie legt oder ihm ein lauteres „Es ist gut, Ben" direkt ins Gesicht spricht.

Ansonsten erledigt er notwendige Konversation fast ausschließlich über seine Zeichnungen.

Das tonangebende Objekt in seinen Bildern ist ein Amselmännchen aus dem heimischen Garten. Seit Langem sein uneingeschränkter Favorit. Dieser Vogel sang im vorletzten Frühling jeden Morgen und jeden Abend eine besondere Melodie, eine Art Jingle, den Ben in sich abgespeichert hat und seitdem manchmal 30-40-mal hintereinander monoton vor sich hin pfeift.

Rief Hannah ihn zum Essen, oder ließ seinen Namen laut durchs Haus schallen, antwortete Ben manchmal fast automatisch mit einem zigfachen Jingle des Amselmannes. Dieser Gesang versetzte ihn zuweilen in eine charakteristische Hochstimmung, die seine Eltern freudig erregt zur Kenntnis nahmen.

Er zeichnet den Vogel seit diesem besagten Frühling in allen Variationen und Lebenslagen. Mal lächelnd, mal traurig, mal in Originalfarben und dann verspielt übertrieben bunt, wie einen Paradiesvogel.

Er verknüpft in seinen Zeichnungen Erlebtes mit scheinbaren Wunschvorstellungen, lässt den Vogel Ball spielen oder Straßenbahn steuern, Fahrrad fahrend oder mit einer Einkaufstüte unter dem Gefieder auf dem Gehweg herumspazieren. Aber auch mit Doktorhut und vor dem Computer sitzend.

Für jede alltäglich anmutende Situation musste dieses Tier in Ben's Zeichnungen bereits Modell stehen.

Der Junge lebt in einem einzigartigen Exil, das sich glaskuppelförmig über seine Persönlichkeit gestülpt hat. Gefühlsregungen verlassen seinen Körper, sein Gesicht oder seinen Augen äußerst selten. Seine Individualität wird von einer merkwürdigen Stille belagert, die kaum zu deuten ist und noch weniger zum aktiven Leben geweckt werden kann. Persönliche Beziehungen geht er so gut wie gar nicht ein, obwohl er sich unbewusst zum Zentrum in der familiären Struktur entwickelt hat, und jeder sich auf ihn eingestellt hat.

Sein Sozialverhalten, was kaum veranschaulicht werden kann, zeigt sich wechselhaft und manchmal unkalkulierbar.

Er bewegt sich in einem Raum, dessen Ausmaße sich ständig verändern. Sie changieren von der erdrückenden Enge eines Kellerverlieses, bis hin zu opernhausähnlichen Weiten, sichtbar gemacht in seinen kommunikativen Bildmitteilungen.

Die Magie seiner Zeichnungen, durch die er sich hinauswagt aus seiner verschlossenen Welt, umschreibt sein

Inneres, sein Mitteilungsbedürfnis und seinen nonverbalen Wortschatz.

Der kleine Amselmann, den er bildhaft auf die Reise schickt, um Familie und Umwelt wortlose Nachrichten aus seinem Seelenleben zu überbringen, wird mehr und mehr zum Tunnel nach außen. Sind seine Nachrichten letztlich Fragen, die nicht auf Beantwortung warten können? Oder sind es Warnungen? Hinweise auf Konsequenzen, die bei Fortführung irgendwelcher Handlungen, oder Aktionen zu irreparablen Schäden oder Nachteilen führen würden?

******

Während des zwölfstündigen Fluges in die USA blickte er fast ständig stur und gelangweilt aus dem Fenster, um zwischendurch kaum Erkennbares auf seinen Zeichenblock zu bringen, bis ihn plötzlich eine seltsame Unruhe erfasste. Er überkritzelte blitzartig unter massivem Keuchen seine Zeichnungen, rieb sich heftig die Augen, rutschte im Sitz hin und her, atmete rasend schnell und bekam Schweißausbrüche. Sein Vater versuchte vergeblich ihn zu beruhigen. Die Verwirrung in ihm verstärkte sich mit jedem weiteren Versuch sie einzudämmen. Die anderen Fluggäste wurden auf sein Verhalten aufmerksam und steckten die Köpfe zusammen.

Ihre Aufmerksamkeit wurde erst unterbrochen, als das Anschnallzeichen an der Kabinendecke aufleuchtete und die Durchsage des Flugkapitäns für die nächsten Minuten schwere Turbulenzen ankündigte. Alex half Ben den Gurt anzulegen und versuchte seine Wangen zu streicheln. Erst danach legte sich zögernd die Unruhe in dem Jungen.

Nach dem Abklingen der Turbulenzen begann Ben wieder unbekümmert zu zeichnen, so, als hätte es die vorherigen Augenblicke voller Angst und Unruhe nie gegeben. Im Flugzeug herrschte kurzzeitig eine unbeschreibliche Stille. Man konnte nur das erleichterte Durchatmen einiger Fluggäste hören.

Hannah, die alles beobachtet hatte, ließ sanft ihre Hand auf Alex' Bein gleiten und nickte ihm beruhigend zu.

Ben zeichnete jetzt wieder seinen Liebling.

Die Szene im Flugzeug reihte sich in die Palette der nicht beschreibbaren Ereignisse um seine Person ein. Bens besondere Stimmungslage, die bewusst oder unwillkürlich ein bevorstehendes Ereignis ankündigte. Hier im Flieger waren es die drohenden Turbulenzen, die das Flugzeug und die Passagiere kräftig durcheinanderschüttelten und Ben schon vorher in massive Unruhe versetzt hatte. Und zu Hause? Wie oft schon hatte Ben mit seinen „Vorahnungen" alle verblüfft und nachdenklich gemacht.

Selbst Professor Ostheim, der Ben seit seinem 3. Lebensjahr medizinisch begleitete, konnte bisher keine Erklärung für dieses phänomenale Verhalten finden. Die merkwürdigen Gefühlswallungen des Kindes waren weder nachzuvollziehen noch belegten hierzu irgendwelche fachärztliche Abhandlungen schlüssig dieses Phänomen. Kein Wissenschaftler, der sich mit den Auswirkungen dieser Erkrankung beschäftigte, hatte bisher ähnliche Geschehnisse beschrieben.

In der pädagogischen Einrichtung, die sich für Ben als ein zweites Zuhause darstellt, gilt der Junge als Musterschüler. Sein Aufenthalt dort vollzieht sich ohne Probleme. Hier nutzt er anscheinend

die Abgeschiedenheit seines Exils fernab der Familie und jeglicher unmittelbaren Fürsorge.

Wie selbstverständlich steigt er morgens ins Auto, wenn Hannah ihn in die Tagesstätte fahren will. Bei der Rückkehr räumt er seine Malsachen in sein Zimmer, legt sie griffbereit auf seinen Schreibtisch, um sie wie ein Angestellter, der sich unerledigte Arbeit nach einem langen und anstrengenden Bürotag mit nach Hause genommen hat, anschließend sorgfältig zu beenden.

Meistens waren es banale Dinge, die durch Ben' s Verhalten eine völlig andere Bedeutung und Dimension bekamen. Sie wurden von der Familie anschließend besprochen, durchdacht und neu geordnet. Verhaltensweisen wurden neu definiert und mit anderen Namen und Bezeichnungen versehen. Verschlüsselte Zitate, wie Spione sie anwenden könnten, dienten als Benennung für Handgriffe, Vorhaben, Umstände oder Gemeinsamkeiten.

Aus „zur Toilette gehen" wurde „Anklopfen", da Ben neuerdings vor jedem Gang ins Bad an die Badezimmertür klopfte und erst nach Ausbleiben einer Antwort den Raum betrat.

Vor einigen Wochen saß er auf der Terrasse und malte gedankenversunken in seinem Heft. Hannah verfolgte das Geschehen nebenbei von der Küche aus, und sah, wie ihr Sohn wiederholt in die Wolken aufblickte und geblendet in die Sonne blinzelte, die aus dem sommerlichen Himmel auf sein Gesicht brannte.

Ben beobachtete zwischendurch die abseits gelandete Amselfraktion, die sich aufgeregt um die besten Plätze am Vogelbad stritt. Er zeichnete diese Szene und stellte dabei einen der Vögel farblich und größenmäßig explizit heraus. Zwischendurch hob er wieder den Kopf und schaute gen Himmel.

Minuten später legte er abrupt die Malstifte zur Seite, sah noch einmal prüfend in die Wolken und rannte unvermittelt ins Wohnzimmer. Mit beiden Armen umklammerte er den großen Übertopf, in dem der Gummibaum wie ein Mast im Wind schwankte, und wuchtete den Kübel ins Freie.

Sein Gesicht lief unter der dessen Gewicht rot an.

Am Rand der Terrasse ließ er die Last vorsichtig ins Gras sinken, zog sein Höckerchen heran, setzte sich drauf und starrte abwechselnd in die Wolken und auf das Gewächs. Mit der linken Hand zur Hälfte die Augen verdeckend blickte er in die Sonne, wie der Besucher einer Flugshow, der erwartungsvoll auf die kunstvollen Loopings der Flieger lauerte. Hannah wollte sich gerade wieder ihrer Beschäftigung zuwenden, doch das Geschehen draußen ließ sie in ihren Bewegungen verharren.

Es schien sich etwas Geheimnisvolles zu ereignen.

Die Sonne verschwand nach einigen Minuten wie ein ängstliches Kind hinter den Wolken, als würde sie vor einer drohenden Dämmerung fliehen. Der plötzlich aufkommende Wind gab dem Gummibaum kräftige Stöße in die Flanke und fuhr ihm wild durch die Blätter. Hannah verließ die Stütze bietende Seitenwand des Schrankes und ging gespannt zur Terrassentür.

Entsetzt und angespannt presste sie die Hand gegen die Lippen und verfolgte mit sorgenvollem Gesicht das weitere Ereignis.

Am Terrassenausgang flogen die Gardinen wie Gespenstertücher zur Seite und drehten sich gegen die geöffnete Glastür, wobei sie Hannah's Gesicht leicht streichelten. Ben starrte nach wie vor angestrengt und entschlossen zum Himmel, wo sich mittlerweile wie bestellt ein kräftiges Gewitter aufbaute.

Die Mutter störte ihren Sohn nicht, griff nicht ein, überließ Ben seiner verschlossenen Welt, wo sich der Himmel mittlerweile schmerzerfüllt ausweinen wollte. Der Regen hämmerte auf den Gartentisch und ließ mit voller Wucht tausend Tropfen wie Querschläger seitlich hochschnellen. Wie Geschossgarben schlugen kleine Hagelkörner in das mittlerweile verwaiste Vogelbad.

Die Amseln hatten längst kapitulierend ihren Streit beendet und nahe gelegene Schutzzonen in den Hecken aufgesucht. Überfallartig aufkommende Windböen gaben Bens Zeichnungen kräftige Schwünge, und ließen sie flatternd durch die Luft fliegen.

Sie landeten schutzlos und müde auf dem Rasen; die schwarze Farbe verwischte sich aufgeweicht und floss unwiederbringlich in den Erdboden, der sie gierig aufsaugte.

Ben hockte hartnäckig wie versteinert vor dem Gummibaum, als wartete er auf eine Empfindung der Pflanze, lauerte auf ihre Reaktion, wollte anscheinend Antworten oder Fragen des Gewächses. Nicht einmal der starke Regen, der ihn mittlerweile völlig zudeckte, oder die zuckenden Blitze, auf die sich dröhnende Donnerschläge unmittelbar anschlossen, konnte die betonierte Unbeweglichkeit dieses kleinen Menschen erschüttern.

Hannah spürte nicht die Tränen, die über ihre Hand flossen. Nur mühsam konnte sie den Schwindel, der ihre Sinne vernebelte, bekämpfen. Sie sah mitleidvoll auf ihren Sohn, der mit fester Entschlossenheit beobachtete, wie die Wolken ungehemmt ihre Regenlast auf die Blätter des Gummibaums abluden und sie als schmale Rinnsale zu Boden gleiten ließen.

Wer oder was mag das Kind zu diesen Handlungen animiert haben? Langsam dämmerte es in Hannah. Erst vor ein paar Wochen hatte sie einige Pflanzen auf den Rasen gestellt, damit der frische Regen die Gewächse aufmuntern möge.

Da kein einziger Tropfen fiel, holte sie die Blumen zurück ins Haus und stellte sie wieder an ihre Plätze. Scheinbar hatte Ben alles beobachtet. Und wieder hat er seine Mutter mit dieser Aktion zum Nachdenken gezwungen. Neue Gedanken in ihr aufgeschüttelt, wie ein ungemachtes Bett. Sie wurde daran erinnert, dass das Leben ihres Sohnes keine Einbahnstraße ist, dass sein Gemütspegel weitaus größere Ausschläge zu vollziehen imstande ist, als sie alle in der Familie sich bisher haben vorstellen können.

Nur mitteilen, nein mitteilen wird er es ihnen wohl nie.

Nicht in der Art und Weise gewöhnlicher Menschen, die sich durch Unterhaltung mittels Wortschatzes und Gesten verständigten.

Während sich für gesunde Menschen ihre Hände, Augen, oder Gesicht zur Unterstützung der Ausdrücke anbieten, bleibt Ben's Sprache geheimnisvoll und verhüllt in seinen Bildern.

Kein geschriebenes Wort berichtet über sein Inneres, gibt Auskunft über seine Gedanken, seine Gefühle, sein Denken und Handeln. Nur seine Bildsprache gibt Aufschluss über sein Inneres.

Er macht es unsichtbar. Öffnet sein gemaltes Vokabular gelegentlich nur einen Spalt breit, wenn man in den Bildern etwas zu erkennen vermag. Das Gesehene und Erlebte gibt er in Bildnissen mit farbverspielter Sprache wieder. Die Kolorierungen reflektieren seinen Gemütszustand, lassen in ihn hineinblicken, seine Schreie oder sein Lachen zutage treten.

Durch Worte jemanden zu kränken ist ihm nicht gegeben, einen Menschen mit freundlichen Gesten zu streicheln, kennt er nicht.

Und im letzten Herbst geschah etwas, was alle in Angst und Schrecken versetzte. Ben war verschwunden. Gerade noch spielte er auf dem Rasen. Nur kurz hatte sich Hannah vom Küchenarbeitsplatz, der ihr einen perfekten Blick auf die Terrasse samt Garten bot, verlassen, um ihren Klassik-Sender im Radio einzustellen. Als sie nach einer Minute zurückkehrte, war Ben nicht mehr zu sehen. In panischer Angst rannte sie aus dem Haus, sprang über die Buchsbaumhecke, um anschließend rufend die Nachbargrundstücke abzusuchen.

Dr. Scheller, der das Nachbarhaus bewohnte und bei Ben ein und aus ging, wurde durch die lauten Rufe ins Freie gelockt und hastete sofort der aufgebrachten Frau hinterher.

Hannah schrie verzweifelt nach Ben, sich dabei aufgeregt und ängstlich mit den Fingern durch die Haare fahrend.

Alle beteiligten sich an der Suche. Alex und Hannah befürchteten, dass ihr Sohn wieder einmal gedankenversunken das Grundstück verlassen hat, um sich auf der in Sichtweite liegenden Ruinenstätte umzusehen. Jetzt wurde dort gesucht.

Erst vor ein paar Tagen hatten Alex und Ben hier die Abrissarbeiten der alten Brauerei besichtigt. Still hatte das Kind, zeitweise die Hand seines Vaters haltend, gelangweilt dagestanden und unbeeindruckt das wiederkehrende Aufschlagen der Abrissbirne auf die alten Gemäuer verfolgt. Unbeweglich beobachtete er den Einsturz der großen Giebelwand, die sich unter riesigen Staubwolken in einen Schuttberg verwandelte.

Nach schwerem Luftholen folgte das erneut ächzende Aufbäumen des Baggers, dessen Ausleger kraftvoll und zielgenau die schwere Eisenkugel in die aufgerissenen, verwundeten Wände der Gebäude schwang. Vor Jahren hatten hier Männer mit hochgekrempelten Ärmeln und verschwitzten Gesichtern die Holzfässer mit Bier gefüllt und durch diese Arbeit ihren Familien ein genügsames, aber zufriedenes Leben ermöglicht.

Die herrschaftlichen Bauwerke aus der Jahrhundertwende mit ihren stolzen Sandsteinfassaden, den vornehm aufgesetzten Giebeln und den bogenförmigen Fenstern, waren einst von zylinderbehüteten Männern mit wohlgeformten Bärten durch mit Musik untermalten Reden würdig ihrer Bestimmung übergeben worden und hatten Rezessionen, Kriege und Unwetter mutig überlebt. Doch nun mussten die alten Häuser gedemütigt weichen, waren den gnadenlosen Abrissmaschinen schutzlos ausgeliefert.

Schwere Lastwagen transportierten eifrig die steinernen Leichenteile der Gemäuer zu entfernt liegenden unbekannten Gräbern, in denen sich ihre Geschichte für immer verlor.

Kommentar – und teilnahmslos hatte Ben damals die Sprengung des riesigen Schornsteins beobachtet, der in einer gigantischen Nebelwand wie gekränkt schreiend zusammenbrach, als hätte man einem Riesen die Beine weggezogen.

Den kindlichen Beobachter erfasste nicht die kriechend wachsende Hilflosigkeit, unter der die alten Gebäude ihre Existenz nach und nach aufzugeben verurteilt waren.

Kein einziges Mal vernahm der Vater eine Gefühlsregung in der Hand seines Sohnes, die für Augenblicke gleichgültig in seiner ruhte. Alex registrierte dieses inaktiv starrende Gesicht seines Sohnes nur sehr kurz sorgenvoll, denn es war wie immer eine nicht außergewöhnliche Reaktion. Außerordentliche Ereignisse wurden von diesem Kind stets mit apathischer Mimik quittiert. Er ließ es prüfungslos als alltäglich geschehen. Doch auch hier in den Trümmern konnten die Suchenden das Kind nicht finden. Man fahndete in panischer Erwartung weiter.

Ähnliches war bereits im Frühjahr einmal vorgekommen. Sie fanden Ben damals nach ausgiebiger Suche im gläsernen Wartehäuschen der nahen gelegenen Bushaltestelle. Gedanken versunken mit dem Reißverschluss seiner Jacke spielend, saß er auf der vollgekritzelten Holzbank, erwartungsfroh durch die mit Graffiti verschmierten Glasscheiben in Richtung Straßenkreuzung blickend.

Unabhängige Beobachter hätten vermuten können, dieser ungeduldige Fahrgast würde sich über einen Sitzplatz mit guter Aussicht sorgen und die Ankunft des Busses nunmehr gespannt ersehnen.

Doch auch hier an der Haltestelle, keine Spur von Ben.

Nach geraumer Zeit konzentrierte man die Suche auf das Innere des elterlichen Hauses, wo Alex seinen Sohn Ben schließlich in der Abseite im Dachgeschoss fand.

Im ausgebauten Dach des Hauses stand vor der Südseitenwand eine alte, schwere, eisenbeschlagene Kommode, die den Einstieg in die Abseite, welche als Stauraum diente, großzügig verdeckte. Immer wieder hatte Hannah ihren Mann gebeten, hier doch endlich eine Tür einzubauen. Mit leerem Blick vor sich hinstarrend kauerte Ben in der äußersten Ecke, und nahm kaum wahr, dass Alex ihn mit hartem Griff am Pullover herauszog.

Wie war es ihm gelungen, die schwere Kommode zur Seite zu bewegen, um durch die schmale Öffnung zu schlüpfen, und anschließend die Luke wieder von innen mit dem Möbelstück zu verbarrikadieren? Noch tagelang hatten Hannah und Alex über diese Begebenheit geredet und sich neue Verhaltensregeln gegeben, um weitere Aktionen dieser Art künftig weitestgehend ausschließen zu können. Hannahs Vater, Johannes Lendte, den man noch in der Nacht von dem Zwischenfall in Kenntnis setzte, konnte das Geschehene kaum fassen.

Der Großvater lebte auf dem Lande und kam nur ungern in die Stadt, wenn, dann auch nur, um seine Tochter zu besuchen.

Zu seinem Schwiegersohn Alex hegte er eine zwiespältige Beziehung, die oft wellenförmig das gegenseitige Verhältnis ausdrückte. Mal redet Johannes in höchsten Tönen von ihm, um ihn im nächsten Moment für sämtliches Negative in der Familie verantwortlich zu machen. Trotz hoher Intelligenz, die den pensionierten Familienrichter auszeichnete, fiel er hin und wieder in eine geistig einspurige Denkweise zurück, die Hannah manchmal dazu nötigte, den Kontakt zum Vater tagelang einzufrieren.

Nur wenn der Großvater Sehnsucht nach seinen Enkelkindern verspürte, sah sie sich veranlasst, die Verbindung wieder aufleben zu las

*****

„Wir können das Zimmer im Motel beziehen,“! Hannah riss Alex aus seinen Gedanken und ihn buchstäblich hochschrecken.

„Ja, lasst uns hineingehen, ich werde Ben aufwecken", antwortete er noch ziemlich durcheinander. Ben erwachte im Kindersitz und starrte seinen Vater an. Keine außergewöhnliche Geste sprach aus seinem Gesicht, kein Erstaunen ob des plötzlichen Aufwachens, keine Regung ließ seinen Ausdruck verändern, als Alex die Sicherheitsgurte öffnete.

Ben folgte ihnen fast stumpfsinnig mit mechanisch wirkenden Schritten ins Motel.

Nachdem die Kinder in einen schnellen Schlaf gesunken waren, kamen Alex und Hannah endlich zur Ruhe. Sie ließen den Tag noch einmal Revue passieren und überlegten, wie jeder den neuen beginnen sollte. „Ich wollte heute noch Pit Maurer anrufen": fiel Alex fast erschrocken ein, „Er wird schon warten"!

Pit Maurer, sein Freund aus Studienzeiten, lebte jetzt in Los Angeles. Als Professor für Erdgeschichte und Paläontologie an der Uni in München war er seinerzeit einer derjenigen, die in Alex die Begeisterung für die Geologie so richtig gedeihen ließen.

Die beiden lernten sich während einer chaotischen Unifeier kennen. An diesem Abend hörte er gespannt zu, als Pit abseits vom Fetentrubel euphorisch vom Zauber der Forschung zur Ermittlung des Erdalters sprach. Alex war gefangen von der Art und Weise, wie sein späterer Freund das Wunder der Geologie gekonnt und voller Wissen farbenfroh und spannend ausmalte.

Der sprach von der Schönheit unserer Erde, wie von einer schönen Frau, die ihn mit ihrer Vielzahl von noch verborgenen Geheimnissen schon immer faszinierte. Deren Rätsel man wohl nie vollständig aufdecken könne, keinesfalls vor ihrer bevorstehenden völligen Vernichtung durch den Menschen.

Alex spürte auch den Schmerz in den Worten, wenn sein Freund vom Baumsterben, der Klimakatastrophe, den Hungersnöten, den Überschwemmungen, der Trinkwasserknappheit und der Vielzahl der Kerben sprach, die der Mensch in die Haut von Mutter Erde Tag für Tag aufs Neue hineingräbt.

Pit Maurer weckte in Alex den Drang, mehr über die zeitgeschichtliche Entstehung der Erde zu erfahren, neue Entdeckungen zu verfolgen, die Erdgeschichte mit den Händen zu begreifen. Dieser Abend war verantwortlich für die nachfolgenden unzähligen Besuche seiner Vorlesungen als Gaststudent.

Alex der Student im letzten Semester Lehramtsstudium, und Pit der Professor für Erdgeschichte, schlossen eine innige Freundschaft. Die Liebe zur Geologie und zu Pink Floyd hielt ihre starke Verbundenheit am Leben.

Die Universität in Los Angeles bot Pit seinerzeit eine Gastprofessur an, die er auch postwendend annahm.

Trotz der großen Entfernung und der Seltenheit persönlicher Kontakte blieb ihre Freundschaft erhalten. Und nun sollte die absolute Krönung aller bisherigen gemeinsamen Unternehmungen ihren Verlauf nehmen. Hannah merkte schon seit Stunden, dass Alex seine Ungeduld nicht mehr lange verbergen konnte. Der Urlaub mit der Familie war für ihn im Grunde nur das Mittel zum Zweck, um endlich sein lang gehegtes Vorhaben in die Tat umzusetzen. Mit dem Anruf bei Pit Maurer sollte nun das Abenteuer beginnen und die Familie ins zweite Glied rücken lassen.

Hannah fand sich schon jetzt damit ab, die nächsten Tage allein mit den Kindern etwas unternehmen zu müssen, während Alex und Pit Maurer das Death Valley erkunden würden.

Auf keinen Fall würde sie ihrem Gatten Vorhaltungen machen, oder ihm das Vergnügen, auf das er sich nun schon so lang freute, durch eigenes Anspruchsdenken vergällen.

Vielleicht würde sich Ellen, die Ehefrau von Pit ja doch noch ein paar Tage frei nehmen können, um Hannah Gesellschaft zu leisten und ihr mit den Kindern die Zeit vertreiben helfen.

Ellen hatte seit einigen Wochen die Leitung der Politik-Redaktion bei KSLA, einem der maßgeblichen Fernsehsender in Los Angeles übernommen. Für die junge Journalistin bot sich damit ein riesiger Karrieresprung.

Die ursprüngliche Zusage, mit Hannah einige Tage zu verbringen, während die Männer ihrem Hobby nachgingen, musste sie deshalb kurzfristig rückgängig machen, denn der neue Job verlangte ab sofort ihr uneingeschränktes Engagement. An Urlaub war momentan absolut nicht zu denken.

Im ersten Moment stimmte Hannah diese Mitteilung traurig, um jedoch später verständnisvoll Ellen den Rücken stärkend ihr für den Job alles Gute zu wünschen. So würde sie voraussichtlich die nächsten Tage allein mit den Kindern verbringen.

Was konnte Lone Pine und die Einöde der näheren Umgebung ihr und den Kindern bieten? Dieser Ort, den sich Alex und Pit für den Start ihrer Exkursion gewählt hatten, weil er die besten Voraussetzungen für die Pläne der Hobbygeologen besaß.

Da Pit von Los Angeles aus südlicher Richtung anreiste und sie so unnötigen Zeitverlust vermeiden würden, bot Lone Pine sich schon aus geographischer Hinsicht als Startrampe an.

Die Nähe zum Mount Whitney und zum Death Valley machte den Ort zum idealen Ausgangspunkt für Wanderungen und Bergtouren. Geschäfte und Läden hielten das notwendige Equipment für Abenteurer jeglicher Art in reichhaltiger Auswahl vor.

Doch für Hannah und die Kinder??

Egal, sie wischte all ihre Bedenken weg und freute sich letztendlich doch auf die Tage, die sie mit ihren Kindern allein verbringen wird, für die es bestimmt eine willkommene Abwechslung sein könnte. Während Alex mit Pit telefonisch den ersten Tag der Exkursion plante, blätterte Hannah lustlos, nur die Zeit überbrückend, in einem uninteressanten Lone Pine Prospekt.

Die Kinder schliefen in einem Nebenzimmer, durch dessen leicht angelehnten Tür Hannah ihre Atemzüge wahrnahm, was sie mit zufriedenem Lächeln kommentierte.

Ihre Aufmerksamkeit fiel auf eine Bilderserie über den nahe gelegenen Lake Diaz, dessen Ruhe und natürliche Schönheit ausführlich beschrieben wurde. Vielleicht sollte sie dort den nächsten Tag verbringen. Das Wetter wäre hierfür geeignet, nicht zu heiß, sodass die Kinder ungefährdet über längere Zeit draußen sein könnten. Beim Frühstück würde sie Alex ihr Vorhaben unterbreiten und sich geduldig noch seine üblichen Verhaltensvorschriften anhören.

Alex, vertieft in den Planungsgesprächen mit Pit, fiel nicht auf, dass sich Hannah ins Bad begab, um sich anschließend grußlos in Bett zu legen. Sie wollte sich nicht in das Männergespräch einmischen und ihn schon gar nicht bei seinen Vorbereitungen stören.

Hannah nahm ihrem Mann den Enthusiasmus, der ihn in sein persönliches Abenteuer trieb, nicht übel. Sie ließ ihm wie gewohnt alle möglichen Eigenständigkeiten.

Ihre Ehe war seit eh und je von persönlichen Freiräumen geprägt, die einer dem anderen gönnte. Diese Verhaltensweisen hatten sich ausgesprochen gut bewährt.

Auch dass Hannah ihre eigene berufliche Karriere nach Tina 's Geburt aufgab und sich vollkommener Kindererziehung und der Familie widmete, war nie Gegenstand irgendwelcher Diskussionen oder gar Vorhaltungen. Nur ihr Vater, Johannes Lendte, der seinerzeit die Heirat seiner Tochter grundsätzlich ablehnte, versuchte deren Vorhaben, die Musik zu Gunsten der Familie aufzugeben, ihr vehement auszureden.

Doch alle Gegenreden blieben erfolglos.

Hannah wollte Mutter sein, absolut mit Körper und Geist. Diese Rolle hatte sie verinnerlicht.

Keinen Gedanken ließ sie zu, der eine Rückkehr in die Welt Yehudi Menuhins erlauben würde. Diesem Künstler, den die Frau so sehr verehrte, hätte sie früher einmal gerne ihr Können bewiesen. Unter seinem Dirigentenstab zu spielen, war nur ein Traum geblieben. Bisweilen, und dann nur in stiller Stunde, kam immer wieder, trotz allen Pflichtgefühls gegenüber ihrer Familie, zaghaft Wehmut in ihr hoch und sie dachte an die Zeit, in der sie als aufstrebende junge Solo-Geigerin die Konzertsäle in Deutschland vor Applaus beben ließ. Fachlich versierte Kritiker sagten ihr eine vielversprechende Karriere voraus.

Doch schlug sie erfolgsträchtige Angebote weltweit renommierter Konzertagenturen aus, um sich von der Musik zu entfernen und sich ganz und gar der Familie zu widmen.

Und immer dann, wenn sie ihre Kinder zufrieden schlafen sieht, wischte sie alle Zweifel weg, und war sich sicher, dass sie den richtigen Weg gewählt hatte. An die Kinder das Musikwissen weiterzugeben, besänftigte den Verlust nur bedingt.

Besonders die Existenz ihres Sohnes Ben, der ihre ganze Aufmerksamkeit und Energie in Anspruch nimmt, degradierte ihre Liebe zur Musik und das Streben nach öffentlichem Erfolg zur absoluten Nebensache. Nichts in der Welt würde sie gegen die Bestimmung, ihrem Kind alle Fürsorge zukommen zu lassen, eintauschen. Sie ging auf in der Fülle der Aufgaben, die sich durch Bens Krankheit in ihr Leben gedrängt haben. Doch jedes Mal, wenn sie versucht sich ihrem Sohn körperlich zu nähern, ihre Hand auf seine zu legen, kommt es ihr vor, als würde plötzlich eine Zugbrücke zwischen ihrer Haut und seiner in einer Zehntelsekunde hochschnellen und jegliches Empfinden für Zärtlichkeit unter einer riesigen Eisscholle einfrieren.

Alle derartigen Versuche quittierte er mit einer schnellen, abwehrartigen Bewegung, als würde ein Körperkontakt die grausamste Infektion verursachen, oder eine Berührung Brandwunden hervorrufen. Niemals zahlte Ben seiner Mutter deren Aufopferung und Liebe zurück.

Die Nächte, die Hannah keinen Schlaf schenkten, waren erfüllt von Träumen, die sie mit ihrem Jungen herumtollen lassen, in denen sie sich mit ihm lachend ins Gras sinken lässt, oder mit ihm Hand in Hand durch einen warmen Gewitterregen rennen darf.

Wie so oft, erst in der Nacht, nachdem die Hektik des Tages alle negativen Empfindungen großzügig verdrängt und überdeckt hat, schwimmt sie in Gedanken mit Ben auf einen See hinaus, hält ihn mit festem schützendem Griff, umschließt seinen Oberkörper bewachend mit mütterlicher Fürsorge und Hingabe.

Mutter und Sohn schwimmen dann einträchtig durch die Fluten. Draufgängerisch und mutig taucht das Kind gekonnt unter die Wellen hindurch, getragen vom Wissen, dass die starke Hand seiner Mutter ihn trägt und behütet. Fernab jeglicher Angst lässt Ben seinen Körper durch das klare Wasser des Sees fliegen.

Doch es wird für immer ein Traum bleiben.

Neben ihm einzuschlafen, nachdem sie ihrem Sohn eine Gutenachtgeschichte erzählt hat, seinen Herzschlag spürt, einfach zu fühlen, wie das Leben in ihm blüht, sein Körper und Geist wachsen, sind und bleiben für sie unerfüllte Wünsche.

Obwohl Hannah ständig bestrebt ist, dem Kind auch körperlich die Liebe einer Mutter nahe zu bringen, bleibt der Tatendrang besonders in dieser Hinsicht nicht ein einziges Mal von Erfüllung gekrönt. Diese Enttäuschungen hat sie mittlerweile in sich vergraben und nicht selten war in ihrem Inneren das Bedürfnis aufgekommen, laut nach Hilfe zu rufen, um ihre Bedrücktheit sichtbar zu machen. Doch sie muss funktionieren. Mit allem und jeden hatte sie sich arrangiert.

Der schrullige Nachbar Dr. Scheller von nebenan, auf dessen Grundstück sich Ben mit Hannahs Einverständnis wieder zeitweise aufhalten darf, löste in ihr eine besondere Art der Eifersucht aus. Besonders wenn Schellers Hund Fido versucht, den von Ben geworfenen Ball zu erwischen, und das darauffolgende Lachen ihres Sohnes zu ihr herüberdringt.

Dann wird sie traurig, ja sogar erbost über die Tatsache, dass Ben einem fremden Menschen sein Lachen schenkt, und seiner Mutter diese Freude nach wie vor verwehrt.

Als Ben im vergangenen Winter von Fido hinterhältig in den rechten Unterarm gezwickt wurde, wovon glücklicherweise nur eine kleine Narbe in Form eines „W" zurückblieb, unterband Hannah vorerst die Besuche beim Nachbarn.

In den darauffolgenden Tagen musste sie zusehen, wie das Kind immer wieder inständig und liebevoll den Nachbarhund zeichnete. Sie konnte seine so zutage getretenen Traurigkeiten nicht länger mit ansehen und hob das Verbot kurzfristig wieder auf.

Was wussten sie alle von diesem Dr. Scheller? Man unterhielt sich mit ihm von Zeit zu Zeit über den Gartenzaun hinweg.

Sie tauschten lediglich nachbarschaftliche Floskeln über Wetter, Baumblüte und Kompostherstellung aus.

Ein direkter freundschaftlicher Kontakt entstand hierdurch nicht. Gleichwohl erlaubten die Eltern Bens Kontakt zu dem alten Herrn, allein schon aus dem Grund ihrem Sohn die Möglichkeit zu geben, andere Menschen in sein Leben einzubeziehen und zu ihnen eine eventuelle vertrauensvolle Beziehung aufzubauen.

Dr. Scheller unterhielt bis vor 5 Jahren am Stadtrand eine Praxis für Allgemeinmedizin. Aus Altersgründen gab er sie auf und zog sich ins Privatleben zurück, er widmete sich fast ausschließlich seiner Uhrensammlung. Taschenuhren und alte Armbanduhren interessierten ihn hauptsächlich. Ein defektes Stück aus seiner Sammlung trug Ben seit einiger Zeit mit sich herum, mal schmückt es seinen linken Arm, hin und wieder verstaut er die Uhr lieblos in seiner Hosentasche.

Als das Uhrwerk seine Arbeit einstellte, waren die markanten Zeiger bei 12.15 Uhr stehen geblieben und zeigten so die Stunde ihrer Kapitulation.

Hannah fand die Uhr eines Tages beim Aufräumen und erkannte sofort die feine Verarbeitung und das noble Design. Lediglich das Lederarmband hatte unterhalb der Befestigung am Uhrengehäuse eine breite Schramme.

Fido hatte hier wahrscheinlich mit den Zähnen erneut seine Spuren hinterlassen. Eine Nachschau in entsprechenden Internetseiten brachte Gewissheit.

Bei dem Exemplar, das Ben als scheinbar wertloses, defektes Spielzeug mit sich herumtrug, handelte es sich um ein hochgeschätztes Sammlerstück.

Die Firma Patek Philippe & Co. hatte es im Jahre 1917 für Tiffany's , New York, in geringer Anzahl hergestellt. Ein gut erhaltenes Exemplar wurde bereits auf einer Genfer Auktion mit über 1.000,- DM versteigert. Waren Dr. Scheller trotz des Defektes Güte und Wert der Uhr nicht bekannt und hatte er sie durch Unwissenheit unterschätzt? Oder hatte er aus gleichgültiger Unachtsamkeit ihrem Sohn ein wertvolles Sammlerstück als Spielzeug überlassen? Hannah war sich über ihr weiteres Vorgehen in dieser Sache noch lange nicht im Klaren.

Über Dr. Scheller tuschelte die Nachbarschaft hinter vorgehaltener Hand, dass er sich zeitweise seinem Hund gegenüber nicht besonders tierfreundlich verhalten würde und Fido oft unter seinen Launen zu leiden habe.

Bestätigt wurde für Hannah dieses Gerücht einzig und allein durch ein Bild, das aus Bens Zeichenmappe fiel, als sie die Malsachen in seinem Zimmer wegräumte. Es zeigte den

Hund mit einem blutenden Verband am Hinterlauf und mit riesigen, herzförmigen Tränen, die in einem großen Schwall zu Boden tropften.

Brachte Ben anonym und verschlüsselt eine Tierquälerei ans Tageslicht? Hannah war sich nicht sicher, ob sie diesem Hinweis nachgehen sollte, denn ein paar Tage nach dieser Entdeckung sah sie den Hund wieder ausgelassen im Garten herumtollen.

Sie verwarf den Gedanken an eine Anzeige, schon allein, um Bens Beziehung zu dem alten Mann nicht auf's Spiel zu setzen, obwohl bisher keinerlei verdächtige Spuren von Misshandlungen an dem Hündchen erkannt wurden, wollte sie die Sache im Hinterkopf behalten und das Tier zukünftig genauer beobachten.

Von nun an begleitete Hannah jeden Besuch ihres Kindes beim Nachbarn mit Unbehagen, während Alex diese Besorgnis nicht teilen wollte und seine Frau bat, ihr Misstrauen künftig zu zügeln.

Nur Tina, die für den alten Mann ebenfalls keine Sympathie aufbrachte, stand ihrer Mutter in allen Befürchtungen zur Seite und nahm sich vor, zukünftig etwas mehr auf den Nachbarn achten.

****

Das Frühstück war amerikanisch opulent und so richtig nach dem Geschmack der Kinder. Ben spielte noch schlaftrunken mit den Resten seines Pfannkuchens, während Susi und Tina gerade versuchten, die dem Frühstück beigelegten Plastiktierchen mühsam zusammenzubauen. Der große, runde Frühstücksraum des Motels verfügte ausschließlich über Fensterplätze, sodass alle die erwartete Ankunft ihres Freundes uneingeschränkt verfolgen konnten.

„Da ist er ja endlich", Alex konnte seine Ungeduld kaum verbergen. Der Geländewagen seines Freundes Pit Maurer bog auf den Parkplatz ein. Tina und Susi unterbrachen ihre Basteleien, ließen alles stehen und liegen, rutschen von den hoch gepolsterten roten Sitzbänken, rannten los und verschwanden am Ausgang.

Alex und Hannah verfolgten lächelnd die stürmische Begrüßung, mit der ihre Mädchen den Freund der Familie willkommen hießen. Pit umarmte die beiden und die Eltern erkannten hier die innige Freude und Herzlichkeit im Verhalten des Freundes.

Er hatte die Mädchen in sein ehrliches Herz geschlossen und vergaß nie, sie bei jedem Telefonat ausführlich grüßen zu lassen. Auch erkundigte er sich stets gründlich nach den schulischen Leistungen und der Gesundheit der Kinder.

Pit ließ ferner keine Gelegenheit aus, sich über Bens Fortschritte auf dem Laufenden zu halten. Während er das Lokal betrat und Hannah und Alex ihn begrüßten, nahm Ben die inzwischen von ihm in Windeseile fertig gebastelten Plastiktierchen und hielt sie mit nichtssagendem Blick den Erwachsenen entgegen. Anschließend stand er von seinem Platz auf, ging dem neuen Gast entgegen, hob triumphierend den Daumen und hieß so den Freund der Familie willkommen. Anschließend setzte er sich wieder wortlos auf seinen Platz.

Pit erwiderte diesen Gruß in gleicher Art, wonach Ben nur unwesentlich nickte und sich hastig wieder den

Plastiktierchen widmete. Alle zeigten sich erfreut über die Ankunft des Freundes. Jeder wollte ihm seine gewonnenen Eindrücke und Gedanken der ersten Tage in diesem Land mitteilen, sodass eine aufgeregte Unterhaltung entstand. Der Freund wusste kaum, wem er zuallererst seine Aufmerksamkeit schenken sollte.

Nur Ben sah verträumt aus dem Fenster, in den Händen immer noch die fertig gebastelten Plastiktierchen haltend. Ihn beeindruckte weder die um ihn herum herrschende Gesprächskulisse noch der zunehmende Verkehr auf den Zufahrtswegen.

Unberührt von allem starrte er fortwährend ohne Ziel aus dem Fenster. Alex gab inzwischen das Signal zum Aufbruch, denn der Rest des Tages sollte für die weitere Vorbereitung der geologischen Exkursion bestimmt sein.

Hannah wollte mit den Kindern noch einige Sachen für ihren morgigen Ausflug zum Lake Diaz besorgen.

Man verabredete sich für das gemeinsame Abendessen und anschließend verließ die Gesellschaft das Lokal.

Am nächsten Morgen hatte Hannah den Van mit dem Notwendigsten, was sie und die Kinder für den Ausflug zum Lake-Diaz benötigten, beladen, während sich Tina und Susi um Ben kümmerten.

Das Frühstück fand nicht wie gewohnt gemeinsam statt, dafür waren die beiden Hobbygeologen zu aufgeregt mit ihrem Exkursionsstart beschäftigt gewesen und waren bereits gegen 04.00 Uhr morgens in den bereits am Vorabend gepackten Geländewagen gestiegen und Richtung Death Valley abgefahren.

Hannah ließ sich mit einem ausgiebigen Frühstück in den Tag treiben. Beim Essen hatte sie die Kinder mit Erzählungen vom Lake Diaz und seiner Umgebung auf den Ausflug eingestimmt. Sie freuten sich auf die Tour.

Nach kurzer Fahrt über die South main street erreichten sie den Lake Diaz, der sich schon während der Einfahrt auf dem am Ufer gelegenen Parkplatz in seiner ganzen Schönheit präsentierte. Die wohlig warme Morgensonne ließ den See und seine malerische, menschenleere Umgebung angenehm einladend wirken.

Hannah ermahnte die Kinder, nach dem Aussteigen erst einmal in der Nähe des Autos zu bleiben. Die Mädchen schnallten sich die Rucksäcke um, in denen Hannah einen Teil der Verpflegung für das Picknick verpackt hatte.

Ben stand gedankenversunken am Van und schaute wie festzementiert zurück zum Highway 395, hinter dem sich das Death Valley ausbreitete. Dort befanden sich zu dieser Stunde sein Vater und dessen Freund Pit, die in dieser vermeintlichen Einöde ihre geologische Forschungsreise starteten. Obwohl ihn seine Mutter inzwischen mehrfach gerufen hatte, blickte Ben fortwährend wie gebannt in dieselbe Richtung, offenbar eine Erscheinung herbeisehnend. Erst als Hannah ihn an die Hand nehmen wollte, folgte er seiner Mutter willig, löste aber seine Augen nicht von dem Fixpunkt, den er vorher wie hypnotisch angepeilt hatte.

Sie versuchte großzügig das in ihren Gedanken aufkommende Unbehagen zu verdrängen, obgleich sie ebenfalls zu dem Gebirgszug hinübersah, hinter dem sich Alex und Pit jetzt befinden mussten. Wieder subsumierten sich in der Frau sorgenvollen Gedanken unter der Gesamtheit der

Begebenheiten, mit denen Ben durch sein Verhalten wiederholt ihr Leben durcheinandergebracht hatte.

Was sollte nun folgen? Welche Ahnungen oder Vorgefühle durchstreiften das Gehirn ihres Sohnes, bereit, jeden Moment in Sekundenbruchteilen mit brachialer Macht zuzuschlagen? Welche dunkle Macht benutzte ihn als williges Werkzeug, um sich getarnt durch ihn der Außenwelt zu offenbaren?

Nur Tinas Frage nach dem Weg riss Hannah aus den Gedanken und brachte ihre Fassung zurück.

Sie musste Ben schon leicht schubsen, damit er seine starre Haltung aufgab und den Mädchen zu folgen, die jetzt fröhlich tratschend den Pfad zum Seeufer eingeschlagen hatten.

Nach einer guten halben Stunde Fußmarsch erreichte die Gruppe einen Platz, der mit Holztischen und Bänken zur Pause einlud.

Tina und Susi machten sich sofort daran, die Getränke auszupacken, währen Ben sich nach einem ausgiebigen Rundblick über den See am Ufer nach Steinen bückte, die er ohne ein besonderes Ziel anzuvisieren gleichgültig ins Wasser warf. Seine Bewegungen wurden mit der Anzahl der Würfe immer schematischer.

Auch Tinas Rufe weckten ihn nicht aus dieser Monotonie. Erst als sie sich erhob, zum Ufer ging und mit einem festen Griff seinen Wurfarm abrupt blockierte und ihm barsch einen Becher Saft entgegenhielt, stellte er die Steinwürfe ein, setzte sich ins Gras und trank den Becher in einem Zug leer.

Anschließend tauchte er das Trinkgefäß wie in Zeitlupe ins Wasser und ließ es bis zum Rand volllaufen.

Danach hielt er es mit ausgestrecktem Arm gegen die Sonne und versuchte, wie mithilfe eines Mikroskops die kleinen Wasserteilchen zu erkennen. Durch das Glas eingebildete Ziele suchend, entdeckte der Junge ein Motorboot, hinter dem ein braun gebrannter Mann auf Wasserskien in weiten Schwüngen den ruhigen See durchpflügte. Ben verfolgte interessiert die Wellenspur, die das Boot durch die glatte Wasseroberfläche zog.

Hannah beobachtete ihren Sohn und erkannte die Stellung seiner Lippen, die sich merkwürdig andächtig bewegten, als wollten sie einen befehlsartigen Spruch über das Wasser schicken.

Ben hielt anschließend das Wasserglas in Augenhöhe, kippte es träge zur Seite, leerte es langsam fließend aus, zwischendurch sich seiner Familie zuwendend, die ihn wie gebannt beobachtet hatte.

Der sanfte Wind blies ihm durch die Haare und ließ sie wie rotblonde Flaggen über seine Stirn wehen, während er sich mit starrem Blick und leicht lächelnd wieder dem See zuwandte.

Der Mann auf dem Wasserski vollführte plötzlich einen derart heftigen Sturz, als hätte ihn ein unsichtbares Bollwerk abrupt gebremst. Der braune Körper flog im hohen Bogen durch die Luft, ruderte hilflos mit den Armen und landete kopfüber in den Heckwellen des Bootes. Man sah das Griffstück des Halteseils einsam tänzelnd über die Wasseroberfläche gleiten, während der Bootsführer den Motor drosselte und sein Gefährt wendete, um den havarierten Sportler aufzunehmen.

Ben hielt in seinen Bewegungen inne und blickte fast genießerisch auf den See hinaus. Hannah erkannte in diesem

Moment den merkwürdigen Ausdruck einer ergötzenden Befriedigung in seinem Gesicht. Anschließend wandte er sich höchst zufrieden ab, ging zu den anderen und setzte sich auf das freie Ende der Bank, nahm sich einen Muffin vom Teller, biss genüsslich hinein, und tat so, als wäre hier seit Stunden nichts Aufregendes passiert. Die Mutter sah ihren Sohn erstaunt an, der weder das Bergen des Wasserskifahrers noch das laute Aufheulen des Motorbootes mit der kleinsten Sequenz eines Blickes quittierte.

Erst als sich das Geschehen auf dem See wie niemals ereignet aufgelöst hatte, hob er seinen Kopf und suchte mit einem Scannerblick die nähere Umgebung nach scheinbar neuen Herausforderungen ab. Hannah und die Mädchen beobachteten ihn, als er wortlos das Wasserglas griff und seinen Platz verließ, um sich wieder an das Seeufer zu begeben.

„Wir sollten einmal zu der Anlegestelle gehen", schlug Tina vor, um die Situation zu entspannen und zeigte in die Richtung, in der das Boot verschwunden war.

„Vielleicht gibt es dort Tretboote zu leihen, und wir können auf den See hinausfahren", vervollständigte sie den Vorschlag.

Hannah war einverstanden, räumte zügig die Picknicksachen ein, und reichte den Mädchen ihre Rucksäcke.

Sie dreht sich wieder der Seeseite zu, um Ben zum Gehen aufzufordern, doch sie konnte ihn nicht sehen, weil ein massiv greller Sonnenstrahl ihr plötzlich für Sekunden das Augenlicht zu nehmen schien. Reflexartig hob sie schützend die Hand vor die Augen, nur der weiße Schein des hellen Lichtes drang zwischen die Finger und ließ ihre Augen schmerzen.

Als der imaginäre Lichtblitz verblasst schien und ihre Hand die Blickrichtung wieder freigab, war das Ufer leer. Ben war verschwunden. Nur das Wasserglas, in dem sich freundlich winkend die Lichtstrahlen spektral brachen, ruhte auf einem kleinen Stein, als würde es wartend auf den See hinausschauen, um nach seinem Spielgefährten zu suchen.

Hannah rannte in die Richtung, wo sich Ben gerade noch befunden hatte, und schrie angstvoll und laut fragend seinen Namen. Ihre Rufe drangen über den See und verhallten unbeantwortet über dem Wasser. Als hätte ein großer Vogel ihn vorsichtig der Erdoberfläche entnommen, wie eine Spielfigur von einem Schachbrett, war der Junge verschwunden.

Die Mädchen, die sich beim Überstülpen der Rucksäcke gegenseitig geholfen hatten, rannten erschrocken zu ihrer Mutter, realisierten erst jetzt die fatale Situation und riefen ebenfalls aufgeregt nach ihrem Bruder. Hannahs Halsschlagader blähten sich angestrengt auf, als sie wieder und wieder aus Leibeskräften den Namen ihres Sohnes auf den See hinaus brüllte. Tausend Gedanken rasten ihr dabei durch den Kopf, sie spürte nicht, dass sie schon fast bis zu den Knien im Wasser stand und immer weiter auf den See hinauszuschwimmen im Begriff war, dorthin, wo sie ihr Kind vermutete. Hilfesuchend, stets zum Ufer blickend, weiterhin in der Annahme, Ben würde aus dem nahen Gebüsch heraustreten und sich wie gewohnt mit starrem Blick für sein Verschwinden entschuldigen, drehte sie sich im infernalen Einklang mit ihren Gedanken im Kreis, doch nichts regte sich, das Buschwerk blieb ruhig und unberührt wie ein gefallener Vorhang nach einer Theatervorstellung. Der leichte Wind hatte urplötzlich nachgelassen; nur ein in der Ferne startendes Wildentenpärchen, das, aufgeschreckt von

Hannahs lauten Rufen, mit schrillem Quaken seinen Abflug ankündigte, störte die Idylle.

Wie von Sinnen schlugen die Hände der verzweifelten Mutter auf die Wasseroberfläche, den See für sein Vergehen zu bestrafen, und flehte nach ihrem Mann Alex, der schnell kommen möge, um Ben zu suchen. Tina versuchte ihre Mutter, deren durchweichte Kleidung mittlerweile am Leib klebte, mit kräftigem Griff aus dem Wasser zu ziehen. Hannah spürte nicht die erfrischende Kühle, die ihr die Nässe spendete. Ihr Körper bebte vor Erregung, monumentale Ängste machten sich in ihren Gedanken breit. Ihre Sinne wirbelten wie Staubwolken durcheinander und lähmten die geistige Arbeit, krachend öffneten und schlossen sich tausend Schubladen abwechselnd in ihrem Kopf.

Ihr Sohn hatte sie erneut an den Rand des Wahnsinns gebracht, abermals war durch sein Verschwinden gnadenlos Furcht und Schmerzen wie ein heißer Stachel in die Mutter hineingerammt worden. Für was wollte er sich rächen? Wofür schien sie büßen zu müssen? Hatte sie sich nicht schon genug aufgeopfert? Wer forderte einen noch höheren Preis?

Wo war Ben?? Hatte der See ihr Kind verschluckt?

Welcher Ort bot ihm jetzt ausreichend Unterschlupf? Kein Ruinengelände, kein Dachgeschoss konnte ihn jetzt und hier an dieser Stelle verborgen halten. Hier war nichts, was ihm ein günstiges Versteck bieten konnte.

Nur der See, dessen unbeweglich dahin dümpelnde Oberfläche sich desinteressiert und unschuldig zeigte, als hätte er mit dem Verschwinden des Kindes absolut nichts zu tun, käme als Versteck in Frage. Innerhalb von Sekunden verfluchte sie den Entschluss hierher in dieses Land gefahren zu sein. Warum musste Alex nur diesen Trip machen. Warum war Pit's Ehefrau Ellen nicht bei ihr und leistete ihr wie versprochen Gesellschaft. Warum? unzählige „warum" gaben ihr keine Antwort.

Nur langsam kehrte Leben in ihren Körper zurück und ein kleiner Anflug der Vernunft schien die Lähmung zu heilen, die sie in all ihren Gedankengängen ausbremste. Sie hastete zurück zur Bank, knallte ihren Rucksack auf die hölzerne Tischplatte und durchsuchte ihn nach dem Handy, das sie in einer Seitentasche aufbewahrte. Die Mädchen suchten weinend in der näheren Umgebung nach Ben und riefen wieder und wieder nach ihm.

Hannah schrie Alex' Namen ins Handy und forderte ihn auf, unverzüglich dranzugehen, sie jammerte hinein, dass Ben verschwunden sei. Doch sie bekam keine Antwort, wahrscheinlich befand sich Alex an einem für Handytelefonate ungünstigen Standort. Sie bereute, erst für den Abend einen Anruf mit ihrem Mann verabredet zu haben, um das jeweils Erlebte zu schildern und weitere Abmachungen für die nächsten Tage zu treffen.

Hannah schleuderte das Handy angewidert zurück auf den Tisch und rannte wild gestikulierend zum See, um ihn erneut schreiend aufzufordern, ihren Sohn herauszugeben, ihn endlich aus den Wellen auftauchen zu lassen. Doch das Wasser blieb ruhig. Eine seltsame Stille fraß die Kräche der Umgebung auf, verschluckte die Töne, die das Leben gerade noch vor Minuten geräuschvoll und fröhlich singend von sich gegeben hatte.

In Hannah 's Welt machte sich augenblickliches Sterben breit, gegen das sie sich mit aller Macht zu stemmen versuchte. Sie wollte nicht zulassen, dass die Herrschaft, die ihr einst das kranke Kind geschenkt hatte, es sich so früh wiederzuholen schien.

Tina versuchte ihre Mutter aus der mutlosen Ohnmacht zu wecken und einer realistischen Verantwortung zuzuführen, Hannah schien langsam wieder Luft zu bekommen. Was sollten sie jetzt tun? Diesen Platz verlassen, um Hilfe zu holen? Womöglich würde, während sie sich am anderen Ufer des Sees befänden, Ben sich hier nach seinem Auftauchen fürchten und nach ihnen suchen. Diesen Gedanken verwischte sie postwendend.

Sie kramte erneut in ihrem Rucksack, um an das kleine Notizbüchlein zu gelangen. In panischer Hast leerte sie ihn aus, worauf Flaschen und Gläser sich auf dem Boden verteilten. Wild blätternd suchte sie nach Ellens Handynummer. Mit zitternden Händen versuchte sie zu wählen und vernahm erleichtert den Rufton. Nachdem sich Ellen gemeldet hatte, schrie sie die Nachricht von Bens Verschwinden in das Handy. Ellens Versuche, sie zu beruhigen, brüllte Hannah erbarmungslos nieder und verlangte aufgeregt nach einem sofortigen Verhaltensvorschlag.

Die Freundin ließ sich den momentanen Standort geben und versprach, sofort die zuständige Polizei sowie Alex und Pit zu informieren, abschließend bat sie Hannah, Tina das Handy zu reichen.

Hannah sah Tina beim Telefonieren aufgeregt zu, und das zustimmende Nicken des Mädchens nahm sie mit Erleichterung auf.

Nachdem das Gespräch beendet war, setzten sie sich auf eine der Holzbänke, die jetzt überwiegend in den Schatten gewandert waren, denn mittlerweile hatte die Sonne ihre ganze Kraft entwickelt. Hannah sammelte ihren

Rucksackinhalt auf und bemerkt Bens Schirmkappe; der Junge war nun ohne Kopfbedeckung in praller Sonne, schoss es ihr in den Kopf. Wer kümmert sich jetzt um ihn? Tina lehnte sich an ihre Mutter und ließ sich von ihr fest in den Arm nehmen und fragte: „Es wird alles wieder gut, Mama, oder?"

Ihre Mutter nickte nur willenlos, während ihr Blick auf das andere Ufer des Sees hinüberkreiste, wo sie in der Auffahrt zum Parkplatz die Ankunft der Polizeifahrzeuge ersehnte.

Drei Streifenwagen der Policestation von Lone Pine rasten mit lautem Sirengeheul und flackernden Signalleuchten Richtung See. Unter Tränen schilderte Hannah den Polizisten aufgeregt das Geschehen, das sie mit fuchtelnden Armen zu erklären versuchte, von den skeptischen Blicken der Beamten enttäuscht, verstärkte sie mit erhobener Stimme ihren Erklärungsnotstand.

Die Polizisten hegten vorerst Zweifel und wollten die Darstellungen der Mutter vom plötzlichen Verschwinden ihres Sohnes kaum glauben, insbesondere die Schilderung der unnatürlichen Blendungen durch die Sonnenstrahlen erweckte in ihnen großes Misstrauen. Hannah konnte keinerlei Spuren des Verschwindens vorweisen, oder selbst Zeugen für den Vorfall benennen, denn auch ihre Kinder waren zum Zeitpunkt des mysteriösen Ereignisses mit den Rucksäcken beschäftigt.

Lediglich das Wasserglas, das noch wartend auf dem Stein am Seeufer stand, wurde von den Beamten als Beweismittel in ein Plastiktütchen verstaut. Einer der Uniformierten führte ein längeres Gespräch mit der Dienststelle und gab danach bekannt, dass weitere Kräfte zur Durchsuchung der näheren Umgebung für den morgigen Tag angefordert wurden, sollte das Kind bis dahin verschwunden bleiben.

Hannah gab den Beamten eine Beschreibung des Jungen sowie Hinweise auf seine Bekleidung. Die Polizisten nahmen zwischenzeitlich anhand der Pässe und der Visa die Personalien der Familie auf.

Zusammengesunken saß Hannah auf der Holzbank, das Gesicht tief in den Händen vergraben, während Tina bemüht war, ihre weinende Schwester zu beruhigen. Die Hektik der Polizeiarbeit, die sich mittlerweile wie ein lauter Jahrmarkt um sie herum ausgebreitet hatte, ließ Hannah völlig unbeeindruckt.

Funksprüche quakten aufgeregt aus den Fahrzeugen und die Polizisten riefen sich unvollständige Sätze zu.

Wie konnte das Leben um sie herum so weitergehen, ohne dass man sich intensiv an ihrem Leid beteiligte. Sonne und Wolken nahmen anscheinend keine Notiz davon, dass ihr kleiner Junge verschwunden war. Ihr kam es vor, als grinste der See hämisch triumphierend ob seines Erfolges, und seinen Sieg auskostend ließ er sein Wasser gleichförmig an das Ufer rauschen.

In jedem Wellenschlag, der dieser See als angebliche Sanftheit erscheinen lassen wollte, offenbarte sich in Hannah als niederträchtigste Boshaftigkeit dieses Elementes.

Ihre Gedanken kreisten wie ein sich schneller drehender Wirbel um ihren Sohn, der jetzt vielleicht tot auf dem Grund des Lake Diaz lag. Wie um alles in der Welt konnte das passieren? Keine 20 m von ihr entfernt verlor sie Ben, ohne es verhindert zu haben. Sie suchte hilflos und verzweifelt nach Gründen und Argumenten, um für sich selbst dieses gnadenlose Gefühl der Schuld zu mildern, doch beharrlich und brutal setzte sich in ihr die Ohnmacht der alleinigen Verantwortlichkeit für Ben 's Verschwinden fest. Oder? .... war alles eine späte Strafe, dafür dass sie sich von der Kirche abgekehrt hatte, weil sich damals Bens Krankheit offenbarte. War es Gottes Denkzettel für die langen Jahre ihrer Gleichgültigkeit gegen ihren bisherigen festen christlichen Glauben?

Zu viele Möglichkeiten boten sich ihr Ben' s Verlorengehen zu rechtfertigen, oder zu verstehen.

Der nervöse Klingelton ihres Handys erlöste sie kurzzeitig aus den grausamen Gedanken. Sie versuchte angestrengt endlich einen klaren Kopf zu bekommen und rational zu funktionieren.

Ellen teilte mit, dass es ihr bisher nicht gelungen sei, die Männer im Death Valley zu erreichen, doch würde sie sich selbst alsbald auf den Weg nach Lone Pine machen und voraussichtlich noch am späten Abend bei ihr und den Kindern eintreffen.

Hannah nahm diese Neuigkeit als unzureichende Tröstung auf und ließ das Handy mit fragendem Blick zum Seeufer auf den Holztisch fallen. Sie beneidete gleichzeitig Alex um seine gegenwärtige sorgenfreie Verfassung ohne dieses grausame Wissen vom Verschwinden des Sohnes. Wie heiter und unbelastet er doch jetzt noch seinem Hobby nachgehen konnte, aber bald würde auch ihm diese brutale Neuigkeit einen bösen Hieb versetzen und Hannah wäre endlich nicht mehr allein mit ihrem Schmerz.

Wie würde er reagieren?? Wären seine ersten Reaktionen, sie streitsüchtig mit Vorwürfen zu bombardieren und sie für das Geschehene verantwortlich machen?

Er hätte das Recht dazu, redete sie sich ein, er hätte verdammt noch mal das Recht dazu.

Einer der Streifenbeamten bat sie, mit ihren Töchtern in das Polizeifahrzeug zu steigen und mit nach Lone Pine zu fahren, wo man alle weiteren Schritte in der Police-Station besprechen und die notwendigen Protokolle fertigen wollte.

„Der Bereich des Seeufers wird abgesperrt und die nähere Umgebung nochmals gezielt abgesucht", beruhigte man sie.

In der Polizeistation bot man Hannah an, sich von einem Arzt untersuchen zu lassen, was sie ziemlich barsch und fast schnöde ablehnte. Sie übersah aufgeregt die Hilfsbereitschaft, die man ihr und den Kindern entgegenbrachte.

Uniformierte Beamtinnen baten Tina und Susi in einem Nebenraum Platz zu nehmen. Eine der Polizistinnen sprach Deutsch, so dass die Mädchen zwanglos mit ihnen reden und in diesem Kreis den gesamten Vorfall noch einmal schildern konnten. Man nahm große Rücksicht auf den Gemütszustand der Mädchen und nach kurzer Zeit entwickelte sich unter ihnen ein vertrauensvoller Dialog.

Hannah 's Handy klingelte, worauf sich die Beamten diskret zurückzogen. Nachdem sich Alex gemeldet hatte, schleuderte Hannah ihm die grausamen Neuigkeiten entgegen.

Alex, mittlerweile von Ellen schon über alle Einzelheiten in Kenntnis gesetzt, sprach ruhig und gefasst zu seiner Frau, und versuchte ihren Redeschwall zu unterbrechen, und kündigte seine sofortige Rückfahrt an.

Kraftlos nickend lehnte sich Hannah zurück und ließ den Kopf in ihren Händen ruhen.

Einer der Polizisten griff nach dem Handy, stellte sich Alex vor und gab ihm weitere Informationen, unter anderem wollte man Hannah und die Kinder nunmehr zum Motel begleiten, wo sie auf seine Rückkehr warten sollten.

Die aufkommende Dunkelheit sog das Licht des Tages mit all den fürchterlichen Geschehnissen in sich hinein.

******

Hannah lag wie im Halbschlaf auf dem breiten Bett, als Ellen sie sanft weckte und fest in die Arme nahm. Nein, es war kein böser Traum. Mit zunehmender Wachheit spürte Hannah wieder diese grausame Gewissheit, mit der sich die Realität in ihr Bewusstsein langsam zurückzuschleichen drohte. Weinend versuchte sie Bens Verschwinden zu erklären. Zusammenhanglose Wortfetzen sprudelten über ihre Lippen, waren unfähig, ein erklärendes Bild zu formen.

Ellen drückte sie verständnisvoll zurück in die Kissen, trocknete ihre tränenfeuchten Wangen und versuchte, sie zu beruhigen. Tina und Susi schmiegten sich Hilfe suchend an die Freundin und Ellen spürte die Machtlosigkeit, die den gesamten Raum ausfüllte.

Tief atmend zog sie die Mädchen an sich und sprach mit leiser und bedächtiger Stimme mit ihnen.

Sie suchte nach den passenden Worten und brachte damit ein wenig Entspannung in die ausweglos scheinende Stimmung. Ellen versprach, ihre ganze Energie in die Suche nach Ben zu investieren. Sie würde ihre Position beim Nachrichtensender mit aller Macht für sie einsetzen.

Die Mädchen sprangen auf, als sie hörten, wie ein Fahrzeug unmittelbar vor dem Motelfenster hielt. Türenschlagen sowie das Öffnen des Appartements erfolgten fast zeitgleich.

Alex und Pit stürmten in das Zimmer, nahmen die Kinder in die Arme, setzten sie wieder ab und knieten neben Hannah 's Bett. Wortlos nahm Alex seine erschöpfte Frau in die Arme. Er spürte, wie sich ihre Finger in seine Kleidung krallten. Es fiel ihm schwer, jetzt das Passende zu sagen. Hannahs Verfassung jetzt mit den geeigneten Worten zu salben und sie nicht noch weiter zu strapazieren, schien ihm kaum möglich.

Alsbald wollte er auf der Polizeistation mit den maßgeblichen Beamten reden, um sich ein Bild vom bisherigen Ermittlungsstand zu machen.

Während Pit ein weiteres Appartement anmietete, kümmerte sich Ellen um die Mädchen.

Auf der Polizeistation bat Alex zur medizinischen Versorgung seiner Frau einen Arzt zu verständigen, der eine sofortige Visite zusagte.

Alex hörte sich kummervoll die Ausführungen der Polizeibeamten zum Ermittlungsstand an und spürte eine Ahnung in sich aufsteigen, die alles andere als Hoffnung vermittelte.

Es war zu befürchten, dass es diesmal keine der Eskapaden sein sollte, mit denen Ben die Familie in häuslicher Umgebung auf Trab gehalten hatte.

Er fühlte schmerzhaft bizarre Zukunftsvisionen auf sich zurasen, die ohne Hemmungen in zerstörerischer Wut das bisher harmonische Leben seiner Familie zu vernichten drohten. Doch gleichzeitig kamen ihm die Dinge in den Kopf, mit denen Ben sie alle verblüfft und erfreut hatte.

Viele seiner Bilder hat Alex in einer dicken Mappe als wahre Kunststücke archiviert. Mit dem Geschick, sich derart nach außen zu kehren und sich ihnen zu zeigen, hat er ihnen eine wertvolle, wenn auch außergewöhnliche Kunst nahegebracht. Die Mitteilungen zu lesen, sie zu verstehen und einzuordnen, waren für alle Familienmitglieder herausfordernd und lehrreich. Aber jetzt schien sich Alex die Ausweglosigkeit allen Handels in bestialischer Form zu offenbaren. Die Machtlosigkeit, mit der sie alle dem Geschehen ausgeliefert waren, lähmte seinen Körper.

Immer eindringlicher dämmerte es in ihm, dass sich kein Mensch der Welt allezeit auf der sicheren Seite des Lebens wähnen sollte, denn zu schnell treffen die Geschosse, die dann das ach so heile Bild der unbeschwerten Lebensweise gnadenlos durchlöchern. Gleichzeitig meldete sich aber sein Kämpferinstinkt, der an seine Zähigkeit erinnerte, mit der er frühere Herausforderungen unnachgiebig gemeistert hatte. Er würde alles Erdenkliche unternehmen, um seinen Sohn wieder zu finden, sein Schicksal aufzuklären, dessen versicherte er sich selbst.

Die Beamten rieten dem Vater am nächsten Tag unverzüglich das Motel zu wechseln, und sich ortsnah in Bakersfield einzulogieren, da wahrscheinlich das dortige Polizeidepartement die Ermittlungen fortführen würde. So würden sie nahe an der Stelle sein, die eventuelle Neuigkeiten schnell übermitteln konnten. Gleichzeitig würden sie so einem garantiert einsetzenden Presserummel aus dem Weg gehen.

Auf dem Weg zurück in Motel trieb es Alex an den Diaz Lake, an die Stelle, an die sein Sohn Ben wahrscheinlich zum letzten Mal seinen Fuß in die irdische Haut gedrückt hatte. Er setzte sich auf eine der Holzbänke und schaute auf den See, der verantwortlich gemacht wurde für das, was jetzt auf die Familie eingestürzt war.

Warme Sonnenstrahlen trafen sein Gesicht, während er versuchte, das Unglaubliche nachzuvollziehen und das Geheimnisvolle zu ergründen.

Der sanfte Wind ließ den schmalen Schilfgürtel leicht hin und herwogen. Nur leise waren kleine Vögel zu hören, die darin wie eine Horde Kinder fangen spielten.

Die Seeufer wirkten verlassen und trist, obwohl der teilweise bunte Bewuchs sich ins Zeug legte, dieses Urteil zu widerlegen. Nur sehr wenig Menschen schienen sich an diesem Tag hier entspannen zu wollen. Die Wasseroberfläche zeigte sich wie von einem Riesenspachtel glattgestrichen. Keine Welle durchbrach diese Flachheit.

Mit schweren Schritten umrundete Alex den See; dabei kam ihm eines der Gedichte von Friedrich Rückert in den Sinn, das er leicht abgewandelt in Gedanken an seinen Sohn vor sich hin rezitierte:

Oft denke ich, er ist nur ausgegangen,

bald wird er wieder nach Hause gelangen;

der Tag ist schön, so sei nicht bang,

er macht nur einen weiten Gang.

Jawohl, er ist nur ausgegangen

und wird jetzt nach Haus gelangen;

o sei nicht bang, der Tag ist schön,

er macht den Gang zu jenen Höhn.

Er ist nur vorausgegangen

und wird nicht hier nach Haus verlangen;

wir holen ihn ein auf jenen Höhn

im Sonnenschein, der Tag ist schön.

Das Police Departement Bakersfield hatte den Fall nunmehr in seine Zuständigkeit übernommen.

Detectiv Hank F. Zieman, ein bullig wirkender Endvierziger, mit rotblond behaarten Unterarmen und nur noch spärlich bewachsenem Hinterkopf war aufgrund seiner Erfahrung zum Leiter der Ermittlungsgruppe ernannt worden. Seine Herkunft sowie die guten Deutschkenntnisse sollten zur Überwindung der sich zwangsläufig ergebenden Sprachbarrieren beitragen.

Er schien sich der Problematik dieses Falles absolut bewusst zu sein, als man ihm den äußerst schwierigen Auftrag übergab. Die nur vagen Hinweise und das Fehlen von brauchbaren Zeugen zum Verschwinden des Jungen ließen seine Motivation nicht gerade aufs höchste Niveau steigen.

Der Abgleich mit ähnlich gelagerten, ungeklärten Fällen aus der nahen Vergangenheit brachte kein Ergebnis.

Wo sollten die weiteren Ermittlungsschwerpunkte jetzt noch gesetzt werden?

Die Suche am Boden, im See und aus der Luft, mit allen verfügbaren Kräften und Hilfsmitteln wurde zwischenzeitlich erfolglos beendet. Sämtliche Befragungen der zur Zeit des unmittelbaren Vorfalls am Lake Diaz befindlichen Besucher brachten keine nennenswerten Erkenntnisse.

Die mit Flugblättern und Fernsehaufrufen unterstützte Fahndung verlief bisher negativ. Da auch keine Lösegeldforderungen eingegangen waren, wurde ein Entführungsfall vorerst ausgeschlossen.

Eine Verstrickung der Mutter in das Verschwinden des Kindes konnte ebenfalls als wertlose Spur zu den Akten gelegt werden, da sich nach intensiven Befragungen der Mädchen hierfür keine Anhaltspunkte ergaben.

Einziges Fragezeichen schien die Tatsache zu sein, dass sich auf dem sichergestellten Wasserglas, mit dem der Junge am See gespielt hatte, lediglich Fingerabdrücke der Mädchen befanden, als hätte der Junge das Glas nie berührt. Dies ergab eine sorgfältige Vergleichsprobe mit anderen Sachen aus dem Motel, die Ben mit absoluter Sicherheit berührt hatte. Auch Abdrücke von Schuhsohlen, die dem Jungen zuzuordnen wären, konnten am See nicht festgestellt werden. Es schien so, als hätte sich Ben zu keinem Zeit-punkt am betreffenden Seeufer aufgehalten.

Das Kind blieb verschwunden.

******

Ihr neues Hotel in lag etwas abseits im grünen Gürtel von Bakersfield, aber dennoch nahe der Police Station.

Pit und seine Frau hatten sich ebenfalls hier einquartiert, wenngleich Ellen noch am Abend die Rückfahrt nach LA antreten musste, da eine für den nächsten Tag anberaumte, unaufschiebbare Besprechung ihre Anwesenheit unbedingt erforderte. Alex hatte Hannah mit den notwendigen Medi-kamenten, die der Arzt verordnet hatte, versorgt, was dazu führte, dass sie sich den Umständen entsprechend besser fühlte und die Situation mit größtmöglicher Fassung er-trug.

Ellen unterbreitete vor ihrer Abreise der Familie den Vor-schlag, Ben 's Verschwinden in den Nachrichtensendungen mit der gebotenen Sorgfalt aufzuarbeiten und der Öffent-lichkeit zugänglich zu machen. Tina und Susi hatten sich rührend um ihre Mutter gekümmert, doch Alex erkannte, dass nunmehr der Zeitpunkt gekommen war, wo die Mäd-chen dem hier herrschenden demoralisierten Trauma für ei-nen Zeitraum entrissen werden mussten, damit ihre Psyche nicht weiteren Schädigungen ausgesetzt wird.

Daher fand Pit's Angebot, mit den Mädchen eine ausgiebige Tour durch Bakersfield zu unternehmen, sofortige Zustimmung. Alex besprach sich mit Hannah, wie man ihrem Vater, Johannes Lendte, die grausame Nachricht übermitteln sollte. Würde er seinem Schwiegervater das grausame Ereignis mitteilen, war damit rechnen, für Bens Verschwinden verantwortlich gemacht zu werden. Doch es blieb ihm keine andere Wahl. In der kommenden Nacht wollte er nach Deutschland telefonieren.

Johannes Lendte blieb überraschend gefasst und ruhig, als er die schreckliche Nachricht vom Verschwinden seines Enkels erhielt. Nur kurz ließ er sich die Einzelheiten schildern, um anschließend seinem Schwiegersohn sofortige finanzielle Hilfe anzubieten. Umgehend würde er einen Betrag von 20.000,- Dollar auf das Konto der Familie überweisen, der ihnen zur freien Verfügung bereit stände. Ferner bot sich sein Schwiegervater an, als Mittler für alle anfallenden Schritte zu fungieren, die in der Heimat zu erledigen wären.

Alex konnte sein Erstaunen über diesen nicht zu erwartenden Beistand kaum verbergen. Über Hannahs Gesicht huschte seit langem wieder einmal ein sanftes Lächeln, als sie Alex' Schilderung des Telefonats hörte.

In Deutschland machte sich Johannes Lendte sogleich stadtfein, um den versprochenen Betrag umgehend anzuweisen. Seine Bank lag auf dem Weg zum Haus seiner Tochter, das während deren USA-Aufenthaltes von einem privaten Haus-Service täglich aufgesucht wurde.

Nachdem der alte Mann die notwendigen Bankgeschäfte erledigt hatte, unternahm er einen ausgiebigen Spaziergang zum Haus seiner Tochter, um nur kurz von der Straße aus nach dem Rechten zu sehen.

Vor dem Grundstück traf er Dr. Scheller mit dessen Hund Fido. Das Tier streichte dem alten Mann anhimmelnd um die Beine und bettelte um Streicheleinheiten.

Scheller erkundigte sich unwissend des Geschehens ausgiebig nach dem Befinden der Urlauber. Da das Verschwinden seines Enkels auf Wunsch seines Schwiegersohnes noch nicht den deutschen Behörden gemeldet wurde, war in der Heimat noch nichts bekannt. Deshalb zeigte sich der Nachbar, ob dieser vertraulich zu behandelnder Nachricht ziemlich erschüttert und bat Lendte, ihn doch über den weiteren Verlauf in Kenntnis zu setzen.

Der versprach, die sich ergebenden Neuigkeiten sofort an ihn weiterzugeben. Die Männer tauschten hierfür die Telefonnummern aus und verabschiedeten sich fast freundschaftlich.

Der Nachrichtensender KSLA Los Angeles, bei dem Ellen in leitender Position arbeitete, brachte eine kurze Sondersendung über das vermisste Kind aus Deutschland. Jetzt würden sowohl die deutschen Behörden als auch sämtliche Fernsehsender in der Heimat hiervon erfahren.

Daraufhin liefen noch am gleichen Abend die Telefone im Police Departement heiß. Halb Kalifornien wollte den

Jungen gesehen haben. Mal beim Einsteigen in einen PKW, mal auf einer Rolltreppe in einem Kaufhaus, oder vergnügt in einem Freizeitpark spielend. Die Beamten der Ermittlungsgruppe zeigten sich unbeeindruckt ob dieser Flut von Hinweisen, denn auf diese gewaltige Reaktion der Bevölkerung war man seitens der Polizei vorbereitet.

Noch konnte der Aufenthalt der Familie geheim gehalten werden. Doch es war nur eine Frage der Zeit, wann der erste Fernsehsender oder das erste Boulevardmagazin von einem sich in finanzieller Notlage befindlichen Cop mit den nötigen Tipps versorgt wurde. Die Polizei bearbeitete durchweg alle eingehenden Anzeigen. Die von Trittbrettfahrern und Leuten, die sich durch auffällige Tipps wichtigmachen wollten, ebenso, wie die ernstzunehmenden fundierten Hinweise.

Eine konkrete Spur ergab sich hieraus jedoch nicht.

Angesichts der dünnen Erfolgsbilanz der Polizei machte Pit seinen Freunden den Vorschlag, zusätzlich ein privates Unternehmen mit der Suche nach dem Kind zu beauftragen.

Alex und Hannah konnten sich mit diesem Gedanken zunächst wenig anfreunden, wollten jedoch nichts unversucht lassen, ihren Sohn zu finden. Dennoch einigte man sich, diese Möglichkeit erst einmal weiter zu überdenken und ggf. als letzte Option zu nutzen. Die Kosten hierfür sollten durch den von Johannes Lendte kürzlich zur Verfügung gestellten Betrag gedeckt werden.

Die schleichende Gleichförmigkeit, mit der sich die letzten Tage dahinschleppten, war kaum noch zu ertragen und brachte eine Lunte zum Glimmen, die fürchterliche seelische Detonationen in den Seelen der Familie vorhersagte.

Man wollte endlich vorwärtskommen, raus, raus, nur raus aus dieser krank machenden Lethargie. Wollte bei der Polizei erneut vorsprechen, um den Beamten sanft, aber bestimmt Druck zu machen. Doch selbst Pit Maurer, der in all seinen Worten, mit denen er stets versuchte, Zuspruch und Anteilnahme zu signalisieren, verlor mittlerweile jeglichen Optimismus. Immer seltener wurden seine aufmunternden Appelle und Bitten, den Kopf nicht in den Sand zu stecken, und immer an einen guten Ausgang zu glauben.

Detectiv Zieman konnte ahnen, welch seelischer Stau die Ermittlungsflaute in Hannah und Alex verursachte. Doch auch er konnte momentan nicht zu einer freundlicheren Stimmung beitragen, geschweige denn ein kleines Fünkchen Erfolg vermelden.

Die zwei Menschen aus Deutschland, die mit hilflos fragender Mine zum wiederholten Mal in seinem Büro saßen und händeringend nach Erklärungen und Antworten suchten, taten ihm aus ganzem Herzen leid.

Alle erdenklichen barbarischen Grausamkeiten hatten sich in den Innenwelten dieser Familie breitgemacht.

Zieman konnte ihnen keine Lösungen liefern, blieb alle Antworten schuldig.

Viel zu oft schon hatte er Menschen in ihrem seelischen Leid erleben müssen und konnte keine Hilfe leisten. Seine Antworten an sie waren meist grausamer Natur, sie zerrissen Herzen und schütteten Leid über gebrochene Seelen aus, die vorher Liebe und unschuldige Freundlichkeit in sich trugen.

Ihre Stimme bebte, als sie nochmals inständig um weitere intensive Fahndungsarbeit bettelte. Hannah fühlte die Leere, in die sie hineinredete. Sie wurde sich blitzartig der Sinnlosigkeit all ihres Flehen bewusst. Nein, nichts bringt ihr Kind zurück. Hatte sie schon alle Hoffnung aufgegeben, während Alex fortwährend mit Zieman beharrlich um neue Ermittlungsschwerpunkte rang?

Was könnte ihr das Leben jetzt noch bieten? Neben jeder möglichen schöner Begebenheit würde wie ein unsichtbarer Gefährte als Träger dieser fürchterlichen Realität zukünftig auf Schritt und Tritt nebenher marschieren und immer wieder versuchen, Oberhand in ihrer Persönlichkeit zu gewinnen, sie fortwährend an ihre Schuld erinnern und nichts würde ihn daran hindern können.

Hannahs Hände zitterten. Ihre Haut schien die fatale innere Stimmungslage wiederzugeben. Aschfahl grau und krank verdeckte sie die bittere Erkenntnis, am Ende der Weisheit angelangt zu sein.

Sie dachte an zu Hause. Sollten sie so schnell wie möglich die Koffer packen und die Heimreise antreten? Flüchten aus diesem ungeliebten Land, das ihnen ihren Sohn geraubt hatte?

Vielleicht wartete ihr Kind zu Hause auf sie, während alle hier sinnlose Zeit mit Bitten und Betteln nach Hilfe vergeudeten. Womöglich stand Ben am Gartentor, um sie zu zeichnen, während sie und Alex mit den Mädchen müde von der Reise aus dem Taxi stiegen.

Nein, sie wollte zusammen mit ihren 3 Kindern nach Hause fliegen. Niemals würde sie das Land ohne ihren Ben verlassen. Dieser Entschluss wurde gerade fest betoniert.

******

Da sich in den letzten Tagen die Anzahl der eingehenden Hinweise auf ein Minimum reduziert hatte, sah sich die Polizeiführung gezwungen, die Ermittlungsgruppe personell abzubauen. So blieben nur Zieman und zwei seiner Kollegen als Team übrig, um diesen Fall möglichst bald abzuschließen.

Eine wiederholte verbale Auseinandersetzung, in deren Verlauf Hannah erneut durch Weinkrämpfe, lautes Flehen und Hilferufen ihrer Verzweiflung Luft zu machen versuchte, spiegelte das gespannte Verhältnis zur hiesigen Polizeibehörde wider.

Diese Tatsache veranlassten Alex und Hannah nunmehr endgültig eine ansässige Privatdetektei einzuschalten.

Man wollte nichts unversucht lassen, jede Möglichkeit wahrnehmen, ihren Sohn wieder zu bekommen.

Nach ausgiebigen Telefonaten im Freundeskreis schlug der Freund der Familie vor, **Newton & Fowler, Private Detectives and Investigators** aus Los Angeles mit der Suche zu beauftragen.

Die Stimmung im Hotelzimmer glich dem konspirativen Treffen einer verbotenen Gruppe, als die zwei Privatdetektive sich vorstellten, und Alex ihnen den Fall erklärte.

Es bedurfte schon einiger Finesse den beiden sportlich gekleideten Männern die Übernahme des Auftrages schmackhaft zu machen, denn Anhaltspunkte, die eine schnelle Aufklärung des mysteriösen Verschwindens des 10-jährigen Benjamin Meiners am Lake Diaz versprachen, konnte man ihnen nicht bieten.

Die Detektive wollten, bevor sie ihre eigenen Ermittlungsschwerpunkte festlegten, erst einmal den „Tatort" besichtigen, um sich ein genaues Bild der Geschehnisse machen zu können. Erst danach war beabsichtigt, die seitens der Polizei in Lone Pine und Bakersfield bereits abgearbeiteten Tatsachen des Falles noch einmal präzise nachzuvollziehen und ggf. unbeachtete Indizien genauer zu beleuchten.

Diese neue Ermittlungsbasis gab Hannah wieder Mut und sie versprach sich aus der Verpflichtung dieser Privatdetektive einen großen Schritt nach vorn.

Der Diaz Lake erfuhr seit diesem unheilvollen Vorfall einen regelrechten Besucherandrang. Der Parkplatz an der Einfahrt zum See war täglich voll besetzt. Die Bootsverleiher erfreuten sich guter Geschäfte.

Im Pulk der neugierigen Besucher fielen die Detektive nicht auf, als sie den Picknickplatz in Augenschein nahmen und heimlich ihre Notizen ergänzten. Hannah und Alex nahmen nicht am Ortstermin teil, denn das Nervenkostüm war trotz der zwischenzeitlichen Festigung ihrer Psyche weiterhin labil.

Ellen hatte die Familie bereits davon in Kenntnis gesetzt, dass sich in ihrem Sender die Anrufe häuften, mit denen findige Journalisten weitere Einzelheiten zu erfahren versuchten, daher sollte es wieder mal an der Zeit zu sein, das Motel zu wechseln.

Es schien, als wäre eine Luftblase an einer Stelle angestochen worden, aus der ein gefährlicher Flaschengeist entwich, der sich anschickte, seine unheilvolle Verrichtung aufzunehmen. Es sollte nur eine Frage der Zeit sein, bis der gierigen Meute sensationsgeiler Menschen der durchgemengte Nachrichtenfraß von den Fangarmen der Fernsehsender zum Verschlingen vorgeworfen wird.

Wenn unwichtige Fakten zu hypothetischen Ansichten hochstilisiert werden, Wahrheiten verfälscht, und Tatsachen verdreht werden, um Einschaltquoten zu steigern, damit sich das zähnefletschende hirnlose Dummvolk am Schmerz der Betroffenen hemmungslos ergötzen kann.

Die Phase der angenehmen Abkühlung währte nur kurz; für die Familie sollte sich das Wechselbad der Gefühle nochmals zur siedend heißen Hölle entzünden.

Die Druckseiten des seelischen Schraubstockes begannen sich allmählich wieder gegeneinander zu bewegen, um der Familie erneut die Luft zum Atmen zu nehmen.

Wie ein drohendes Unwetter nahte die Flut der dämonischen Figuren, die sich ausgerüstet mit Mikrofonen und Fernsehkameras auf den Weg begaben, ihre schmerzhaften Giftpfeile gezielt auf die betroffenen Menschen abzufeuern.

Die Krieger der medialen Meute beluden ihre Fahrzeuge mit den Waffen, die als unsichtbare Verbindung zu der am Fernsehschirm wartenden Zuschauermasse fungierten.

Die Armada der Pressefurien rollte in bedrohlicher Formation durch die Straße von Bakersfield. Fieberhaft entschlossen, scheinbar kraftvoll inspiriert von Wagners Klängen der Ouvertüre zum Fliegenden Holländer, heroisch bereit, ihr gnadenloses Werk zu beginnen kamen sie näher.

Die Segel vom Starkwind der geforderten Einschaltquoten gespannt, die Waffen bereit zum Abfeuern. Die Gesichter vom Gegenwind zu Fratzen geformt stoben sie unerbittlich ihrem Auftrag entgegen. Nichts konnte sie mehr aufhalten.

Eine Angestellte des Motels hatte der Presse den entscheidenden Hinweis geliefert, worauf ihr von einem Fernsehsender bei Richtigkeit der Informationen ein großer Geldbetrag in Aussicht gestellt wurde. Nach anfangs zufälligen Beobachtungen war es der Frau gelungen, das Puzzle um die Familie aus Deutschland in ihrem Motel mit den fehlenden Steinen zu komplettieren.

Hannah und Alex saßen vermeintlich entspannt im Motelzimmer, nachdem sie die gepackten Koffer zum Verladen für die Abfahrt in ein anderes Motel bereitgestellt hatten.

Die Mädchen lagen in ihrem Zimmer auf dem Bett lasen und spielten, während Pit Maurer draußen die letzten Gepäckstücke in seinem Geländewagen verstaute.

Die akustische Öde um ihn herum wurde im nächsten Moment von lauten Motorengeräuschen überstimmt, als der Tross der medialen Seelenschlächter sämtlichen Parkraum vor den Motelzimmern angriffslustig okkupierte.

Wie aus Landungsbooten an gegnerischen Stränden spuckten die antennenbehörnten Fahrzeuge kamerageschulterte Krieger aus, von Flintenweibern begleitet, deren Hände sich an langstieligen Mikrofonen wie an Speeren

festklammerten, um sie im nächsten Augenblick rücksichts-
los ihren Opfern entgegenzuschleudern.

Eine Kanonade von Fragen prasselte übergangslos auf den
Freund der Familie ein, der, um sich wie vor einem plötzlichen Regenschauer zu schützen, mit eingezogenem Kopf
ins Gebäude zu flüchten versuchte.

Fast stolpernd erreichte Pit die Tür, die ihm Alex rettend
geöffnet hatte.

So entging er nur mühsam dem Kugelhagel der Kämpfer,
die sich nach der missglückten ersten Offensive zur Lagebesprechung um ihre Landungsboote formierten, bereit,
die nächste Angriffswelle zu eröffnen.

Hannah vergrub ihr Gesicht weinend im Kissen, nachdem
das erste Entsetzen über die Attacke wie ein lang gestreck-
ter Ton nur mühsam verhallte.

Jetzt befanden sie sich im Gefecht mit einem Widersacher,
der alle Vorteile auf seiner Seite zu haben schien. Sie waren
den einheimischen Fernsehhyänen schutzlos ausgeliefert.

Wie sollten sie sich nun in den nächsten Tagen im Gefolge
dieses Monstrums bewegen können. Wurden sie bereits
überwacht oder gar abgehört? Wem konnten sie noch
trauen? Wer hatte sie verraten? Alex und Pit versuchten
Hannah zu beruhigen. Die Männer planten, den Kessel zu
sprengen, sie waren ohnehin gezwungen, einen Ausbruch
zu versuchen, möglichst schon in den nächsten Stunden,
denn sie mussten das Motelzimmer räumen.

Die Fernsehteams lagerten bei ihren Fahrzeugen, ohne die
Eingänge der Zimmer aus den Augen zu lassen. Einige der
Reporter telefonierten eifrig per Mobiltelefon. Anscheinend
erwarteten sie neue Instruktionen aus den Befehlsständen

ihrer Sender. Pit Maurer hatte über das Hoteltelefon mit der Rezeption Verbindung aufgenommen. Auch hier hatte man den Aufmarsch inzwischen mit Entsetzen beobachtet.

Der Manager des Hauses wurde in den Fluchtplan der Familie eingeweiht und versprach seine Unterstützung.

Nach einigen Minuten verließ ein Angestellter des Motels das Haupthaus, um in einen an der Seitenfront parkenden Pickup zu steigen. Diesen fuhr er auf der leicht abschüssigen Zufahrt rückwärts an den Haupteingang.

Die Reporterclique gewahrte diese Bewegungen und machte sich sprungbereit und entsicherte das Waffenarsenal. Nachdem der Fahrer den Pickup verlassen hatte und wieder im Haupthaus verschwand, bewegte sich die wartende Menge in dieselbe Richtung.

Diese kurze Ablenkung ausnutzend öffneten Alex und Pit die Zimmertür, um Hannah und die Kinder zu ihrem Van zu bugsieren, der glücklicherweise rückwärts eingeparkt war.

Es gelang ihnen zügig einzusteigen, während Alex den Wagen startete und sofort Richtung Ausfahrt steuerte und unbehelligt die Ausfallstraße erreichte.

Als die Reporter diesen Schachzug erkannten und zu ihren Fahrzeugen hasteten, sprang Pit in seinen Geländewagen und versuchte die Ausfahrt noch vor den Presseautos zu erreichen. Dieses gelang ihm jedoch nur bedingt, denn eines der Fahrzeuge konnte noch vor ihm in die Ausfahrt gelangen, bevor er den anderen den Weg abschneiden konnte.

Mit quietschenden Reifen schoss das Pressegefährt auf die Einmündung zur Straße zu, wo es nur knapp vor einem fremden roten Van zum Stehen kam, der wie aus dem Nichts die offene Ausfahrt blockierte.

Pit Maurer durch diese Aktion aufgewühlt, schaute übers Lenkrad zum roten Van hinüber, wischte sich den Schweiß von der Stirn und wunderte sich über diese unerwartete Hilfestellung.

Das auf dem Seitenstreifen der Ausfahrt gestoppte Fernsehteam verließ das Fahrzeug und rannte wutentbrannt in Richtung des roten Vans, um dessen Fahrer zur Rede zu stellen. Bevor ihn die wütende Meute erreichte, wendete das Fahrzeug fuhr mit quietschenden Reifen weiter.

Pit Maurer setzte in Ruhe seinen Geländewagen zurück und parkte wieder vor dem Motelzimmer, um die Gepäckstücke der Familie einzuladen. Dabei ging ihm der Vorfall mit dem geheimnisvollen roten Van nicht aus dem Kopf. Ärgerlich, dass er das Kennzeichen nicht erkannt hatte, denn ohne dessen Hilfe hätte man diese Befreiungsaktion nicht durchführen können.

Anschließend ging Pit in das Haupthaus, um sich beim Manager für die Hilfe zu bedanken.

Die Fernsehteams verblieben noch eine Weile im Hof des Motels, erkannten jedoch ihre Niederlage und fuhren unter Schimpftiraden vom Parkplatz.

Erst nach dem er sich sicher war, dass ihm keines der Pressefahrzeuge gefolgt war, fuhr Pit Maurer etwas entspannter in Richtung Fresno. Dort hatten sich Alex und Hannah mit den Kindern in einem abgelegenen Motel im äußersten Norden der Stadt eingemietet.

Die Fahrt dorthin ermöglichte Pit über das bisherige Geschehen ausgiebig nachzudenken und sich weitere Schritte zu überlegen, um sie den Freunden zu unterbreiten, denn Hannah und Alex waren mittlerweile kaum in der Lage, die Zusammenhänge rational zu beurteilen, geschweige denn diese auch noch zu bewältigen.

Er freute sich darauf, heute Abend in Ruhe ein Glas Rotwein zu trinken und danach, ohne viel nachdenken zu müssen einschlafen zu können.

Währenddessen klingelte sein Handy. Seine Frau Ellen wollte über den momentanen Stand informiert werden, denn er hatte den versprochenen Anruf in der gesamten Aufregung immer wieder verschoben. Pit schilderte ausführlich die Ereignisse mit der Pressemeute am Motel und brachte mit den Andeutungen zum roten Van auch Ellen ins Grübeln. Diese wies ausdrücklich darauf hin, dass ihr eigener Sender bisher derartige Belagerungen entschieden ablehnte und auch in Zukunft für einen sauberen Journalismus eintritt.

******

Mittlerweile hatten auch die Medien in der Heimat ausführliche Berichte gesendet und über das Verschwinden eines deutschen Kindes auf amerikanischen Boden berichtet.

Die Zeitungen waren voll von irrwitzigen Theorien und Mutmaßungen. Besonders die Boulevardblätter übertrafen sich in reißerischen Hypothesen und geisterhaften Unterstellungen. Da ihnen noch genauere Informationen über die Identität des vermissten Kindes fehlten, blieb das Umfeld der Familie in Deutschland von den gefürchteten Belästigungen verschont. Innerhalb der Nachbarschaft in ihrer Wohngegend ahnte man ebenfalls nichts über Bens Verschwinden. Alles nahm seinen gewohnten Lauf.

Johannes Lendte tauchte einmal mehr vor dem Grundstück Dr. Schellers auf, der ihn in sein Haus bat.

Lendte informierte Scheller über die festgefahrenen Ermittlungen und über die Einschaltung eines privaten Investigationsdienstes. Der Nachbar zeigte sich wiederholt bestürzt über die Tragödie, von der die Familie erdrückt wurde.

Ganz nebenbei kamen die Herren auf die Uhrensammlung des Arztes zu sprechen, und auf die alte, defekte Armbanduhr, die Scheller seinerzeit dem Jungen schenkte.

Man unterhielt sich über die von den Polizeibehörden vermeintlich als nicht notwendig erachteter Anhaltspunkt, den Verbleib der Armbanduhr in die Ermittlung aufzunehmen.

Lendte nahm sich vor, beim nächsten Telefonat mit seiner Familie, Tochter und Schwiegersohn auf diesen Umstand hinzuweisen.

Pit Maurer fand seinen Freund Alex und seine Familie in einem erbärmlichen Zustand vor. Auch die Mädchen wirkten blass und unausgeschlafen. Die sonst offen strahlende Frische war ihnen aus dem Gesicht gewichen. Sie saßen teilnahmslos vor dem Fernseher, als Pit Maurer das abgedunkelte Zimmer betrat.

Hannah lag auf dem Bett und taumelte in einem schlafmittelbeseelten Dämmerzustand, während Alex am Schreibtisch Unterlagen und Straßenkarten wälzte.

Auch bei ihm hatten die letzten Tage sichtlich Spuren hinterlassen. Sein Gesicht wirkte ausgesprochen hager und spiegelte eine besondere Schlaffheit wider.

Die Freunde begrüßten sich schweigend und Alex deute mit einer Kopfbewegung Richtung Tür. Sie begaben sich nach draußen. In einer beschatteten Sitzgruppe, das Motel fest im Blick, versuchten beide die nächsten Maßnahmen zu beratschlagen. Es bereitete ihnen ziemliche Probleme adäquate Wege aus dieser Sackgasse herauszufinden.

Das Rätsel um den roten Van blieb als Einstieg für eine neue Ermittlungsrichtung übrig. Hier wollte man ansetzen.

Für den nächsten Tag nahm man sich vor, Detectiv Zieman, vom Police Dept. Bakersfield über den Vorfall auf dem Parkplatz vor dem Motel zu berichten.

Für heute wollten sie versuchen sich ein wenig zu erholen. Ein bei einem Catering Service von Pit Maurer bestelltes Abendessen sollte für einen kleinen Stimmungsaufheller sorgen, ferner wollte Alex am späten Abend noch bei seinem Schwiegervater Johannes Lendte in Deutschland anrufen.

Der Hinweis von Lendte auf Bens defekte Armbanduhr nahm Alex gern entgegen. Diesen Anhaltspunkt hatten sie bei sämtlichen Gesprächen im Police Departement vollkommen außer Acht gelassen. Bei der nächsten Gelegenheit sollte diese Versäumnis nachgeholt, und die inzwischen im Internet ermittelten Daten der Uhr den Beamten nachgereicht werden.

Detctiv Hank F. Zieman zog es breite Falten auf die Stirn, als Alex und Pit über die Belagerung am Motel berichteten.

Der Policeofficer hatte im Hintergrund dieser Geschehnisse die Familie in ihrer neuen Unterkunft aufgesucht. Mit frischen Erkenntnissen konnte er nicht aufwarten, was von den Beteiligten auch nicht anders erwartet worden war.

Die ermittlungstechnische Sackgasse schien tiefer zu sein, als man gedacht hatte. Keine neuen Hinweise, keine neuen Zeugen, keine Anrufe ...nichts.

Die Beschreibung des roten Vans und die Armbanduhr waren die einzigen neuen Ansatzpunkte.

Ein zufälliges Begegnen des Fahrzeuges an der Ausfahrt des Motel-Komplexes schloss man aus, dafür waren die Aktivitäten des Fahrers für den nachträglichen positiven Ausgang zu eindeutig. Um der Familie ein freies Abfahren vom Parkplatz zu ermöglichen, hatte der rote Van die Fernsehmeute kaltgestellt. Wer wollte die Familie schützen? Wer wollte etwas Unangenehmes verhindern?

Die Privatdetektive von Newton & Fowler meldeten sich auf Alex' Handy und berichteten über die Begebenheiten am Bootsverleih des Lake Diaz.

Alex musste sich setzen, sonst wären ihm die Beine weggezogen worden, als die Privatermittler auf einen auffälligen roten Van zu sprechen kamen. Er reichte das Gespräch an Detectiv Zieman weiter, der alle Einzelheiten notierte und sich für die Neuigkeiten bedankte. Jetzt kam Bewegung in die Sache. Selbst Zieman, der seine Selbstbeherrschung für einen Moment vergaß, sprach aufgeregt von ersten fundierten Hinweisen. Jetzt musste der rote Van gefunden werden.

Die Fahndung musste verdeckt erfolgen, damit Fahrer oder Halter nicht aufgeschreckt werden und sich des Fahrzeuges womöglich entledigten.

Als sich Zieman von der Familie verabschiedete, riet er ihnen für die nächsten Stunden das Motel nur im Notfall zu verlassen.

******

Privatdetektiv Miles Abbot saß auf einer der Bänke des Picknickplatzes am Lake Diaz und beobachtete interessiert die unmittelbare Umgebung, während sein Partner Miguel Sanchez am Bootsverleih im Rahmen einer unverfänglichen Befragung neue Fakten zu sammeln versuchte.

Dessen Vorliebe für lockere und saloppe Bekleidung kam ihm bei dieser Art der Ermittlungsarbeit außerordentlich entgegen, so reihte er sich unauffällig ein in die schier nie endende Flut der neugierigen Touristen, die den Ort, an dem der Junge aus Deutschland auf mysteriöse Art und Weise verschwand aus nächster Nähe erleben wollten. Dem Bootsverleiher wurde als Entgelt für seine inhaltsleeren Antworten, mit denen sich die wissbegierigen Urlauber berauschten, nebenbei ein gutes Geschäft beschert.

Nennenswerte Erkenntnisse resultierten aus Sanchez' Ausforschungen jedoch nicht.

Einzig allein die Tatsache, dass ein ebenso lässig gekleideter junger Mann sich am Bootsverleih immerfort in seiner Nähe aufhielt, und ständig versuchte, den Inhalt der Befragungen und die Antworten mitzuhören, erzeugte in Sanchez ein klares Misstrauen. Bevor der Detektiv den Weg zurück zum Picknickplatz einschlug, notierte er das Kennzeichen des roten Vans, in den der junge Mann eingestiegen und in Richtung Hauptstraße davon gefahren war.

Die Überprüfung des Kennzeichens machte die Ermittler stutzig. Es war auf das Medical **Institute for genetic research** in Los Angeles eingetragen.

Abbot ließ im Büro der Detektei eine telefonische Erkundigung durchführen, die jedoch ohne Erfolg blieb. Dieses Institut war in keinem Telefonregister verzeichnet. Auch eine Anfrage bei der Medical Society Cal. brachte kein positives Ergebnis, eine derartige Organisation war hier weder bekannt noch registriert.

Waren die Privatdetektive auf einen Berg voller Ungereimtheiten gestoßen, in dessen Zentrum Organisationen verstrickt waren, die ihre Identität zu verbergen suchten?

War die Existenz dieses roten Fahrzeugs die Verbindung zum verschwundenen Jungen?

Sollten sie den Vorfall pflichtgemäß den Polizeibehörden melden, damit entsprechende Fahndungsmaßnahmen eingeleitet werden konnten? Würden sie mit dieser Information den Ermittlungsvorsprung aus der Hand geben, und ihren eigenen Erfolg in der Sache gefährden?

Ein riesiger Berg voller Fragen türmte sich vor den Privatdetektiven auf.

Sie waren sich einig, erst am nächsten Tag ihre Neuigkeiten dem Police Departement Bakersfield mitzuteilen.

******

Donny Peterson lenkte fröhlich pfeifend seinen Transporter an den Straßenrand, um die Post des Wohnheimes für die Versendung einzuwerfen. Trotz des zeitlichen Verzugs nahm er sich wie immer die Zeit für ausgiebige Pausen und sonstige Stopps auf seiner Route zum St. James Hospital.

Seine 2 Passagiere, John Balliard und Christine Stowinger, waren für jegliche Abwechslungen auf der Fahrt zur monatlichen Untersuchung bei Dr. Henderson dankbar.

Besonders freuten sie sich, wenn Donny an seinem Lieblingsimbiss Cathy's hielt, dann war ihnen eine Riesenportion Fisher's Ice Cream sicher.

Das Cathy's lag abseits an der Helens Ave, so dass Donny mal wieder den üblichen Umweg machen musste, was seinen Passagieren großen Spaß machte. Er stoppte den Transporter und sprang in den Laden, wo ihn Cathy freundlich begrüßte, um ihm anschließend die üblichen Portionen zuzubereiten. Donny war noch der einzige Gast, da erst die Mittagszeit das Hauptgeschäft für Cathy ist.

Sie unterhielten sich in gewohnter Art und Weise, bei der sie sich lediglich die Neuigkeiten in Kurzform zuwarfen. „Alles ok?..."Ja, wie immer" „Nicht so viel Himbeersauce auf's Eis!..."Nein, wie immer"! „Gott bin ich wieder spät dran"!

Donny schnappte seinen Einkauf, ließ das Wechselgeld wie immer liegen, und hastete zum Ausgang. Auf dem Bürgersteig rannte er fast eine Kundin um, die geradewegs in den Laden eintreten wollte.

Als er sich dem Fahrzeug zuwandte, blieb ihm fast das Herz stehen. Beide Seitentüren des Transporters waren weit geöffnet, die Rückbank leer, John und Christine waren verschwunden. Er ließ das Eingekaufte auf den Boden fallen, umkurvte das Fahrzeug, spähte in alle Richtungen und rief immer wieder laut ihrer Namen.

Fast mechanisch begann er sie in die Seitenstraßen hineinzubrüllen. Umstehende Passanten sahen den aufgeregten jungen Mann fragend mit erstaunten Blicken hinterher. Keine Spur von John Balliard und Christine Stowinger. Der Erdboden hatte die beiden Jugendlichen verschluckt.

******

Obwohl sie Einschlafprobleme hatten, war es für Alex, Hannah und Pit den Umständen entsprechend eine geruhsame Nacht. Sie trafen sich im Frühstücksraum der dem Motel angegliederten Schnellimbisskette. Einer des abseits gelegenen Tischs ermöglichte ihnen, die Fahrzeuge und ihre Zimmertüren im Blick zu halten.

Der Kaffee und die noch herrschende Ruhe taten Ihnen gut, bevor Detectiv Zieman die eine Explosion heraufbeschwörende Nachricht übermittelte.

Alex war kaum in der Lage, das Handy ruhig zu halten. Die Stimme begann zu beben, die Worte wollten hinaus, stolperten unterwegs und verklebten zu einem nicht zu verstehenden Mischmasch aus Stöhnen und Entsetzen.

Seine Hände zitterten, er war fast unfähig, die Mitteilung vollständig zu verinnerlichen und sich die bedeutsamsten Punkte zu merken.

Er gab das Telefonat wie eine Radiomeldung stereotyp wieder:

„Am gestrigen späten Vormittag verschwanden 2 Bewohner des St. Adrews-Wohnstiftes in Modesto. Es handelt sich um 2 Jugendliche im Alter von 15 und 17 Jahren.

Sie waren auf dem Weg zur Untersuchung zum St. James Hospitals. Nach dem Halt an einem Imbiss fand man das Fahrzeug nur noch leer vor.

Beide waren am Down - Syndrom erkrankt."

Alex versuchte seine Fassung zu halten, normal zu denken. Wie ein gewaltiges Bündel Blitze fuhr ihm diese Neuigkeit in den Kopf.

Sie hatten sich von ihren Stühlen erhoben, wollten sein dauerndes Kreislaufen unterbrechen. Er schob sie mit einer Hand von sich, als wollte er sie vor Ansteckung schützen. Äußerste Kraft musste er aufwenden, um mit der anderen Hand das Handy halten zu können, die Nachricht schien ihm alle Energie aus den Muskeln zu saugen.

Detectiv Zieman berichtete weiter. Alex wiederholte es in monotoner Stimmlage:

„Passanten waren sich sicher: in der Nähe fuhr ein roter Van davon".

Hannah stand am Fenster und blickte leer in die Ferne. Die Hände ängstlich auf den Mund gepresst. Eingefangen von den Ereignissen, die sie umgaben, war sie kaum fähig sich zu bewegen. Pit drückte seinen Freund in den Stuhl zurück, nach dem dieser das Gespräch beendet hatte.

„Was passiert hier", Alex sinnierte und ließ die Nachricht in sich wirken. Sie wirbelte wie ein Riesenquirl in seinem Kopf herum, vollführte Vollbremsungen, um sofort wieder mit Vollgas gegen die Gehirnwindungen zu rasen.

„Gibt es Verbindungen"?, . Es muss Verbindungen geben, und wir müssen es herausfinden"!! Wer tut den Angehörigen das an, stielt ihre Kinder, und warum, wofür?

Dieser rote Van. Wir müssen an diesen roten Van herankommen". Er manifestierte das Vorhaben zum Auftrag!

Pit Maurer rief seine Ehefrau Ellen beim Sender in LA an. Die Geschehnisse um die beiden Jugendlichen aus Modesto waren bereits den Stationen bekannt gemacht worden.

Die Presselandschaft schien von diesen Neuigkeiten erdbebenartig aufgerissen zu sein. Jetzt wurde die scharf gemachte Pressemeute auf die Umgebung der beiden Teenager gehetzt.

Die Familie aus Deutschland spielte im Moment lediglich eine Nebenrolle in einer Tragödie, deren Ausmaße scheinbar noch gar nicht erfasst wurden.

Die Fernsehsender brachten eine Sondersendung nach der anderen. Immer wieder flackerten die Bilder der vermissten Jugendlichen über die Bildschirme.

Bei der polizeilichen Ermittlung genossen John Balliard und Christine Stowinger den Vorrang, schließlich handelte es sich jetzt und hier um amerikanische Staatsbürger.

*****

Phyllis und Edna Driscol waren froh, endlich einen neuen Mieter für das kleine Häuschen auf dem weitläufigen Grundstück hinter ihrem Wohnhaus gefunden zu haben, obwohl der Mietzins doch erheblich über dem Durchschnitt lag. Die beiden Schwestern zeigten sich angetan von der Art und Weise, wie der sympathische junge Arzt Dr. Kenneth P. Mortimer bei ihnen vorstellig wurde.

Sie waren beeindruckt von seinem Vorhaben, ihr kleines Häuschen ausschließlich als Ort der Ruhe und Regeneration zu nutzen, denn die meiste Zeit würde er in der Klinik nahe LA verbringen.

Die sofortige Überweisung der Halbjahresmiete ließ die Frauen beruhigt und zufrieden sein. Umgehend wurde die Vermietung vertraglich zum Abschluss gebracht.

Das prächtige Anwesen der Schwestern lag in der Nähe des East Highway Drive am Ostrand von San Louis Obispo und könnte eingebettet in einem Park als Filmkulisse für englische Dramen dienen.

Alte Bäume erzählten die Geschichte von 2 kleinen Mädchen und eines steif wirkenden Jungen, die vor vielen Jahrzehnten allesamt behütet von Kindermädchen umsorgt und wohl erzogen aufwuchsen.

Noch heute kann man die Scharten und Kerben in der Rinde der groben Äste erkennen, an denen die Schaukelseile mit jedem Schwung, den die Geschwister vollführten, unauslöschbare Altersspuren hineinbohrten. Der Wind wirbelte das Lachen der Kinder um die Baumstämme, in deren Wipfeln noch heute die Lieder zu hören sind, mit denen die dezent gekleideten Erzieherinnen ihnen die Zeit vertrieben.

Wenn man aufmerksam lauscht, hört man von den entfernt gelegenen Straßen noch die schnaufenden Motorengeräusche der ersten Ford De Luxe Phaeton zu ihnen herüber dröhnen.

Das Haus der Driscols schien ein Abbild der eigenen Persönlichkeit der Schwestern zu sein.

Die alten Holzfassaden waren in sanftem Aquamarin gestrichen, dessen Intensität Regen und Wind erbarmungslos gemindert hatten. Dennoch trotzte die Fassade mit einem nimmermüden adelsstolzen Teint dem hereinbrechenden Alter.

Die prächtigen Pfeiler trugen erhaben und würdig den luxuriösen Eingangsbereich und schienen sich bei jedem Eintritt eines Gastes höflich zu verneigen. Schließt man die Augen, kann man immer noch die feine Gesellschaft erkennen, die sich seinerzeit in eleganter Garderobe in gewählter Sprache bei sanfter Musik dezent amüsierte.

In einträchtiger Gemeinschaft hielten die Dachschindeln in starkem Verbund ihre riesige Hand schützend über die Etagen. Diese charaktervolle Harmonie des Hauses schien im Laufe der Jahre vom Gebäude auf die Persönlichkeit der beiden alten Damen übergegangen zu sein.

Die 75 und 77 Jahre alten Schwestern hatten sich weitgehend aus der Öffentlichkeit zurückgezogen, nachdem ihr Bruder William im letzten Jahr verstorben war.

Er hatte ihnen ein kleines Vermögen hinterlassen, das aus seinen Maklergeschäften zusammengekommen war.

Seit seinem Tod stand das kleine Häuschen, in dem früher die Bediensteten wohnten, auf dem hinteren Teil des riesigen Grundstückes leer und wartete auf einen neuen Bewohner. Die drei lebten hier, seit ihre Eltern den kleinen Besitz gekauft hatten. An Heirat hatten keine von ihnen gedacht, daher gibt es keine Erben, niemand, der nach ihrem Tode dieses Anwesen mit gleicher Liebe und Hingabe schätzen würde.

Nach dem Ableben des Bruders beauftragten die Frauen einen befreundeten Notar, ihnen die Möglichkeiten für die Gründung einer sozial ausgerichteten Stiftung zu erarbeiten, denn auch sie selbst verfügten ja schließlich über einen respektablen Betrag zur Sicherung ihrer Altersversorgung, sodass man diese Nachlassvariante in Betracht zog.

Die gesamte Planung ihres Erbes sollte im geheimen abgehandelt werden, denn die Schwestern misstrauten Mrs. Koszlowski, die der Familie seit über 20 Jahren in militärischer Korrektheit den Hauhalt führte. Sie vermuteten, dass diese grobschlächtige polnische Haushälterin seit ein paar Monaten außergewöhnliches Interesse für deren private Aufzeichnungen hegte. Deshalb achteten die beiden alten Damen darauf, bestimmte Unterlagen nur noch zu bearbeiten, wenn sichergestellt werden konnte, dass Mrs. Koszlowski nicht im Hause war.

Dieses polnische Flintenweib, das von William Driscol seinerzeit eingestellt, und von ihm mit einem lebzeitwährenden Arbeitsvertrag ausgestattet wurde, konnte wahrlich keinerlei Sympathien der Schwestern erhoffen. Viel zu groß waren die jahrelang aufgetürmten Ressentiments, mit denen sie ihrer Haushaltshilfe begegneten.

Nie konnten die beiden es ihr verzeihen, dass ihr Bruder damals auf Druck dieser Person den altersschwachen Collie der Schwestern hat einschläfern lassen. Fortwährend hatte die Polin das Tier getreten und Steine nach ihm geworfen, wenn Robby wieder einmal mit erdfeuchten Pfoten über die schweren Teppiche stürmte, und ihr so erhebliche Mehrarbeit verschaffte.

Der neue Mieter kam jetzt also gerade zum geeigneten Zeitpunkt, um ihn als starken männlichen Verbündeten gegen die vermeintliche polnische Erbschleicherin und ihrem Clan zu gewinnen. Ferner würde das Warschauer Fettauge, wie Phyllis und Edna sie heimlich nannten, es zukünftig nicht mehr wagen, für die Zubereitung der Speisen vorsätzlich verdorbene Lebensmittel zu verarbeiten oder ihnen sonstige Magen schädigenden Substanzen zu verabreichen. Dr. Mortimer würde sie nunmehr schnell entlarven.

Sie beabsichtigten, die nächste Gelegenheit zu nutzen, um den jungen Arzt zum Nachmittagskaffee zu bitten. Dabei konnte man im Hintergrund einer vorgetäuschten Ohnmacht erste Kontakte knüpfen und gleichzeitig den Arzt in eine leichte Versorgungspflicht bugsieren.

Die Haushaltshilfe Anita Koszlowski begegnete dem neuen Mieter mit der ihr eigenen feinfühligen und hölzernen Unfreundlichkeit.

Als dieser die ersten Umzugskisten in sein neues Domizil wuchten wollte, räumte sie nur widerwillig die Zufahrt zum Haus, die von ihrem altersschwachen Buick wie immer großzügig quergeparkt okkupiert war.

Ihr polnisch-amerikanisches Kläffen verhallte erst, als sie anschließend grimmig den Hauseingang erstürmt und die schwere Haustür schwungvoll hinter sich zugeworfen hatte. Dr. Mortimer bekam so den ersten Eindruck ihres Charakters und vermied es daher, ihr in den nächsten Stunden über den Weg zu laufen.

Der Nachmittag verlief harmonisch und nett. Die Driscol - Schwestern amüsierten sich köstlich über die lustigen Witze, die ihnen ihr neuer Mieter Dr. Mortimer in feinfühliger Art darbot, während Mrs. Koszlowski mit bärbeißend wütenden Blicken und zackigen Bewegungen den Kaffee servierte.

Jeder Ton des dezenten Gelächters, mit denen die gut gelaunte Gesellschaft den Raum erfüllte, löste in der Haushälterin ein mittelschweres Erdbeben aus. Hier hatte sich wahrscheinlich ein männlicher Rivale breitgemacht, der ihre Autorität erheblich, wenn auch nicht vorsätzlich, untergraben könnte.

Dr. Mortimer hatte die kurze Ohnmacht, die Phyllis kurz nach seinem Eintreffen „erlitt", gekonnt und routiniert behandelt, sodass einem darauffolgenden ausgiebigen Kaffeeklatsch nichts mehr im Wege stand.

Die Schilderung der Details über die Haushälterin und deren bisheriges Verhalten, mit denen die Schwestern den Arzt auf ihre Seite brachten, erzeugten auch unausgesprochen die entsprechend gewünschte Wirkung.

Man las ein paar Tagen später in der Zeitung, dass auf einem Küstenparkplatz in der Nähe von Monte Cristo Place am Highway No. 1 der vorschriftsmäßig abgestellte und verschlossene Buick einer Anita Koszlowski aufgefunden wurde. Von der Halterin fehlte seit Tagen jede Spur.

Sie hatte ihren Arbeitsplatz, einem Haushalt bei San Louis Obispo, wie üblich verlassen, war jedoch nie zu Hause angekommen. Die Polizei habe bisher noch keinerlei Hinweise.

Phyllis und Edna Driscol zeigten sich „tief bestürzt" über die Nachricht vom Verschwinden ihrer Haushälterin. War sie doch seit mehr als 20 Jahren in den Diensten der Familie und genoss deren hohes Ansehen.

Nein, man könne keine Hinweise geben. Mrs. Koszlowski habe das Haus wie immer verlassen. Aber nein, über eventuelle Feinde oder anderweitige Andeutungen, die seitens der Vermissten gemacht wurden, wusste man auch nichts.

Man konnte ausschließlich über eine lange und ausgesprochen vertrauensvolle Zusammenarbeit berichten. Sie selbst hatten die Familie der Haushälterin auf deren Fernbleiben vom Arbeitsplatz aufmerksam gemacht und so die Suche nach der Frau in Gang gesetzt.

Die Schwestern freuten sich, dass ihnen Dr. Mortimer schnell und flexibel zu einer neuen, sehr netten und fleißigen Hauswirtschafterin verhelfen konnte.

Eine Mrs. Lydia Grant, die wegen Rationalisierungsmaßnahmen leider ihren Job in Dr. Mortimers Klinik verloren hatte, freute sich riesig, so schnell eine neue Stellung gefunden zu haben. Ihr Arbeitsbereich wurde auf die Versorgung des Häuschens von Dr. Mortimer ausgedehnt, sodass sich aus der neuen Beschäftigung für sie ein Fulltime-Job entwickelte.

Selbst um eine kleine Wohnung für die neue Perle kümmerte sich Dr. Mortimer.

Die Schwestern Phyllis und Edna Driscol betrachteten die Bekanntschaft mit dem Arzt als himmlische Fügung, so sehr waren sie von seiner Fürsorge und seinem Organisationstalent angetan.

Da die große Doppelgarage mit dem großräumigen Dachgeschoss, nachdem das Auto von William Driscol kurz nach dessen Tode verkauft worden war, nunmehr leer stand, überließ man Dr. Mortimer auch diesen geräumigen Gebäudeteil zum Unterstellen seines Vans und seiner diversen Freizeitgeräte. Hatte man doch auch Rasenmäher und sonstiges Großgerät abgeschafft und kurz darauf die Gartenpflege an ein hiesiges Hausmeisterunternehmen vergeben.

Mit der Überlassung an den Arzt blieb die Garage praktikabel genutzt und brachte eine zusätzliche Mieteinnahme.

*****

Hannah und Alex machten sich erhebliche Sorgen um das Wohl ihrer beiden Mädchen, die in dem ganzen Verwirrspiel völlig in den Hintergrund gedrängt wurden. Ihre Tochter Tina verstand die Wichtigkeit der Suche nach ihrem Bruder, während Susi kaum noch redete und sich meistens ängstlich zu verkriechen suchte. Hier musste gehandelt werden, um nicht noch mehr Schaden an den kleinen Seelen zu verursachen.

Hannah spielte mit dem Gedanken, mit ihren Töchtern das Land zu verlassen und in die Heimat zurückzukehren, während Alex und Pit die Suche nach Ben fortsetzen sollten. Es würde den Männern nebenbei auch organisatorische Freiheiten eröffnen, denn so konnten beide ohne Rücksicht auf die Familie nehmen zu müssen, sich selbstständiger und schneller bewegen.

Bevor eine konkrete Entscheidung getroffen werden konnte, mussten die Behörden der Ausreise Hannahs und ihrer Töchter ohnehin zustimmen. Die Familie stellte sich auf ein zeitraubendes Prozedere ein, denn bei der Ausreise fehlte der auf ihrem Reisepass und den Visa eingetragene Sohn Benjamin Meiners.

Um die Zeit bis dahin zu überbrücken, reiste Hannah mit den Mädchen nach LA und bezog Zimmer in Pits und Ellens Haus in West Covina.

Hier wollten sie sich vor dem geplanten Abflug in die Heimat erholen und mental stärken, denn besonders für Hannah war das Entfernen vom Ort des Verschwindens ihres Sohnes mehr als ein vorübergehender Abschied.

Es machten sich in ihrem Kopf finale Lebewohlgedanken breit. Das schlechte Gewissen, den Sohn aufgegeben zu haben, beunruhigte sie in höchstem Maße und rüttelte an ihrer verletzten Seele.

Doch was sollte sie hier noch tun? Die ständige Warterei und Hoffen auf positive Neuigkeiten zerrten an ihren Nerven. Die fragenden Gesichter der Mädchen und deren verdecktes, stilles und für die Mutter doch erkennbar schmerzvolles Leiden ließen den Entschluss gedeihen, bald nach Hause zu fliegen und die Grausamkeiten von sich abzustreifen.

*****

Das Verschwinden der Haushälterin in San Louis Obispo schien ganz und gar nicht in das Bild der bisherigen Geschehnisse zu passen und hatte wohl mit dem Verschwinden des Benjamin Meiners nichts zu tun. Gleichwohl sammelte Alex die aktuellen Zeitungsberichte, um zu vermeiden, einen möglichen Zusammenhang nicht zu erkennen oder zu verpassen.

Pit Maurer war inzwischen mit Hannah und den Mädchen nach LA unterwegs, nachdem das Police Departement in Bakersfield grünes Licht für den Umzug gegeben hatte.

Über eine Ausreise nach Deutschland sollte die zuständige Justizbehörde schnellstmöglich entscheiden.

Entsprechende Anträge wurden bereits über das Deutsche Konsulat gestellt. Herausragender Aspekt innerhalb dieses Genehmigungsverfahrens war die Tatsache, dass mittlerweile niemand aus der Familie verdächtigt wurde, am Verschwinden des Kindes beteiligt gewesen zu sein.

Somit dürfte ein baldiger Heimflug der Mutter und der Töchter baldmöglichst vonstattengehen. Ein Umbuchen der Flüge würde ebenso problemlos sein.

Alex traf sich unbehelligt jeglichen Presserummels mit den Privatermittlern, die nochmals ihre Erkenntnisse vom Bootsverleih und den Ermittlungen zum roten Van erläuterten.

Als hauptsächliche Spur sollte sich nunmehr das Verschwinden der beiden Jugendlichen in Verbindung mit der wiederholten Beobachtung des mysteriösen Fahrzeuges ergeben. Hier musste angesetzt werden.

Nebenbei wollte man das Verschwinden der Haushälterin Koszlowski nicht ganz unbeachtet lassen.

Obwohl hier ein Kausalzusammenhang kaum ersichtlich war, nahm man jede auch noch so vage Verknüpfung zum vermissten Kind absolut ernst.

Jetzt blieben Alex noch knapp 18 Tage, um zu einem Ergebnis zu kommen. Danach hatte er seinen Dienst in der Schule anzutreten und diese Tatsache schob er allerdings im gleichen Moment erst einmal weit nach hinten.

Er würde in ca. 1 Woche, sollte sich bis dahin nichts Entscheidendes getan haben, den Leiter des Schulamtes Dr. Feiler bitten, für ihn eine adäquate Vertretung zu bestellen und ihn auf unbestimmte Zeit unter Wegfall der Bezüge zu beurlauben. In Anbetracht der Umstände sollte eine Genehmigung dieses Antrages unproblematisch sein.

Große Sorge bereitete ihm jedoch die Befürchtung, dass Hannah in der Zeit zu Hause ohne seine Anwesenheit und seinem Beistand dem psychischen Druck nicht standhalten könnte, insbesondere, wenn sie Bens Zimmer betreten würde und die Erinnerung in ihr rumoren und explodieren könnten.

Alex fühlte sich momentan außerstande, für diese Situation die bestmögliche Lösung zu finden. Doch bevor der

Heimflug der Familie starten würde, wollte er umsetzbare Mittel und Wege finden, Hannah und den Mädchen die beste Unterstützung angedeihen zu lassen. Sicher würde die Schulpsychologin seiner Lehranstalt, Lina Paulsen, sich ausgiebig um Hannah kümmern, wenn sie alle näheren Umstände erführe. Doch vielleicht würden sich alle Planungen positiv in Luft auflösen, wenn die Familie komplettiert mit dem Sohn nach Hause fliegen könnte.

*****

Es trafen zwei gute Nachrichten ein. Die Behörden hatten der Ausreise für Hannah und die Mädchen grünes Licht gegeben, ferner war Alex' Urlaub ohne Bezüge bis auf weiteres genehmigt worden. Ansonsten gab es keinerlei Bewegung in ihrem „Fall". Nichts zum roten Van, keine Hinweise zum Verschwinden der Jugendlichen. Keine Spur zu Ben.

Niedergeschlagen und ohne Zukunftsglauben saßen Hannah und die Mädchen am Flugsteig und erwarteten den Aufruf des Fluges zurück in die Heimat.

Alex versuchte, sie aufzumuntern und durch gutes Zureden Hoffnung in ihnen wachsen zu lassen, und in dem Versprechen, während seines verlängerten Aufenthaltes die Suche nach ihrem Sohn mit allen Mitteln fortzusetzen, wollte er seiner Frau den Abschied leichter machen, was ihm jedoch nur bedingt gelang.

Während der Unterhaltung fiel Pit dieser Mann auf, der sie im Spiegelbild der getönten Scheiben im bodentiefen Fenster scheinbar gezielt beobachtete.

Vielleicht hatte sich in allen Beteiligten im Laufe der letzten Wochen ein bestimmtes Misstrauen breitgemacht, das bei jeder nicht alltäglichen Situation sofort Alarm schlug?

Hinter jedem Gesicht vermutete man einen möglichen Entführer ihres Kindes.

Oder wurden sie tatsächlich beschattet?

Pit fühlte, dass sich seine sensible Beobachtungsgabe nicht täuschte, und entschied, die Person unauffällig im Auge zu behalten. Ein signalisierender Blick und ein richtungweisendes Kopfnicken zu Alex zeigten diesem, ebenso wachsam gegenüber der Person am Fenster zu sein.

Alex warf ein Verstanden-Gesichtsausdruck zurück.

Vielleicht sollten sie bemerken, dass sie observiert wurden.

Detektiv Zieman machte Alex deutlich, dass die eingerichtete Sondergruppe Bens Verschwinden weiterhin bearbeitete, aber man dennoch zurzeit der Fahndung nach den vermissten Teenagern absoluten Vorrang einräumen würde.

Hier hätten die Ermittler einige Hinweise ausgewertet, die zwar nur vage Ergebnisse bringen könnten, dennoch wollte er momentan noch keine Einzelheiten bekannt geben, um den Fortgang der Recherchen nicht zu gefährden.

Privatdetektive Miles Abbot und sein Partner, deren Ermittlungen bisher ebenfalls keine nennenswerten Erfolge gebracht hatten, waren trotz der Rückschläge weiterhin optimistisch.

Sie würden momentan innerhalb San Louis Obispo einem vielversprechenden Hinweis nachgehen.

Alex gab sich mit dieser Nachricht zufrieden, vermied jedoch weitere Nachfragen, da er mittlerweile nicht mehr an eine heiße Spur glauben konnte. Viel zu oft hatte er negative Mitteilungen erhalten, denn sowohl seine sofortige Meldung bezüglich der obskuren Beobachtung am Flugsteig, noch sein hartnäckiges Bestehen auf einer Weiterverfolgung des Zustandekommens des Presserummels, ließ in Detektiv Zieman keinerlei neue Motivation aufkommen.

Für seinen Freund Pit sollten es die zwei letzten Tage sein, an denen er Alex helfen konnte, denn zu Beginn der nächsten Woche hatte er pünktlich seinen Dienst an der Uni in Los Angeles anzutreten.

Nach all diesen negativen Erkenntnissen spielte auch Alex mit den Gedanken, baldmöglichst nach Hause zu fliegen, doch die Gedanken an seinen Sohn projizierte grausame Bilder in seinem Kopf, zerrten und rissen am Verantwortungsbewusstsein seinem Kind gegenüber. Immer stärker wuchs damit die Erkenntnis, dass er niemals aufgeben würde. Er wollte seinen Sohn finden, koste es sein eigenes Leben.

******

Hannah war froh, ihr Haus wieder zu sehen, als das Taxi endlich anhielt und sie glücklich ihren Fuß wieder auf das heimische Grundstück setzen konnte. Noch nie war das Gefühl des Heimkommens stärker gewesen als heute.

Der Flug hatte die letzten gesundheitlichen Reserven von ihr und den Mädchen gefordert und die Bürde der Sorgen trug sich schwer, sie drückte an allen Stellen ihres Körpers, sie beanspruchte jeden noch vorhandene Vorrat ihrer körperlichen Konstellation.

Das Gesicht, das Hannah verschmilzt und mitleidvoll aus dem Spiegel anlächelte, verriet erbarmungslos, dass sie wie um Jahre gealtert aussehen musste.

Wo war die jugendliche Frische, die ihre Persönlichkeit stets aussandte, um ihren Mitmenschen gute Laune zu vermitteln?

Eingefallene Wangen, dunkle Augenringe und eine verbrauchte Haut, die verzweifelt bemüht war, den Glanz vergangener Schönheit zurückzuerhalten, doch sie tat sich schwer und schien ihr Vorhaben aufzugeben und zog sich faltig und eingefallen zurück.

Das Läuten der Türklingel weckte Hannah aus ihren wachen Träumen und riss sie zurück in die grausame Realität.

Ihr Vater, Johannes Lendte, stand in der Tür, nahm seine Tochter fest in die Arme und sie empfand plötzlich eine lang vermisste Nestwärme, die sie jetzt gierig in sich aufsog. Das Gefühl seiner väterlichen Liebe breitete sich wohltuend und behaglich in ihr aus. Sie genoss die sanfte Obhut, denn schon als Kind schmuste sie lieber mit dem Vater, als dass sie sich in die Arme ihrer Mutter flüchtete.

Mit seinem chronischen Verständnis für all ihre Marotten und Unzulänglichkeiten war er seiner Tochter stets ein guter Kamerad und Freund gewesen. Sie wischte vorsichtig die Tränen aus dem alten, faltigen Gesicht des Mannes, und streichelte sanft und verständnisvoll seine kantigen Wangen.

„Es wird alles gut",! Sie war überrascht, ob ihrer optimistischen Aussage, die den Vater beruhigen sollte.

Selbst dem Zusammenbruch nahe, gab sie sich gefestigt und sicher, worauf der alte Mann nur stumm nickte, sich abwandte, um den Mantel abzulegen.

Die Mädchen kamen rufend aus ihren Zimmern und schmiegten sich Schutz suchend an den Großvater.

Eine seltsame Stille legte sich über die Szene, als warteten sämtliche Personen auf etwas geisterhaftes, nicht greifbares, aber in allen Köpfen herumschwirrendes Bildnis, das jedoch nicht erschien, sich nicht aufbaute, nicht existent war, es blieb verborgen, zeigte sich in ihren Gedanken nur fahl und verschwommen.

„Lass' uns nach draußen gehen", durchbrach Hannah diese in allen Molekülen knarrende Stimmung.

Die heimische Nestwärme und die helle Fröhlichkeit auf der Terrasse wirkten heilend und umgaben die junge Frau mit einem Gefühl einer geheimnisvollen Stärkung.

So berichtete sie ihrem Vater relativ gefasst von den letzten Ergebnissen, vermied aber eine genaue Schilderung der Vorfälle. Johannes Lendte hörte still und kommentarlos zu.

Ihm fiel auf, dass seine Tochter in ihren Erzählungen nicht ein einziges Mal den Namen ihres Sohnes konkret nannte.

Als sich die Mädchen auf dem Rasen fröhlich einen Ball zuwarfen, schob sich das Thema um den verschwundenen Ben unbeabsichtigt in den Hintergrund. Hannah und ihr Vater sahen den Mädchen still und geistesabwesend zu, doch jeder wusste, was der andere dachte.

Die Mädchen hatten die ersten Schultage gut durchgestanden. Das Interesse der Mitschüler an den traurigen Ereignissen, von denen die Schwestern betroffen waren, ließ schnell nach, und so wurde jeder Schultag für sie wieder die vermeintliche Normalität. Doch die frühere kindliche Fröhlichkeit wollte sich bei beiden immer noch nicht einstellen.

Das übliche Lachen blieb aus, es versteckte sich ängstlich. Um nicht im falschen Augenblick Wunden aufzureißen, lagerte es abwartend im Verborgenen.

Hannah tat alles, um sich wieder in die Eintönigkeit des Alltages zurückzubringen, doch es wollte ihr nicht gelingen, dauernd stolperte sie über banale Kleinigkeiten, die ihren Sohn anbelangten und seiner Person anhafteten.

Die erste Amsel, die sanft ihren Schnabel zum Trinken ins Vorgelbecken tauchte, um ihn anschließend steil gen Himmel zu richten, löste in ihrem Herzen ein Chaos aus, das einzudämmen sie kaum in der Lage war.

Sturzbäche von Tränen schleuderten Kummer und Verzweiflung aus ihrem Körper. Sie versteckte sich im Bad, verdunkelte den Raum und verschloss ihr Gesicht mit den zitternden Händen. Weit weg, nur weit weg sein, der Marter entfliehen, namenlos und anonym in einem von barmherzigen Geigenklängen erfüllten Universum schweben, in das kein Leid und Schmerz eindringen kann.

Unerfülltes Hoffen, die Wirklichkeit war so unnachgiebig nah, wie eine kranke zweite Haut, welche sich ständig unnachgiebig meldete, um kuriert und gepflegt zu werden.

Lina Paulsen, die Psychologin an Alex' Schule hatte sich zwischenzeitlich bei Hannah gemeldet und für den heutigen Nachmittag einen kurzen Besuch angekündigt. Obwohl Hannah sich mit dem Vorschlag ihres Mannes, die Hilfe der Bekannten anzunehmen, einverstanden zeigte, war der heutige Tag nicht der geeignete Zeitpunkt für einen Besuch, und nur missmutig ließ sie den Gast eintreten.

Für diesen Berufszweig und der Stellung in der Schule war Lina Paulsen eine noch sehr junge Frau, sie hatte sich in Fachkreisen namhafter Psychologen schnell etabliert und erfreute sich auch außerhalb ihres Dienstes größter Beliebtheit.

Die Unterhaltung verlief im Gegensatz zu Hannah 's Befürchtungen freundschaftlich und locker, sie plauderten schon nach wenigen Minuten wie alte Freundinnen, die sich lange Zeit nicht gesehen hatten, und nun Stunde für Stunde hiervon aufzuarbeiten hatten.

Nur sehr zögerlich und mit größter Vorsicht brachte die Psychologin Bens Verschwinden an die Oberfläche. Auch nur kurz, um gleich danach das Gesprächsthema auf die beiden Mädchen auszudehnen.

Hannah versprach, sich in nächster Zeit mehr um die Töchter zu kümmern.

Am späten Abend meldete sich Alex aus USA, er gab nur kurz eine wie erwartet deprimierende Zusammenfassung der letzten Tage, wobei sich nennenswerte Neuigkeiten nicht ergeben hatten. Hannah berichtete von dem Gespräch mit Lina Paulsen und versuchte, Alex eine aufgekratzte Stimmung vorzugaukeln, was ihr jedoch misslang, denn nichts erkannte Alex schneller als die miserablen Verstellungskünste seiner Frau. So wurde das Gespräch ohne besondere Schmeicheleien nüchtern beendet.

Diese Art Telefonate häuften sich in den nächsten Tagen und die gereizte Stimmung des beiderseitigen Alleinseins drückte sich in manch überflüssigen Schuldzuweisungen und Streitsüchten aus.

Dahinter lauerte das quälende Leid, das erst mit Hannahs ohnmachtsartigen Einschlafen abebbte, in der Nacht neue Kraft tankte, um an jedem neuen Morgen mit unverminderter Stärke neu geboren zu werden.

******

Der Hinweis zum rätselhaften roten Van ließ den Privatermittler einfach nicht zur Ruhe kommen und spukte als gedankliches Monstrum ständig in Miles Abbots Kopf herum. Dieses Fahrzeug war mit der Geschichte absolut verbandelt. Sein Verbindungsmann im Police Departement hatte ihm die Auswertung der Halterermittlung gegen einen Obolus zukommen lassen, doch Miles konnte hieraus keine nennenswerten Schlüsse ziehen. Die Tatsache, dass der Van ordnungsgemäß angemeldet, der Halter jedoch nur auf dem Papier existent war, machte das Faktum noch komplizierter. Wer saß an den Schaltstellen, die dieses Versteckspiel steuerten?

Wohin waren die vermissten Personen verschwunden? Wo wurden sie verwahrt oder gefangen gehalten?

Erst jetzt tauchte Miles Abbot gänzlich in den von Monsterwellen aufgewühlten Ozean des Falles ein.

Er hoffte auf günstige Strömungen, auf einen Niedergang der Wogen, um ein gradliniges Ermitteln zu bewirken.

Vielleicht kam im Rahmen dieser Aufklärung sein Schnüfflerglück zurück, das ihn vor Jahren verlassen hatte, denn es wurde Zeit, dass ihm mal wieder ein großer Wurf glückte. In dem Fall um den vermissten Ben witterte er seine Chance. Nur war er sich des Ausmaßes, das diese Geschichte erreichen sollte, noch nicht bewusst.

Viele Fragen blieben unbeantwortet.

Aus welchem Grund legten die Ermittler des Police Departements Bakersfield so viel Herzblut in die Fahndung nach den vermissten Teenagern und ließen den Fall des Deutschen Jungen ziemlich unbeachtet?

Lag es daran, dass der Vater von Christine Stowinger in leitender Position bei Pharmaceutical Control & Management Consulting Cal. beschäftigt war? Ein Unternehmen, dessen sich das US-Gesundheitsministerium bedient, wenn es um die Beratung zur Einführung und Genehmigung neuer Medikamente geht? Hier könnte eine Entführung vorliegen, aus deren Lösegeldforderung die Täter finanziellen Nutzen ziehen könnten, denn der Vater war wirtschaftlich unabhängig und verfügte über mehrere Immobilien und besaß ein gut gefülltes Aktienpaket.

Und welche Rolle spielt die Mutter des vermissten John Balliard, die als Sekretärin bei Schofielt & Singer Inc. arbeitete, ein Unternehmen, das sich erst seit geraumer Zeit als mittelständischer Betrieb für Feinmechanik einen Namen gemacht hatte? Hier käme eine Entführung mit horrender Lösegeldforderung nicht in Frage, denn die Mutter hatte bisher chronische Probleme, überhaupt die Raten für das kürzlich erworbene Haus regelmäßig zu leisten.

Fragen über Fragen, die Abbot ständig beschäftigen, und worauf er noch keine Antworten fand.

Edna Driscol thronte unter einem weiten Sonnenschirm in einem der mit Rosenmuster verzierten monströsen Sitzpolster, die erhaben auf den Lloyd Loom Stühlen lagen. Das schmale knöcherne Persönchen wirkte verloren in dem Möbelstück als Miles Abbot ihr höflich die Hand reichte und sich brav für die freundliche Audienz bedankte.

Als er sich der alten Dame vorstellte, hatte er den Versicherungsvertreter gemimt, um nicht den Eindruck einer polizeilichen Ermittlung zu suggerieren, und fand sich nach einigen Minuten der Unterhaltung in seiner Vermutung bestätigt. Ganz vorsichtig fragte er behutsam weiter nach den Einzelheiten zum Verschwinden der Haushälterin Koszlowski. Die alte Dame schien nicht besonders vergrämt über den Verlust der polnischen Haushaltshilfe zu sein, war sie doch mit der neuen Kraft absolut zufrieden.

Weitere Auskünfte über das polnische Frauenzimmer gab sie nur widerwillig, denn die Schwestern hatten einem Policeofficer des Police Departements bereits alles über die garstige Person erzählt, eine persönliche Beziehung bestand trotz der langen Beschäftigungsdauer nicht. Man

gehe in hiesigen Kreisen mit gemeinem Dienstvolk schließlich keine intimen Freundschaften ein.

Abbot trank brav den mittlerweile erkalteten Tee und verabschiedete sich freundlich, nicht ohne seinen Blick über
das großzügig angelegte Grundstück schweifen zu lassen.

Ihm entging nicht die offenstehende Garage mit den Sport-
geräten, die keinesfalls den alten Damen zur Freizeitgestal-
tung dienen konnten.

Nebenbei nahm er sich einen erneuten Besuch zu einem
späteren Zeitpunkt vor. Miles war in seinem Element, er ba-
dete in dem Tatendrang, der ihm das Gefühl grandioser
Unersetzbarkeit gab, und das seine Motivation noch steigern sollte.

Denn schon am nächsten Tag traf sich der Privatermittler
kurzfristig mit Alex und Pit und zeigte sich betroffen über
die Tatsache, dass der eine nun bald nach Deutschland zu-
rückfliegen, und der andere seinen Job an der Uni in Los
Angeles wieder aufnehmen musste.

„Ihre Arbeit ist mit unserer Abwesenheit jedoch nicht beendet" ermunterte Alex den Privatdetektiv, „Sie werden Ihre
Kosten bitte künftig meinem Freund in Rechnung stellen,
er wird die Bezahlung vornehmen und alle Informationen
empfangen und an mich weiter geben".

Sie besprachen noch ausführlichere Details der zukünftigen
Regelung, und im Verlauf des Gesprächs erläuterte Miles
Abbot die bisherigen Ermittlungsfragen und gab einen kurzen Ausblick auf die nächsten Schritte seiner Arbeit, was
bei den beiden Männern scheinbar nur nebensächliches Interesse hervorrief.

Sie waren viel zu sehr mit den bevorstehenden Tagen und der zu Ende gehenden seelischen Irrfahrt beschäftigt, was Miles erkannte und daraufhin das Thema fast abrupt beendete.

Nach einem ausführlichen Gespräch mit der Polizei in Bakersfield und Klärung der ausreiserechtlichen Fragen mit den Beamten des Deutschen Konsulats begann Alex seine Sachen zu packen und versuchte, auch mental seinen Kopf aus der Schlinge zu befreien, die ihm in den letzten Tagen fast die Luft zum Atmen genommen hatte. In ihm wuchs die Sehnsucht nach seiner Frau und den Mädchen, wollte sie fühlen und sich an ihrer Nähe heilen.

Endlich bei der Familie sein, wieder den heimischen Boden spüren, das Gras in seinem Garten berühren, einfach wieder nach Hause zu kommen.

Die Polizei und die Privatermittler würden die Suche weiterführen, ermitteln, fahnden und Alex und seine Familie auf dem Laufenden halten. Pit Maurer wollte dafür sorgen, dass die Sache nicht in Vergessenheit gerät, wollte, dass sie am Kochen bleibt, wie er sich treffend ausdrückte.

Ebenso versprach seine Frau Ellen, Einfluss und Kompetenz beim Sender zu nutzen, um ständig an das Schicksal des Benjamin Meiners aus Deutschland zu erinnern und darüber zu berichten.

******

Tina und Susi waren froh und brachten weinend ihre Freude zum Ausdruck, als sie ihren Vater freudestrahlend am Flughafen in Deutschland endlich in die Arme nehmen konnten. Hannah stand noch etwas abseits und versuchte die Tränen zu unterdrücken, doch als Alex sie küsste und fest an sie drückte, ging ihr Herz auf und es entleerte sich explosionsartig die aufgestaute Sehnsucht nach dem geliebten Mann. Sturzbäche von Tränen begleiteten die Freude über das Wiedersehen.

Sie waren glücklich, endlich wieder zusammen zu sein.

Für die vorbeihuschende anonyme Menschenmenge am Flugsteig war nur schwer zu erkennen, was für ein Schicksal diese Familie zu tragen hatte, die sich jetzt innig in den Armen lag. Hannah sah es als neuen Anfang, eine neue Chance zu Hause in gewohnter Umgebung mit Unterstützung ihres Ehemannes kraftvoll für ihre Mädchen da zu sein, und nebenbei weiterhin die Suche nach Ben zu dirigieren.

Hier in Deutschland hatte Bens Verschwinden bis auf ein paar Fernsehberichte und Zeitungsartikel relativ geringes Aufsehen erzeugt. Hannah hatte hartnäckig alle Presseanfragen abweisen können, und abgesehen von 3 negativen Zwischenfällen am Gartentor, wo man versuchte, ziemlich aufdringlich ein Interview mit der Mutter zu führen, passierte nichts Berichtenswertes.

Die Deutsche Polizei hatte bereits in einem ersten Besuch bei Hannah ihre Ermittlungspflicht dargelegt, man würde sich erneut melden, wenn Alex wieder im Lande sei. Zusätzlich habe man die Ermittlungsakten aus den USA in Kopie angefordert, um den Ermittlungsstand nach erfolgter Übersetzung ausgiebig zu studieren.

Die ersten Wochen in der Heimat gestalteten sich für Alex wechselhaft. An seinem Arbeitsplatz in der Schule musste er für jeden Mitarbeiter Rede und Antwort stehen, um das allgegenwärtige Mitgefühl der Kollegenschaft freundlich entgegenzunehmen. Die Arbeit hingegen ließ Alex die Last vom ewigen Nachdenken über Ben etwas nehmen, während zu Hause der alte Schmerz grauenvoll aufbrach.

Jeder Gang vorbei an Bens Zimmertür, jeder Blick auf seinen leeren Platz am Frühstückstisch, ließ die Erinnerung gewitterartig in die häusliche Laune strömen.

Zum ersten Mal fand Alex Gelegenheit mit dem Nachbarn Dr. Scheller eine ausführliche Unterhaltung zu führen. Das als harmloses Geplänkel über den Gartenzaun begonnene Gespräch setzten die Männer bei einem frischen Bier auf Alex' Terrasse eingehend fort.

Man merkte Dr. Scheller die ehrliche Betroffenheit an, mit der er der Familie begegnete, nachdem Alex einen breiten Abriss der Ereignisse in den USA gegeben hatte.

Erst spät am Abend verließ Dr. Scheller die Terrasse, nicht ohne den gequälten Menschen seine volle Unterstützung zuzusichern.

Die häufigen Telefonate mit Pit Maurer in LA, die andauernd nur negative Neuigkeiten brachten, taten ihr Übriges, um die gedrückte Stimmung wie einen unsichtbaren Mitbewohner fortwährend durchs Haus schleichen zu lassen.

Für den Winter nahm sich Alex vor, im Haus einige Veränderungen und ausstehende bauliche Arbeiten zu erledigen, während Hannah sich immer öfter in ihr Musikzimmer zurückzog und still, manchmal klanglos vor sich hin musizierte. Doch viel zu oft verstieg sie sich in den Chorälen des Stabat Mater, die Antonio Vivaldi seinerzeit komponiert hatte. Immer wieder begleitete sie diese traurige Musik häufig durch den ganzen Tag. Dieses Verhalten ließ in Alex düstere Ahnungen aufkommen.

Er nahm dieses depressive Verhüllen, mit der sich Hannah zusehends abschottete nur widerwillig hin und versuchte mit aufmunternden Aktivitäten gegenzusteuern, doch es gelang ihm nicht. Beharrlich rutschte Hannah in eine massiv schwermütige Phase.

Psychologin Lina Paulsen war des Öfteren 3-4-mal wöchentlich zu Gast im Hause der Meiners, was Alex mittlerweile argwöhnisch beobachtete, weil die beiden Frauen sich über Stunden zurückzogen, und Hannah danach tagelang wie in Trance nachdenklich und abwesend durch' s Haus wandelte.

Alex nahm sich vor, an einem der nächsten Tage mit Lina Paulsen inständig über die Situation zu sprechen.

Die Gelegenheit ergab sich schon kurz darauf im Rahmen einer schulischen Angelegenheit, zu der Lina Paulsen Alex in seinem Büro aufsuchte.

Ohne sich den dienstlichen Anlass anzuhören, kam er auf die gesundheitliche Verfassung seiner Frau zu sprechen, die Lina Paulsen jedoch umgehend relativierend herunterzuspielen versuchte. Seine Frau befände sich momentan in einer Phase des Übergangs zur realen Tatsachenerfassung auf dessen Wege dabei noch verschiedene Brücken und Hindernisse überwunden werden müssten, begründete die Psychologin diese Situation.

In der psychologischen Therapie würde der innere Rückzug, den Hannah momentan eingenommen hatte, in eine Art systematische Umkehr gebracht.

In Ergänzung der Behandlung empfahl Lina Paulsen eine Überweisung zu Professor Rommelsbächer, der eine begleitende Medikation vornehmen und alle weiteren Therapiemaßnahmen als Konsiliarius erarbeiten würde.

Alex zeigte sich mit dem Vorschlag einverstanden, blieb jedoch misstrauisch und wollte bei der Vorstellung in der Privatklinik Rommelsbächer unbedingt zugegen sein.

******

Der Winter zog mit aller Macht in das Land. Schon früh im November fiel der erste Schnee, die Tage dämmerten in grauem Licht und bei Hannah wollte sich eine Besserung ihres psychischen Zustandes nicht einstellen.

Sie saß wie so oft still im Musikzimmer und starrte bewegungslos in die Runde. Ihre Blicke streiften die alte Vitrine, in der sie die wertvollen, von Menuhin teilweise handsignierten und mit einer lieben Widmung versehenen Notenblätter aufbewahrte.

Mit sturem Inventurblick prüfte Hannah die mattweißen Wände mit den Bildern, die ihre Mutter schon von deren Mutter übernommen und wie sie immer gerne betont hatte, mit viel Glück und Mut von der alten Dame aus dem durch britische Brandbomben verwüstetem Haus gerettet werden konnten.

Der Monitor an Hannahs Computer zeigte immer noch unentschlossen die Vorlagen für die Einladungskarten zu Bens Geburtstag und lauerten auf die abschließende Auswahl. Die alte Uhr zeigte laut tickend, dass der Tag zu Ende gehen wollte, und ließ zur vollen Stunde mit kräftigen, aber weichen Schlägen stolz den alten Westminster-Klang durchs Haus schallen.

Hinter den Gardinen klopfte der Winter leise mit riesigen Schneeflocken gegen die Fenster, die Hannah mit Dauer eines Wimpernschlages aufgeweicht, wie Tränen an den Scheiben herunterweinen sah, sie sammelten sich auf dem Fenstersims, um bedächtig über dessen Rand hilflos für ewig in den Kies zu tröpfeln.

Hannah band sich einen Schal um und wickelte sich fröstelnd in die flauschige Decke ein, obwohl der Raum warm und wohl geheizt war. Die schmalen Finger suchten nervös das Buch auf dem kleinen Sekretär, die dunkel unterlaufenen Augen tasteten sich hinter der schmalen Brille müde auf die Zeilen vor, ihre Lippen rezitierten lautlos Friedrich Rückert :

Du bist ein Schatten am Tage

Und in der Nacht ein Licht;

Du lebst in meiner Klage

Und stirbst im Herzen nicht.

Wo ich mein Zelt aufschlage,

da wohnst du bei mir dicht;

Du bist mein Schatten am Tage

Und in der Nacht mein Licht.

Wo ich auch nach dir frage,

find' ich von dir Bericht,

Du lebst in meiner Klage

Und stirbst im Herzen nicht.

Du bist ein Schatten am Tage

und in der Nacht ein Licht;

Du lebst in meiner Klage

Und stirbst im Herzen nicht.

Immer mehr vergrub sie sich in den Schmerz um den Verlust ihres Sohnes. Selbst die hervorragenden schulischen Noten, mit denen die Mädchen ihre Mutter beschenkten, vermochten es nicht, Hannah aus dieser unsichtbaren Fesselung zu befreien.

Zum Klavierspiel öffnete Tochter Tina stets sämtliche Zimmertüren, um der Mutter die neu einstudierten Stücke zu Gehör zu bringen, doch die überschwängliche Freude, mit der Tina sonst von ihrer Mutter für ihren Fleiß belohnt wurde, war einer reizlosen Gleichgültigkeit gewichen.

Alex spürte zunehmend, wie die Mädchen unter dieser vermeintlichen Missachtung litten. Ihr Leben ging momentan an den Augen der Mutter vorbei, Hannah nahm niemanden mehr neben sich wahr. Um sich abzulenken und für die freie Zeit eine Beschäftigung zu finden, begann Alex den immer noch ausstehenden Einbau einer Tür an der Abseite im Dachgeschoss in Angriff zu nehmen.

Diesen Platz hatte Ben gerne für seine Versteckspiele genutzt. Trotz aller Erinnerung an seinen Sohn zwang sich der Vater diese Arbeit auf, schob die schwere Kommode vor dem Einstieg an die Seite und begann, im Weg stehende Dinge, die hier aufbewahrt wurden, wegzuräumen.

Dieses stilvolle massive Möbelstück, mit den eleganten goldfarbenen Metallgriffen und den fein gearbeiteten Intarsien schien unzufrieden zu sein mit der Aufgabe, lediglich als Abdeckung für die Abseitenöffnung herzuhalten, wo es doch bei den früheren Besitzern als Schmuckstück in einer großzügigen Vorhalle brillieren durfte.

Als Alex kräftig an dem Möbelstück zog und keinen Gedanken an dessen Wert verschwendete, fiel ihm ein Umschlag aus fester Pappe auf, der unter der Deckplatte hervorlugte.

Er zog ihn hervor, und als er das schwere Couvert öffnete, kamen Bleistiftzeichnungen in DIN A 3 –Format zum Vorschein.

Eine zeigte kahle Bäume, an deren knochenförmige Äste, die aus gepflasterten Wunden bluteten, 7 maskenartige Gesichter mit tiefen Augenhöhlen. Schulterlose Arme hingen an Bindfäden, als körperlose Gestalten Geige spielend baumelten sie im Wind.

Am Boden stehen 2 blonde, langhaarige Mädchen, in weiten luftig wehenden schneeweißen Seidenkleidern gehüllt. Ihre Arme reichen flehend zu den Masken empor. Aus ihren rot unterlaufenden Augen quellen riesige Tränen, die sich am Boden zu einem roten Bach zusammenfügen, der in ein entferntes, unter pechschwarzen Wolken liegendes Gebirge fließt.

Alex fühlte ein grausames Beben in sich aufkommen und nahm erschrocken in den sanften Formen der ängstlich dreinblickenden Gesichter eine ihm bekannte Psyche wahr.

Das nächste Bild zeigt einen großen alten Tisch, der in einem heruntergekommenen fensterlosen Zimmer stand. Das barocke Mobiliar befand sich in miserablen Zustand, die Wände leuchteten dreckig verschmiert und in den Ecken blätterte die kaum sichtbare Farbe ab.

Auf dem Tisch tanzt eine kleine bucklige, menschliche Gestalt in Harlekingewand mit einem markant jungen Gesicht, dessen makellose Haut nicht zu der schrumpeligen Hand passte, deren knochigen Finger eine Geige samt Bogen über dem Kopf schwenkt. Die andere Hand hält triumphierend ein Sekundenglas in die Höhe. Der Inhalt zeigt erbsengroße Totenköpfe, die zur Hälfte schon durch die kleine Öffnung in den unteren Teil des Glases geflossen waren.

Das Männchen wird von einer heruntergekommen, schmutzig, wild applaudierenden Menschenmeute umringt, deren riesigen Fratzen verknorpelte Gesichter beherbergen. Auf dem Fußboden kauern 2 wolfartige Wesen, die gerade einen hilflosen schwarzen Vogel zerfleischen.

Die Gesichter der dargestellten Menschen sind übertrieben gezeichnet, und die Körperteile stehen verzerrt im größenmäßigen Gegensatz zu ihren Leibern.

Alex hockte bewegungslos in der Abseite und starrte mit ergriffenem Blick auf die Malereien. Nur sein Sohn Ben konnte diese bizarren, geisterhaften Bilder geschaffen haben. Seine Fantasien hatten ihm diese nicht alltägliche Kraft verliehen, mit der er seine Gedanken unkontrolliert zu Papier brachte? Unkontrolliert??... vielleicht doch mit aller Hingabe und Intelligenz, die einen Künstler auszeichnet?? „Was wissen wir eigentlich über ihn…, wie gut kenne ich meinen Sohn?", dachte Alex fast panisch in sich hinein.

Keiner sonst vermochte sich in diesen ausdruckstarken unrealistischen Gedanken so zu verwirklichen. Hier hatte Ben diese Werke verborgen und nicht wahrnehmbar vor der Familie geschaffen und hier in der Dachabseite sein Depot angelegt. Würde man in Unkenntnis der Person diese Bilder einem 10-jährigen Jungen zuordnen, vermisste man den natürlichen kindlichen Malstil sowie den ungelenken Pinselschwung einer ungeübten Kinderhand, doch diese Bilder schienen auf den ersten Blick künstlerisch hoch wertvoll zu sein.

Hier war ein Perfektionist am Werk gewesen, hatte bedeutungsvoll sein Inneres nach außen gekehrt, um seine Umwelt Kenntnis von sich zu geben. Die Zeichnungen strotzten vor manieristischen Ausdrücken.

Alex erzählte niemanden von diesem außergewöhnlichen Fund und verwahrte die Bilder sorgfältig, um sie bei nächster Gelegenheit einem Fachmann zur Prüfung vorzulegen.

.

*****

Das Klinikgebäude lag am Rande eines malerischen Ortes im Voralpenland und konnte gut und gerne schon weit über 100 Jahre als herausragender Mittelpunkt dieser Gegend gegolten haben.

Die kleinen angesetzten Runderker mit der Patina besetzten Ziegeln gaben dem Gebäude ein märchenhaftes Aussehen, während sich das Gemäuer nach außen hin solide und verwachsen zeigte, als wolle es anschmeichelnd verheimlichen, was es in seinem Inneren nunmehr beherbergte. Es schickte sich an für sich behalten, welch leidvolle Geschichte jeder der hier aufgenommenen Gäste zu erzählen hatte.

Als ehemaliges Hotel verkörperte das Haus dennoch Charme und Tradition der Jahrhundertwende in einem der schönsten klassizistischen Baustile dieser Epoche.

Äußeres und Inneres bildeten stilistische Einheiten mit großflächigen Veranda-Anbauten, prächtigen Wand- und Deckenmalereien, die sich in glänzenden Marmorwänden spiegelten. Die feinen Stuckarbeiten in Säulennischen und Fluren   ließen die charmante Repräsentanz erahnen, mit der das Haus ehemals seine gut situierten Gäste ehrerbietend verwöhnte.

„Wenn die Mauern sprechen könnten", gab Hausherr Professor Dr. Rommelsbächer mit erhobenem Rundblick an die Decke seiner immerwährenden Faszination Ausdruck, nachdem er Hannah und Alex begrüßt und willkommen geheißen hatte.

Groß gewachsen und schlank mit außerordentlich gepflegtem Erscheinungsbild passte der Mediziner hervorragend in diese Kulisse.

Kleidete man ihn in einen feinen schwarzen Anzug, statt in diesen weißen Arztkittel, könnte er absolut ein menschliches Überbleibsel der vergangenen Hotel Ära sein, dachte sich Alex beiläufig.

Die faltige Stirn schob das graue Haar Prof. Rommelsbächers nach oben, als er in den Aufzeichnungen der Psychologin Lina Paulsen blätterte, und fast jeden Satz mit ausgiebigen medizinischen Ausdrücken unterlegte, um die Diagnose nickend zu bestätigen.

Hannah schaute abwesend aus dem Fenster in Richtung des weitläufigen Parks, wo Menschen in dicken, hellblauen Anzügen vermummt andächtig umher wandelten, anscheinend darauf wartend, dass irgendjemand ein Kommando zum Halten, Wenden oder sonstigen Richtungsänderungen gab.

Weiter hinten, am Rand des angrenzenden Waldgürtels, dessen laubfreien Bäume einen Blick auf die dahinter liegenden Wiesen und Felder gestatteten, spiegelte sich die Sonne leichtlebig auf der Eisfläche eines kleinen Teiches, an dessen Rand sich ein paar Enten um die Reste der Brotbrocken stritten, die ihnen Menschen trotz Fütterungsverbotes hingeworfen hatten.

Sich wieder den beiden Männern zuwendend, vernahm Hannah wie aus weiter Entfernung in lautsprecherartiger, verzerrter Stimmlage Prof. Rommelsbächer plärren, der Alex die letzten diagnostischen Beurteilungen vermittelte.

Eine weiß gekleidete Krankenschwester, die stolz den Eindruck einer Wärterin aus einer Zeit verbreitete, in der man mit psychisch kranken Menschen Experimente vornahm und diese einer besonderen Behandlung zuführte, betrat den Raum und lenkte Hannah mit festem Griff aus dem Zimmer, die willig und wehrlos folgte.

„Wir werden Ihre Frau nun ein paar Tage unter Beobachtung stellen, und anschließend die Entscheidung für weitere Behandlungsmaßnahmen treffen", beendete der Mediziner die Vorstellung, und machte Anstalten, Alex mit ausgestrecktem Arm freundlich die Richtung zum Ausgang zu weisen.

Trotz massiver Bedenken machte sich in Alex während der Heimfahrt das genugtuend ein Gefühl breit, für seine Frau die beste, fachmännisch behütete Betreuung gefunden zu haben, zumal in qualifizierten Berichten und literarischen Abhandlungen Prof. Rommelsbächer stets eine hochgradige Kompetenz zugeschrieben wurde.

*****

Detektei Newton & Fowler, Private Detectives and Investigators in LA bekam die wöchentlichen Zahlungen für die Arbeit ihrer beiden Privatdetektive Miles Abbot und Partner Miguel Sanchez pünktlich von Pit Maurer überwiesen. Die deutschen Auftraggeber ließen den Ermittlern in ihrer Tätigkeit sämtlichen Freiraum. Auch wurde ein nicht unerheblicher Betrag an Schmiergelder für die Bezahlung von Informanten und Mittelsmännern durch Pit Maurer in bar gezahlt. Besonders durch vertrauensvolle Zuverlässigkeit und absolute Loyalität gegenüber ihren Mandanten hatten sich Newton & Fowler seit Jahren fest etabliert und so zählten Politiker und öffentliche Persönlichkeiten zum erlesenen Kundenstamm der Firma.

Daher stießen die Detektive Abbot und Sanchez bei ihren Ermittlungen insbesondere in Behörden und anderen öffentlichen Einrichtungen kaum auf Widerstand oder Ablehnung und wie von Zauberhand geführt, öffneten sich für sie Archive, Karteikästen und Datenbänke der verschiedensten Institutionen.

Im Melderegister von San Louis Obispo war ihr Interesse unter den neu zugezogenen Einwohnern auf den jungen Arzt Dr. Kenneth P. Mortimer gestoßen, der erst kürzlich das kleine Häuschen der Schwestern Phyllis und Edna Driscol in der Nähe vom East Highway Drive am Ostrand der Stadt angemietet hatte. Just dieselbe Adresse unter der eine inzwischen vermisste Anita Koszlowski als Haushälterin gearbeitet hatte, und deren alten Buick auf einem Küstenparkplatz in der Nähe von Monte Cristo Place am Highway No. 1 aufgefunden wurde.

Abbot und Sanchez nahmen sich vor, ihre Aufklärungen mit dem Durchforsten des persönlichen Umfeldes, des Arbeitsplatzes und der Vermögensverhältnisse der Zielperson Dr. Mortimer zu beginnen, und erst nach dem Vorliegen präsentabler Ergebnisse sollten die Auftraggeber über die Ermittlungsrichtung informiert werden.

Die Detektive verhielten sich in der ihnen eigenen Manier vorsichtig, überlegt und zielsicher, so dass der Ausgespähte die verdeckte Observation nicht bemerkte.

Nach dem sie ihre Beobachtungen auf den silbergrauen Van Dr. Mortimers konzentriert, und die Halterermittlung als korrekt zu den Akten gelegt hatten, richteten sie ihr Augenmerk auf dessen Arbeitsplatz in Los Angeles.

Hier kam ihnen der Name der medizinischen Einrichtung, an der Mortimer Dienst tat, mehr als bekannt vor.

Das Medical Institute for for genetic research in Los Angeles war seinerzeit durch Ermittlungen der Detektive als Halter des roten Van bewiesen worden, dessen Fahrer sich am Bootsverleih des Lake Diaz äußerst verdächtig benommen hatte.

Die anschließende weiterführende Ausforschung blieb damals ohne Erfolg, da das Institut in keinem Telefonregister verzeichnet und eine derartige Organisation in keinem medizinischen Katalog erfasst war.

Das Ermittlungsergebnis schien sich nunmehr langsam, aber stetig wie aus einem dichten Nebel zu einem klaren Puzzle zu vervollständigen, man hatte lediglich die einzelnen Teilchen auf die entsprechenden Plätze zu legen.

Miles Abbot und sein Kollege wurden von einem kriminalistischen Fieber gepackt, das bisher in seiner Intensität nie vorhanden war. Kein Fall hatte sie mehr gefesselt als die jetzigen Enthüllungen. Jetzt waren sie scheinbar am Drücker.

Die Observierung Dr. Mortimers während der Fahrt an seinen Arbeitsplatz in Los Angeles war dagegen ein Reinfall, denn kurz hinter Santa Clarita war er ihnen auf dem Interstate Highway 5 gekonnt entwischt. Trotz aller Vorsichtsmaßnahmen wurden sie durch ihn profihaft ausgebremst.

Sie mussten einen neuen Versuch starten, um ihn auf dem Weg bis zu seiner Klinik observieren zu können und so seinen Arbeitgeber konkret ermitteln zu können.

*****

Zu Weihnachten sollte Alex seine Frau nach Hause holen dürfen, worüber die ganze Familie froh und glücklich war. Die Mädchen planten munter und aufgeregt den Heiligen Abend, für den sie eigens Musikstücke vorbereitet und einstudiert hatten. Man wollte hierzu auch Großvater Johannes Lendte einladen, der entgegen seiner sonstigen Gewohnheit, den Heiligen Abend im Kreise seines Seniorenclubs zu feiern, spontan zugesagt hatte.

Hannahs Genesung machte gute Fortschritte, wenn sie auch nur in kleinen Nuancen ersichtlich war.

Alex hatte bei seinen Besuchen in der Klinik eine außergewöhnlich gute Stimmung im Verhalten seiner Frau feststellen können. Besonders die letzte Zusammenkunft war geprägt von überschwänglicher Laune und geradezu ausgelassener, fast verschwenderischer Hochstimmung.

Dennoch entging ihm nicht die außergewöhnliche Gelassenheit und Ruhe, die seine Frau als neu formierte Aura umgab. Nahezu bedächtig und planerisch wählte sie jedes Wort, neigte zu langen Überlegungen, bevor sie auf Fragen antwortete.

Professor Rommelsbächer wollte erst nach den Festtagen Hannah wieder stationär beobachten, und seine Behandlung unter Berücksichtigung der Nachwirkungen des Familienurlaubs zu Weihnachten konkret ausrichten.

Die Feiertage waren von außerordentlicher Harmonie und Ruhe geprägt. Alex und die Kinder banden ohne vorherige Absprache die Mutter in sämtliche Aktivitäten ein.

Auch die zeitweise Anwesenheit Großvater Lendtes, die sich früher meistens als Streit erzeugend erwies, war nahezu unproblematisch und führte zu keinerlei Spannungen. In den Gesprächen umkurvte man elegant und formell ein besonderes Thema, man wich aus, änderte die Richtung, bremste sanft, um einen neuen Inhalt zu finden, oder brach ab und löste die Sitzung auf, um zu lüften oder reine Luft zu schnappen.

Der vermisste Sohn wurde ausgeklammert, war nach Außen momentan nicht mehr existent, keine Wunden reißend, alles zuklebend, verheimlichend, wegstellend, damit sich ja nichts regte, so brachte man sich über die Weihnachtstage.

Alex fiel die Sanftheit in Hannahs Verhalten und in ihrer Stimme auf, mit der sie sich überlegt und vorsichtig der Familie nunmehr offenbarte.

Es hatte den Anschein, als wollte sie sich als ein neues Familienmitglied langsam vortastend einleben und den vermeidlichen Hausherrn gutsituiert präsentieren.

Nichts war von ihrer selbstbewussten Art des charakterfesten und zielstrebigen, wortführenden Oberhauptes der Familie übrig geblieben.

Ihre momentane Gemütslage zeigte sich in der völligen inneren Einkehr und Verschlossenheit, ohne dabei krank und verletzt zu wirken. Eine frische Gesichtsfarbe und ein Antlitz voller Leben gaben ihrem Äußeren einen massiv neuen Ausdruck.

Keine Augenringe deformierten den klaren Blick, der jedoch die frühere Begeisterung einer gradlinigen Entschlossenheit vermissen ließ.

Leise und besinnliche Töne entstiegen den Musikstücken, mit denen sie jetzt ihre Violine aus der langen Einsamkeit des Behältnisses befreite. Die Art und Weise, mit der Hannah den Bogen strich, und ihre schlanken Finger jede der vier Saiten zur Begrüßung kosend ins Griffbrett presste, ließen Verbundenheit und ewige Sehnsucht zur geliebten Musik erkennen.

Die Mädchen erkannten die Veränderung im Wesen ihrer Mutter, akzeptierten sie freudig und vermieden gekonnt konfliktbeschwörende Gespräche.

Das neue Jahr hatte für die Familie einen positiven Anfang genommen, nachdem die Mutter Ende Februar den stationären Aufenthalt bei Professor Rommelsbächer beenden, und vorerst in den häuslichen Kreis zurückkehren konnte.

Man bereitete ihr einen herzlichen Empfang, den Hannah ergriffen genossen hatte.

Ein paar Tage später begann sie, in rasch angefertigten Skizzen, die Wohnbereiche des Hauses planerisch neu zu gestalten. Da sie Alex und die Kinder nicht in die neuen Einrichtungspläne einbezogen hatte, stieß ihr Vorhaben bei ihrem Ehemann auf Unverständnis und leichte Ablehnung, doch trotz aller sanfter Kritik fuhr sie in ihren

Zielsetzungen fort und stellte den Rest der Familie vor vollendete Tatsachen.

„Wir können doch nicht das ganze Haus renovieren", versuchte Alex vorsichtig diese neue Aktivität vorsichtig einzudämmen.

Ohne Antwort drehte Hannah verärgert ab, warf die Tür hinter sich zu und verbarrikadierte sich in ihrem Zimmer.

Keine Worte der Annäherung, keine Silbe von Versuchen die Situation zu bereinigen, entglitten ihr. Stur und festbetoniert gab es nur ein Ja oder Nein. Ohne Kompromisse verfolgte sie all ihre Vorhaben.

Mit dem Ende der Ferien, wäre es der richtige Zeitpunkt und man könne so dem Haus zu Frühlingsbeginn einen freundlicheren Charakter geben, gab sie beharrlich als Motto vor. Auf Alex' Kritik, doch nicht unbedingt die Farbe Blau vorherrschen zu lassen, begründete sie ihr Vorhaben mittels eines intensiv ausschweifenden Vortrags:

-Die Farbe Blau versetze einen Menschen in den Zustand des Träumens, sie stimmt sehnsüchtig und wirkt beruhigend. Blau führe zu einer ernsthaften Betrachtung der Dinge nach innen. Unangenehme Botschaften würden leichter angenommen, man könne sie besser bewältigen. Sie wirke vertrauensbildend, heilend und positiv auf die Psyche. Man sei dem Himmel näher und könne enorme Kräfte hieraus schöpfen. Schlechten Erfahrungen könne man leichter positiv entgegen gehen und sie so ins Gegenteil wenden. Es würde zu einem besseren Gesundheitsbild beitragen. Gleichzeitig repräsentiert Blau auch eine klare Besonnenheit, Objektivität, Neutralität und Klarheit – das flößt Vertrauen ein und vermittelt ein Gefühl von Sicherheit. Selbst die Abgeordnetenstühle des Bundestages zeigten sich ebenfalls in einem erfrischenden Blau.-

Alex verbarg sein Erstaunen ob ihres selbstbewussten Auftretens und vermied einen größeren Eklat, indem er ihre Planungen nunmehr kritiklos akzeptierte. Er ging von einem kurzzeitigen Effekt aus, der anscheinend durch die noch frischen Nachwirkungen der Therapien hervorgerufen wurde. So entstand schon nach einer Woche ein von blauem Ambiente beherrschter Wohnbereich, das sich auch auf die gesamte untere Etage ihres Wohnhauses erstreckte und sich besonders in Hannahs Musikzimmer als Inbegriff himmelblauen Energieeinflusses auszubreiten drohte.

Johannes Lendte bezeichnete diese Umgestaltung lediglich als Wechsel zu neuen Sichtweisen mit wenigen oder gar keinen langen Überlebenschancen.

„Hirngespinste, die sich bald in Luft auslösen werden", kommentierte er den neuen Wohnstil als er beim Nachbar Dr. Scheller mal wieder einen Nachmittag verbrachte.

Der wiederum sah in dieser Tatsache eine außerordentliche Entwicklung, die man weiterhin aufmerksam beobachten sollte, denn die Farbe Blau hatte schon bei manch labilen Persönlichkeiten ein seltsames Verhalten hervorgerufen.

Nicht umsonst bedienten sich Firmen in ihrer Werbung dieser Farbe, und manch ominöse Vereinigung benützte das Blau als Injektion, um in die Psyche der Menschen vorzudringen. So sah der Nachbar in der damaligen Farbgebung für die Abgeordnetenstühle im Deutschen Bundestag den Beginn einer sektenmäßigen Unterwanderung.

Nur nicht tatenlos zusehen, sondern die Entwicklung präzise beobachten, gab er zu bedenken.

Über den Sommer verteilt gestalteten sich Hannahs ambulante Therapien bei Prof. Rommelsbächer als Wochenendausflug für die ganze Familie. Während die Mutter in der Klinik untersucht wurde, unternahm Alex mit den Mädchen reichliche Ausflüge in die nähere Umgebung.

Die Familie sah die Fahrten ins Voralpenland gern als willkommene Abwechslung entgegen und freute sich sogar, wenn mal wieder ein Termin anstand.

Bald kam Pit Maurer mit Ehefrau Ellen in die alte Heimat und blieben für ein gemeinsames Wochenende im Haus der Familie. Sie zeigten sich erstaunt über die veränderte Wohnkultur ihrer Freunde, ließen sich ihre Verwunderung jedoch nicht anmerken, sondern berichteten stattdessen von den kargen Ermittlungsergebnissen der Suche nach dem verschwundenen Ben.

Hannah nahm an diesen Gesprächen nur körperlich teil, die Inhalte schienen sie weder zu berühren, noch beteiligte sie sich aktiv, einziger Kommentar zum Abschluss der Thematik bildete ein kurzes, hingeworfenes und nacktes: „Es liegt nicht in unserer Macht"!

******

Im Frühjahr begann Alex sich wieder intensiver mit der Suche nach Ben zu beschäftigen, in dem er vermehrt Pit Maurers Berichte aus Kalifornien analysierte, um sich besser ein Bild zu machen. Die vergangene Zeit war erfüllt von lähmender Untätigkeit und nicht erwähnenswerten Neuigkeiten. Obwohl die Kosten für die private Ermittlungen in den USA weiterhin durch den großzügigen Zuschuss Johannes Lendtes abgedeckt waren, schien die finanzielle Situation der Familie aus momentan rätselhaften Gründen etwas in Schieflage zu geraten.

Hannah bekam seit Jahren eine monatliche Zahlung aus der Hinterlassenschaft ihrer Mutter, von der sie bisher u.a. die Haushaltsausgaben bestritt. Den Überschuss hieraus überwies sie regelmäßig auf das gemeinsame Konto, auf das auch Alex einen Teil seines Gehaltes einzahlte, der sich nach Begleichung der Kosten für Hausumlagen und Hypothek ergab.

Doch seit Hannah aus der Klinik zurück war, blieben ihre Überschusszahlungen aus, von Alex daraufhin angesprochen, reagierte sie verärgert und angekratzt.

„Ich benötige das Geld momentan für andere wichtige Dinge", beendete sie die Diskussion um die Finanzen.

Alex beließ es um den lieben Frieden willen vorerst dabei, wollte aber bei nächster Gelegenheit den wahren Verwendungszweck der fehlenden Geldbeträge herausfinden.

Irgendwann ergab es sich, dass Alex mit Dr. Scheller ein erschöpfendes Gespräch führte.

Sie trafen sich rein zufällig am Grundstück der alten Brauerei, auf dem nun ein protziges Büro- und Wohngebäude mit liederlichen Supermärkten, die eingepfercht in eintönigen Fassaden im Erdgeschoss schon vor der Eröffnung leblos erschienen.

Beide Männer bedauerten einvernehmlich den Verfall der alteingesessenen Bebauungsstruktur und den Abriss vieler Gründerzeitgebäude, deren historische Bausubstanz über Jahre brillierte und sie beklagten den Vormarsch der funktionellen seelenlosen Architektur.

Dr. Scheller nutzte die Gelegenheit, Alex für einen der nächsten Tage in sein Haus einzuladen, wo man sich bei einem Glas Wein oder einem kühlen Bier ausführlich über dieses Thema unterhalten könnte.

„Ihr Schwiegervater kommt auch hin und wieder vorbei, wir könnten ihn einbeziehen", bekräftigte Dr. Scheller die Einladung, welche Alex zwar zögerlich, aber dennoch dankend annahm.

Der Abend war gemütlich und unterhaltend. Hier hatte sich eine Männerrunde gefunden, die plante, es nicht bei dem einen Abend zu belassen, sondern sich von Zeit zu Zeit in regelmäßigen Abständen im Hause Scheller zu treffen.

Die anfänglichen Zweifel, die Alex hegte, weil sein Schwiegervater der Dritte im Bunde war, zerstreuten sich umgehend, da Lendte sich völlig anders verhielt als in familiärer Umgebung. Er präsentierte sich als genialer Erzähler und diskussionsfreudiger Gesprächspartner und genoss es, den beiden Zuhörern die eigenen Lebensweisheiten näher zu bringen. So bildete sich schon bald eine verschworene Männergemeinschaft, die Hannah zwar argwöhnisch betrachtete, ihr nur geringe Überlebenschance einräumte, da ihr Vater bisher kein Mann war, der die Gesellschaft anderer Menschen suchte.

Alex fand in dieser Runde Abwechslung und Zeitvertreib, allein, weil seine Ehefrau sich nicht nur körperlich mehr und mehr aus seiner persönlichen Nähe entfernte. Sex spielte in ihrer Ehe schon lang keine Rolle mehr, selbst zufälligen Umarmungen ging Hannah streng aus dem Weg.

Viele Male unternahm Alex allein etwas mit den beiden Töchtern, während die Psychologin Lina Paulsen immer öfter seiner Frau Gesellschaft leistete.

Im Sommer kam die Nachricht aus Kalifornien, dass der Partner von Detektiv Milton Abbot bei einem Verkehrsunfall ums Leben gekommen sei.

Sanchez war im Rahmen einer Observation in LA von einem Kleinbus erfasst, und tödlich verletzt worden. Der Unfallverursacher konnte nicht ermittelt werden.

Diese von Pit Maurer per Telefon übermittelte Neuigkeit versetzte Alex erneut in einen Hagel seelischer Schwankungen, in denen überstürzende Denkprozesse ein funktionelles Überlegen unmöglich machten.

Allein die Tatsache, dass Hannah diese Nachricht fast erheiterte, war für ihn kaum nachzuvollziehen und erweckte massive Zweifel, ob die Behandlungen bei Professor Rommelsbächer die richtige Genesung für seine kranke Frau gebracht hatte. Zugleich wuchs sein Misstrauen gegenüber Lina Paulsen erheblich, und diese Ahnungen gingen mit der Befürchtung einher, dass die Psychologin seine Frau in mancher Hinsicht negativ beeinflusse, was sich besonders in der Gleichgültigkeit gegenüber der Suche nach Ben widerspiegelte.

Die sich in den letzten Monaten hochgeschaukelte Antipathie gegen die Psychologin verschärfte sich zusehends, da Alex als vorgesetzter Schuldirektor deren Anträge zur Teilnahme an extern angebotenen Fortbildungslehrgängen restriktiv ablehnend beschied.

Die obere Schulbehörde bestätigte seine Ablehnung, da die ausrichtende Institution die geforderten Vorgaben nicht erfüllte, und die Ausbildungsinhalte für den Schulbetrieb irrelevant waren. Dieser Umstand erhöhte den Spannungspegel innerhalb der gegenseitigen Atmosphäre, als auch in ihren pädagogischen Sichtweisen, so dass Alex bereits die Versetzung Lina Paulsens an eine andere Lehranstalt beantragen wollte. Demgegenüber bemühte er sich auch um ein ausführliches Gespräch zur ausgleichenden Bereinigung des Hochdrucks.

Die Abende bei Dr. Scheller hingegen erfüllten Alex mit Wohlbefinden und Freude, je mehr sich Hannah gegen ihn stellte und ihm in fast allen Dingen ihre Unterstützung versagte. Sie schien sich mit Bens Verschwinden abgefunden zu haben, was Alex sehr betrübt und traurig stimmte.

Allein Johannes Lendte, zu dem sich das Verhältnis verbessert hatte, bestärkte Alex in seinen Bemühungen den Jungen zu finden und sicherte ihm weitere finanzielle Unterstützung zu. Hierfür richtete er seinem Schwiegersohn ein separates Konto ein, und überließ ihm hierfür alleinige Vollmacht. Um mit Pit Maurer über den Ermittlungsstand ungestört reden zu können, verlegte man den Zeitpunkt der Anrufe aus LA in die Abende der Männerrunde, aus der sich bald eine Art konspirative Zentrale entwickelte.

Während sich Hannah für 3 Tage zu Nachuntersuchungen in der Klinik Rommelsbächer befand, bemühte sich Alex herauszufinden, für welchen Zweck seine Frau ihre privaten finanziellen Mittel verwendete.

Als er ihren Schreibtisch nach den betreffenden Unterlagen durchsuchte, überkam ihm ein Schamgefühl, das seine Aktivitäten umgehend einstellen ließ. Er fühlte sich erbärmlich feige und versuchte seine Sinne wieder in eine ordnungsgemäße Richtung zu lenken. Doch da Hannah entgegen der bisherigen Gepflogenheit ihm die Offenlegung der Ausgaben verweigerte, hegte Alex weiterhin ein ausgesprochener Argwohn.

Die Aussprache mit der Psychologin Lina Paulsen war geprägt von offener Ablehnung und wachsender menschlicher Distanz. Die von Alex ins Gespräch gebrachte eventuelle Versetzung heizte die Atmosphäre zusätzlich an und ließ eine Einigung in weite Ferne rücken. Von privaten Disharmonien unterschwellig getragen, wurde die Aussprache feindselig beendet und brachte die Psychologin nunmehr vollständig gegen ihn auf. Sie unterließ es ihn in schultechnischen Angelegenheiten einzubeziehen und vermied jeglichen Kontakt, und ihre Besuche bei Hannah wurden so gelegt, dass ein Zusammentreffen mit Alex ausgeschlossen war. Hierdurch polarisierten die Parteien und brachten die Lebenssituation innerhalb der Familie in einen unerträglichen Zustand.

Die Mädchen standen zwischen den Feuern und besonders Tina litt erheblich darunter. Sie schlug sich immer mehr auf die Seite ihres Vaters und zog sich dabei sukzessive aus der Umgebung der Mutter zurück, was weitere Spannungen hervorrief. Erst nach mehreren Wochen stabilisierten sich Tinas schulische Leistungen wieder, was auch bei Susi zu erkennen war, die sich noch fester an ihre Schwester klammerte.

Da sich auch Johannes Lendte nunmehr offen gegen seine Tochter stellte, befand sich Hannah in einer absoluten Isolation, die sie noch enger an die Psychologin binden sollte.

Alex litt sehr unter dieser Situation und den fehlenden Erfolgsmeldungen aus den USA.

Hannah vergrub sich wie gewohnt in der blauen Einöde ihres Zimmers, aus dem immer seltener die früheren melancholischen Musikstücke hervorblühten.

Gespräche gab es mit ihr kaum noch, alle notwendigen, zum Haushalt gehörenden Angelegenheiten wurden stichwortartig abgehandelt.

Manchmal blieb Hannah ganze Wochenenden bei der Psychologin, um sich angeblich mit neuen Studien zu beschäftigen, oder wie sie sich auszudrücken pflegte, ins neue Leben abzutauchen. Sie entfernte sich somit auch immer mehr von ihren familiären Pflichten, die zwangsläufig auf Alex oder Tina übergingen.

In Zeiten, wenn Hannah für Tage nicht im Hause war, beschäftigte sich Alex ausgiebig mit seinen Mädchen, unternahm mit ihnen Ausflüge oder Besuche in Museen und Konzerten.

In den bevorstehenden Ferien wurde Alex' Lehranstalt in eine neue Computervernetzung integriert, was seine Anwesenheit in der Schule für 2 Tage erforderte. Diese Gelegenheit nutzte er, um liegen gebliebene Büroarbeit zu erledigen, und sich gleichzeitig mit dem neuen System vertraut zu machen.

Der Systemmanager der Firma brachte ihm die neue Technik näher und schon am nächsten Tag war die Ausstattung mit neuen PC und die vollständige Umstellung beendet.

Lina Paulsens Büro war noch nicht wieder verschlossen, und Alex bemerkte, dass die obere Schreibtischschublade im Büro der Psychologin einen kleinen Spalt offenstand.

Alex vergewisserte sich, dass der Hausmeister, der den Computerspezialisten die Türen der Büros geöffnet hatte, ihn nicht bemerkte. Wie durch Marionettenbändern gesteuert begab er sich an den Schreibtisch, und begann vorsichtig die offene Schublade über die Arretierung zu ziehen, um an die nächsttiefere zu gelangen, was ihm von einer unbändigen Neugier getrieben mit behutsamer Kraft nach 3 geduldigen Versuchen glückte.

Was meinte er zu finden, würde es den gefährlichen Aufwand lohnen, mit dem er in hochgradigster Weise seine berufliche Karriere aufs Spiel setzte?

Der Direktor eines Gymnasiums, der den Schreibtisch einer Mitarbeiterin aufbricht und nach wer weiß was durchsuchte?

Sein Herzschlag ließ die Halsschlagader anschwellen und sein Blut bis in die Haarspitzen pulsieren, die Pulse ließen fast sein Trommelfell platzen.

Zitternd durchwühlten seine Hände den Inhalt des Schreibtisches und stießen am hinteren Teil der mittleren Schublade an ein ledernes Etui. Hastig öffnete er den Reißverschluss und entnahm die CD-ROM, schob die Lade provisorisch zu und eilte in sein Büro, um den Inhalt des Datenträgers flugs zu kopieren.

Ohne die Dateien genauer in Augenschein zu nehmen, ließ er den Kopiermodus arbeiten und legte anschließend das Etui zurück in die Schublade, schob das obere Fach wieder vorsichtig über die Arretierung und verließ mit prüfendem Blick den Raum, wie er ihn vorgefunden hatte.

Nur schwer legte sich die innere Aufregung, ob dieser unbefugten aber in seinen Augen notwendigen Maßnahme. Er konnte es nicht erwarten, die geheimnisvollen Dateien einzusehen.

Doch sein Enthusiasmus wurde schnell gedämpft. Zwei der Medien waren einfache Musik CDs, eine weitere beinhaltete Aufzeichnung von Fachkongressen und die vierte war durch ein Passwort geschützt. Er vermutete, dass sich hierauf Patientendaten befänden, die Lina Paulsen vorschriftsmäßig geschützt hatte.

Seine Neugier schien für den Moment befriedigt, während ihn der Ermittlungseifer zum baldigen Öffnen der geschützten CD zu überreden versuchte.

Er unterdrückte seinen Wissensdrang und war froh, dass seine widerrechtliche Schnüffelei unentdeckt geblieben war.

******

Privatdetektive Miles Abbot war felsenfest davon überzeugt, dass Dr. Mortimer mit dem Tod seines Partners zu tun haben musste, denn zu dessen Observierung war Detektiv Sanchez zum Zeitpunkt des tödlichen Unfalls gerade auf dem Weg.

Mit voller Vehemenz versuchte Abbot Detectiv Hank Zieman von diesem Zusammenhang zu überzeugen, biss jedoch auf Granit, denn dieser stiernackige Cop ließ ihn kalt abblitzen, mit dem Hinweis, er solle sich gefälligst um fremdgehende Manager und verloren gegangene Handtaschen älterer Damen kümmern.

Abbot verließ das Police Departement und schwor sich, künftig keine Tipps großzügig an die örtliche Polizei weiterzugeben und sein Wissen kostenlos zu verschwenden, wenn ihn diese aufgeblähte arrogante Truppe im Gegenzug zum willfährigen Hilfsarbeiter abstempelte.

Von jetzt ab konnten sie ihn kennen lernen, vor allem Dr. Mortimer sollte sich jetzt vorsehen. Jede Gelegenheit wollte Abbot nutzen, um diesen Arzt zu überführen.

Doch bisher war es den Detektiven nicht gelungen ihn bis zu seiner Arbeitsstelle zu observieren, bislang konnte er ihnen stets entwischen. Der Ermittler spielte mit dem Gedanken, dem Häuschen auf dem Grundstück der Driscol - Schwestern einen Besuch abzustatten, um hieraus neue Erkenntnisse zu erlangen. Doch das Vorhaben allein durchzuziehen, barg allerlei Gefahren, und er verwarf diese Idee kurzerhand wieder. Er wollte warten, bis ihm ein neuer Partner zugeteilt würde, mit dem er alle weiteren Schritte kurzfristig abzusprechen gedachte.

Malvina Tilton hatte seinerzeit den Polizeidienst quittiert und war seit einigen Monaten in Diensten von Newton & Fowler. Ihren Job bei der Polizeibehörde gab sie auf, weil ihrer Aussage nach das fortwährende Machogehabe der männlichen Kollegen und das ausufernde Mobbing nicht mehr zu ertragen waren.

Sie hatte bisher überwiegend familiäre Fälle zu bearbeiten, bevor sie nun Miles Abbots neue Partnerin wurde, der nach anfänglichem stillem Zweifel schnell in ihr eine hervorragende Unterstützung sah, denn ihm gefiel die unbekümmerte Art seiner neuen Kollegin, die aus einer vorzüglichen Kombinationsgabe, einer beachtlichen Motivation und einem disziplinierten Verhalten bestand.

Ihr gutes Aussehen und das zurückhaltende Benehmen vervollständigten das angenehme Bild. Da sie sich auffallend elegant kleidete, schien sie eine erfolgreiche Managerin oder Agentin eines Großkonzerns darzustellen. Sie passte äußerlich absolut nicht in das herkömmliche Bild einer Privatdetektivin.

In professioneller Manier gelang es den beiden Ermittlern Dr. Mortimer bis zu einem unscheinbaren Gebäude am Gateway Blvd. in Newark (San Francisco) zu verfolgen.

Hier blieb der Arzt fast den ganzen Vormittag und begab sich anschließend in ein nahes gelegenes Restaurant, in dem er von Malvina verdeckt beobachtet wurde.

In der Zwischenzeit inspizierte Abbot das Bürogebäude, das vornehmlich von Versicherungsgesellschaften, Immobilienmakler und andere Verwaltungen angemietet worden war.

Der Detektiv fotografierte die Firmenschilder, um nachzuvollziehen, welchen Betrieb Mortimer aufgesucht haben könnte.

Im oberen Stockwerk war in der gesamten Etage die New Life Ark Foundation Trust Corp untergebracht.

Die Firma erregte schon deshalb Abbots Interesse, weil ab dem mittleren Stufenabsatz das gesamte Treppenhaus von einem aufwendigen Kamerasystem überwacht wurde, und ein Zugang in die Empfangshalle erst nach einem ausgiebigen visuellen Check möglich war.

Da Abbot bereits auf dem Kontrollbildschirm zu sehen schien, entschloss er sich unter dem Vorwand den Bellair Buchversand zu suchen, um in den Vorraum der Empfangshalle zu gelangen.

Der großzügig gestaltete Bereich, dessen leuchtendes Blau sofort ins Auge stach, hatte die Funktion einer Schleuse, die zu passieren erst nach einer ausgiebigen persönlichen Kontrolle zweier Bodyguards möglich war. Bereits hier wurde Abbots Vordringen jäh beendet, und er musste sich mit einem kurzen Blick in die Höhle des Löwen begnügen.

Als er das Gebäude verlassen hatte, war er sich sicher, dass Dr. Mortimer den Vormittag im oberen Stockwerk bei New Life Ark verbracht hatte.

Was hatte der Arzt hier gewollt? In welcher Verbindung stand er zu dieser Organisation?

Der Bereich am Gateway Blvd war hervorragend geeignet, eine stationäre Observierung des gesamten Gebäudetraktes und dessen Umgebung durchzuführen.

Zurück im Büro durchforstete Abbot das Internet nach der New Life Ark Foundation. Außer einiger Hinweise auf die humanitären Betätigungsfelder in medizinischen und sozialen Bereichen gab es nichts Überraschendes. Als Nichtmitglied blieb Abbot am Login der Website hängen, was weitere Nachforschungen unmöglich machte.

Im ausführlichen Gespräch mit seiner Firmenleitung erläuterte der Detektiv Abbot engagiert seine Ermittlungsergebnisse und bekam daraufhin grünes Licht für eine stationäre Überwachung des Gebäudes am Gateway Blvd in Newark.

Seinen deutschen Auftraggebern über seine neuesten Ermittlungsergebnisse Bericht zu erstatten, vermied Abbot wohlweislich in der Absicht, erst bei Vorliegen einer absolut konkreten Spur diese offen zu legen; vorerst wollte er sich ganz und gar auf seine Arbeit konzentrieren.

Gegenüber dem Zielgebäude Gateway Blvd befand sich ein Bürohaus in dem Malvina Tilton im Auftrag von Newton & Fowler ein Büro mit zwei kleinen Arbeitsräumen anmietete, das sich zur Überwachung hervorragend eignete. Ein kleines Bad und eine Küche vervollständigten es zu einer perfekten Observationszentrale, von der aus über längere Zeit die Umgebung unauffällig und gezielt beobachtet werden konnte.

Das notwendige Equipment wurde durch einen weiteren Mitarbeiter am nächsten Tag nachgeführt, so dass die Arbeit unmittelbar beginnen konnte. Abbot ließ eine Videokamera installieren, die den Eingang und die Auffahrt ständig filmte und eine Fotokamera mit Highspeed-Serienbildfunktion, die beim Ablichten wichtiger Objekte sofort hochwertige Bilder schoss.

In den Micro-Chips der Filmkamera wurde von den Spezialisten Ablichtungen aller Personen, die in dem Fall und dessen Peripherie involviert waren, gespeichert. So konnten sofortige Alarme ausgelöst werden sollte sich eine der gespeicherten Personen dem ausgespähten Objekt nähern.

Das Detektiv-Pärchen wollte keine Möglichkeit auslassen, soviel Indizien wie möglich zu sammeln, den Dunstkreis um Dr. Mortimer aufzuhellen. Das Duo bekam mit einem weiteren Privatdetektiv Verstärkung, wodurch nunmehr eine lückenlose Überwachung gewährleistet war.

Der Personenverkehr gestaltete sich in den ersten Tagen mäßig und resultierte lediglich aus den Angestellten von New Life Ark Foundation und einem Cateringservice, der mehrmals täglich lieferte.

Alle Personen, die über das von außen durch die Glasfront einsehbare Treppenhaus bis in das obere Stockwerk gelangten, wurden durch ein Spezial - Camera - System erfasst und gespeichert, sowie sich eine Person näherte, die das System als „neu" erkannte, wurde dieses durch ein akustisches Signal angezeigt, so konnte eine lückenlose Überwachung gewährleistet werden.

Für das Wochenende wollte Abbot zwar in der Überwachungszentrale bleiben, jedoch die Zeit zur Erholung nutzen, denn das zu observierende Gebäude war bis auf den Security – Service nicht besetzt. Die riesige Parkfläche diente jetzt einer Horde Jugendlicher als Rollerbahn, die ihre Skateboards knebelten.

Lediglich der grauer Chevy - Impala erregte Abbots Interesse, weil dieser mehrmals von der Javis Ave her auf den Gateway Blvd einbog. Der Detektiv richtete die Filmkamera per Weitwinkel auf die Kreuzung ein und legte sich gemütlich in die Badewanne. Nach gut 2 Stunden überprüfte er den Überwachungsfilm, der zeigte, dass der Impala erneut mehrfach über die Kreuzung am Gateway Blvd gefahren und anschließend wieder in der Javis Ave verschwunden war.

Abbot zog sich an, stieg in seinen Dienstauto und erkundete unauffällig die nähere Umgebung, folgte der Fahrtstrecke des Impalas, bog in den Kiote Drive ein und gewahrte den Chevy, der auf dem hinteren Parkplatz des Bürogebäudes abgestellt war, der über den Kiote Drive anzufahren war.

Die beiden Männer in diesem Fahrzeug bemerkten nicht, dass der Detektiv aus einer gedeckten Position heraus Fotos von ihnen und dem Fahrzeug schoss.

Das Californische Kennzeichen gab er an seine Firma weiter, die sich um eine Halterfeststellung bemühen wollte.

Nach dem Wochenende nahm die Überwachungsmannschaft ihren Betrieb wieder auf und wurde von Miles Abbot über den Vorfall mit dem grauen Chevy in Kenntnis gesetzt. Man maß dem keine weiteren Bedeutungen zu, denn kurz nach Arbeitsbeginn wurde von der Überwachungskamera Alarm ausgelöst.

Die Kamera erkannte eine Person, die sich im Treppenhaus zur New Life Ark Foundation begab. Es war der Vater von Christine Stowinger, die Jugendliche, die zusammen mit John Baillard vor dem Imbiss verschwand.

Was wollte der Vater des vermissten Teenagers hier?

Andrew T. Stowinger leitete die Forschungsüberwachung bei der staatlichen Pharmaceutical Control & Management Consulting und hatte sich erst kürzlich mit zahlreichen Abhandlungen in pharmazeutischen Fachzeitschriften über den Einfluss der Lobbyisten auf die Forschung und deren Förderung ziemlich unbeliebt gemacht.

Besonders in der Problematik der Gen-Forschung bezog Stowinger polarisierend Stellung und kündigte seinerzeit einen rigiden Feldzug gegen den Missbrauch von Fördermittel und sonstigen forschungsgebundenen Finanzhilfen an.

Miles Abbot brachte dieses Überwachungsergebnis schier in Hochstimmung. Nun kam Bewegung in den Fall und die Fronten schienen sich aus dem Nebel zu lichten und zu einer konkreten Schlachtfeldformation heranzureifen.

Wenn der Arzt Kenneth P. Mortimer hier ein und aus ging, und Stowinger ebenfalls eine Verbindung zur New Life Ark Foundation hatte, stank die Sache gewaltig.

Doch wie passte das Verschwinden des deutschen Kindes Benjamin Meiners in diesen Fall?

Der Detektiv ahnte, dass er die Tür zu einer womöglichen Sensation einen Spalt geöffnet hatte, der Gegner sich momentan noch massiv gegen eine weitere Öffnung stemmte, der unnachgiebige Druck jedoch stetig schwächer werden könnte. Wer wurde durch die Ermittlung aufgescheucht, wie passte der geheimnisvolle Chevy in das Bild?

Wann war der Punkt erreicht, an dem er Detektiv Hank Zieman vom Police Departement, trotz der herrschenden Differenzen, von den Verbindungen berichten sollte?

Wann war er an die Grenze gekommen, an der zu viel Verantwortung auf ihn geladen wurde?

Wieder kam ihm der Tod seines Partners Sanchez in Erinnerung und zog erneut das schlechte Gewissen hervor, das er eigentlich als gut vergraben glaubte. Jetzt fing es abermals zu bohren an. Doch mit dem Versprechen, alles für die Aufklärung seines Todes zu tun, wuchtete er wieder den schweren Deckel auf den inneren Mahner und brachte ihn so erst einmal zu Schweigen.

Essen, Schlafen und Erholung sollte künftig nur Nebensache sein, alle Kraft wollte Abbot in die Aufklärung des Falles stecken. Er instruierte die Observationsmannschaft und meldete sich nach Fresno ab, um Eileen Balliard zu besuchen, deren Sohn John zusammen mit Christine Stowinger vor dem Imbiss verschwand. Vielleicht konnte er von ihr einiges über Andrew T. Stowinger erfahren.

Das kleine Haus der Balliards lag am Stadtrand von Fresno, dort, wo die ersten Weinstöcke die weiten, grünen Ebenen bewuchsen und Dank des angenehmen Klimas einen außerordentlichen Ertrag an hochwertigen Weinen lieferten.

Mrs. Balliard gab gerne Auskunft über die Freundschaft ihres Sohnes zu Christine Stowinger. Hoffnung keimte in ihr auf, als sie hörte, in welche Richtungen der nette Detektiv und seine Kollegen ermittelten.

Die Jugendlichen lernten sich in der Klinik anlässlich einer Untersuchung kennen, sahen sich in der Behinderteneinrichtung wieder und schlossen daraufhin Freundschaft. Die körperliche Beeinträchtigung band sie fest aneinander.

Eine Verbindung pflegten die Familien untereinander kaum, man traf sich auf Veranstaltungen oder Informationsabende.

Sie wisse nur, dass Stowinger in leitender Funktion als Pharmamanager tätig sei. Nein, ein freundschaftliches Verhältnis bestand nicht, da sich der Vater von Christine stets zugeknöpft und ziemlich unnahbar präsentierte und praktisch niemand an sich heranließ.

„Wir haben uns nach dem Verschwinden unserer Kinder nur kurz im Police Departement in Bakersfield gesehen und dort gegenseitig nach Auffälligkeiten erkundigt, die wir vielleicht an den Kindern bemerkt haben könnten. Und ein paar Tage später rief Stowinger mich noch einmal an und stellte nochmals ähnliche Fragen", erklärte Mrs. Balliard.

Miles Abbot bedankte sich für die Auskünfte, hinterließ seine Visitenkarte und fuhr ziemlich enttäuscht zurück nach Newark, um sich über den Stand der Observation des Bürogebäudes zu informieren.

Er nahm nicht den direkten Weg über die Interstate 5, sondern fuhr den Highway 46 Richtung San Louis Obispo, um erneut beim Anwesen der Driscol-Schwestern vorbeizusehen. Vielleicht erhellte eine besondere Eingebung in Bezug zu Dr. Mortimer sein Detektiv-Gehirn und brachte ihn einen Schritt weiter, wenn er sich an Ort und Stelle aufhielt.

Das Anwesen lag wie immer im verträumten Dornröschenschlaf, der Wind bewegte sanft die großen Bäume und diese Stimmung erweckte in ihm die Sehnsucht, nach seinem Arbeitsleben ein ähnliches Haus zu bewohnen und die tiefe Ruhe einer solchen Umgebung zu genießen.

Doch die erhoffte Inspiration blieb aus, so fuhr Abbot weiter nach Newark.

Das Bürogebäude in Newark Cal. wurde weiter observiert, doch brachten die letzten drei Tage keine neuen Erkenntnisse. Für Abbot war es schwierig, gegenüber der Firmenleitung die Observation weiterhin zu begründen.

Erst das Eintreffen Dr. Mortimers am Objekt sollte ihm die erneute, aber befristete Genehmigung bringen.

Die Überwachungskamera gab das akustische Signal kurz vor der Mittagspause, in der die Catering Lieferanten sich die Parkplätze streitig machten, und schreckte die Ermittler aus der fast schon eingetretenen Lethargie hoch.

Der Van des Arztes fiel inmitten der Pizza - und chop suey - Autos kaum auf.

Doch die Technik war unerbittlich und funktionierte hervorragend. Über die Kameras war zu erkennen, dass Dr. Mortimer im Treppenhaus von den Bodyguards mit Handschlag begrüßt wurde und ohne weitere Kontrolle den Einlass passieren konnte, was vermuten ließ, dass er häufiger Gast in diesem Hause war.

Das Richtmikrofon der Detektive blieb ohne Ausschlag, scheinbar waren die Fenster innen mit einer Schutzbeschichtung ausgestattet, die für eine schallisolierte Umgebung sorgte, und ein Abhören aus der Entfernung unmöglich machte. Man hatte also an alles gedacht.

Abbot spielte mit dem Gedanken, der obersten Etage nachts einmal einen Besuch abzustatten, doch ob der guten Sicherheitseinrichtung verwarf er diese Idee so schnell, wie sie ihm in den Sinn gekommen war.

Es ärgerte ihn mächtig, hier nichts weiter ausrichten zu können, sondern nur defensiv in der Warteschleife zu hängen. Doch es half nichts, er und seine Crew mussten geduldig sein.

In den nächsten Tagen wollte Professor Pit Maurer an der Uni in LA, der in Vertretung für den deutschen Auftraggeber handelte, ausführlich Bericht erstatten.

*****

Dr. Scheller traute seinen Augen nicht, als er die neueste Ausgabe der medizinischen Fachzeitschrift aufschlug. In einem Bericht über Veranstaltungen von Organisationen, die u.a. fragwürdige Forschungsziele unterstützen, erkannte er auf einem Foto seine Nachbarin Hannah Meiners.

Der Artikel schilderte u.a. die intensive Tätigkeit der Organisation „Neue Arche", die auf dem Gebiet der Gen-Forschung maßgebliche Unterstützung und finanzielle Förderung betreibt. In Fachkreisen war deren massive und radikale Spendeneintreibung hinlänglich bekannt.

Das Foto zeigt Hannah in Begleitung einer Frau, während einer Infoveranstaltung für   Kognitive Psychologie im Forum der Stadthalle in Nürnberg.

Johannes Lendte und sein Schwiegersohn Alex konnten sich nunmehr endlich einen Reim auf die veränderte Psyche ihrer Hannah machen. Die Person, die neben Hannah auf dem Foto zu sehen ist, konnte Alex eindeutig als die Schulpsychologin identifizieren. Seine Frau schien in die Fänge dieser fragwürdigen Organisation geraten zu sein, und

Lina Paulsen war womöglich die Mittelsfrau, oder sogar eine Führungspersönlichkeit. Hier also war die Ursache allen Übels zu suchen. Doch in welcher Gefahr befand sich die Familie, die Mädchen, sie alle? Wie weit war die Infizierung fortgeschritten? In welche Sphären hatte sich Lina Paulsen bereits vorgewagt? Wie weit konnte sie ihren Einfluss auf Hannah vertiefen? Welche Bereiche konnte sie längst manipulieren und kontrollieren? Die Mädchen, welche Schäden hatten die Mädchen bereits erlitten?

Wie hoch war der Schaden, den sie bereits bei den Schülern und Schülerinnen im Gymnasium verursacht hatte?

Alex wurde von einer hasserfüllten, giftigen Panik erfasst, denn er war gezwungen jetzt zu handeln, musste reagieren, um weiteren Schaden abzuwenden. Nur sollte er Beweise vorlegen und diese auch stichhaltig zu begründen wissen.

Er wünschte den Augenblick, in dem er Lina Paulsen um Hilfe für seine psychisch gestörte Ehefrau bat in die Hölle, verflucht sei er auf ewig, dieser Tag.

Diese ominöse CD aus Lina Paulsens Büro ließ ihn nicht ruhen. Welche Auskunft konnte die Scheibe geben, enthielt sie wichtige Informationen?

Alex musste sie öffnen, musste die passwortgeschützten Daten entschlüsseln, was verbarg sich darauf, Klarheit, er brauchte Klarheit, seinen Feind erkennen, Waffengleichheit schaffen. Und Ben?

War das Foto vom Kongress in Nürnberg nur eine harmlose Angelegenheit, oder gar eine ungefährliche Verwechslung? Vielleicht......

Jetzt hieß es kühlen Kopf bewahren, übereilte Schritte in die falsche Richtung konnten jeden Erfolg gefährden.

Alex berichtete seinem Freund Pit Maurer noch nichts über die Entdeckungen, nicht eher, bis sich die Verdachtsmomente konkretisiert und erhärtet hatten.

Vor allem durften Hannah und Lina Paulsen nicht merken, dass sie so gut wie enttarnt waren. Alles sollte und musste wie gewohnt seinen Gang gehen; so verhielt er sich innerhalb der Familie ausgesprochen unauffällig und ließ seiner Frau gegenüber keinem Misstrauen aufkommen.

Von allen Familienzwängen losgelöst, hatte sich Hannah mittlerweile ihren eigenen Lebensrhythmus eingerichtet, war in das Fremdenzimmer im Kellergeschoss gezogen und beteiligte sich nicht mehr an den familiären Angelegenheiten, führte ein paralleles Leben losgelöst von der Familie.

Während die Kinder in der Schule waren, musizierte sie, oder beschäftigte sich im Garten. Kam Alex aus der Lehranstalt nach Hause, begab sie sich demonstrativ in ihr Musikzimmer, oder in den Keller, als wolle sie ihn mit ihrer Abwesenheit für irgendein Vergehen bestrafen.

Manchmal machte sie für sich die Nacht zum Tag, verschlief ganze Nachmittage, um spät am Abend aus dem Haus zu gehen. Fast jedes 2. Wochenende verbrachte sie außer Haus und kam danach wie auf Wolken getragen zurück, als hätte man ihr eine Injektion verabreicht, die sämtliches Negative aus ihrer Welt verdammte.

Um nicht noch mehr Öl ins Feuer zu gießen akzeptierten Alex und die Kinder ihre Lebensweise und stellten sich darauf ein. Mit Rücksicht auf die Mädchen ließ Alex seine eigenen Ansprüche ans Leben und an eine funktionierende Ehe weit zurücksetzen.

Für außergewöhnliche Hausarbeiten war es derweil nötig gewesen, eine Zugehfrau zweimal in der Woche zu beauftragen, denn schon seit Wochen vernachlässigte Hannah ihre hausfraulichen Pflichten, bis auf kleinere Tätigkeiten, wie den Kindern das Frühstück machen, ansonsten organisierte sich die Hauswirtschaft von selbst.

Ein Bekannter Dr. Schellers hatte die den Code der CD aus dem Büro von Lina Paulsen erfolgreich geknackt.

Nachdem Alex den Anruf diesbezüglich entgegengenommen hatte, konnte er es kaum erwarten, sie in den Händen zu halten und auszuwerten.

Die Psychologin hatte scheinbar von dem verbotenen Zugriff auf ihre Schreibtisch-Schublade nichts bemerkt, und Alex musste sich danach bemühen, auffälliges Verhalten zu vermeiden. Dann war es so weit. Mit zitternden Händen empfing er das Corpus Delicti und erwartete mit erhöhtem Herzschlag das Öffnen des Mediums.

Es war ein absoluter Volltreffer. Sein Verdacht, dass Lina Paulsen mit dieser obskuren Organisation in Verbindung stand, hatte sich vollkommen bestätigt.

Alex konnte nicht glauben, was dort zu lesen war.

Die CD enthielt Aufstellungen über Personen, die

innerhalb eines bestimmten Zeitraumes umgepolt wurden, zurzeit noch bearbeitet werden, noch schwanken, lohnende Objekte, oder zu beobachtende Feinde waren.

Aufstellung über Spenden und laufende Zahlungen der Mitglieder waren feinsäuberlich aufgeführt.

Alex musste herausbekommen, ob Lina Paulsen offizielles Mitglied ist und aktiv in der Gruppe arbeitete.

Er benötigte ausführliche Informationen über die Organisation.

Am Abend traf er sich mit Dr. Scheller in dessen Haus. Johannes Lendte nahm nicht teil, denn es plagten ihn Magenschmerzen und heftiger Durchfall. Wahrscheinlich hatte er sich einen Virus eingefangen.

Scheller erklärte Alex, dass er und einige seiner Kollegen sich seit seiner Pensionierung sehr viel mit dem Aufblühen dieser Gruppen beschäftigt hatten. Er definierte die Arbeits- und Vorgehensweise der Organisation „Neue Arche", bei der Professor Brennecke, Gen-Forscher der aller ersten Güte, vor ein paar Jahren den losen Zusammenschluss von finanzstarken Leuten gegründet hatte.

Die Gruppe hatte sich zum Ziel gesetzt, ihre Gelder in die medizinische Forschung zu investieren, ohne Rendite oder persönliche Bereicherung.

Brennecke genoss damals sehr hohes Ansehen in Politik und Wirtschaft, und wurde besonders in Bereichen der politischen Gesellschaft hofiert, nicht allein, weil er den an einer lebensbedrohenden Art von Leukämie erkrankten Sohn eines Staatssekretärs im Wirtschaftsministerium durch eine bis heute noch nicht genau definierte Behandlung das Leben rettete, sondern auch durch sein hervorragendes Fachwissen, das er gerne weitergab.

Mit den Jahren bekamen die Leute in seinem Umfeld Einfluss, die eine andere Zielsetzung verfolgten, in der die soziale Komponente der Organisation immer mehr zur Nebensache wurde.

Sie legten die Gewichtung auf die Unterstützung der gezielten Gen-Forschung, mit der Absicht, eines Tages variabel die adulte Stammzellen zu Zellen jeden anderen Gewebetyps umzuwandeln.

Ihnen gelang es schon sehr bald, neurale Stammzellen so umzuprogrammieren, dass sich aus ihnen Blutzellen entwickelten, was früher noch als ethisch unantastbar galt. Bei den bisherigen Zelltherapien wurden embryonale Stammzellen eingesetzt, für deren Gewinnung man Embryos töten musste.

Die Forscher arbeiteten von nun an mit Hochdruck an der Weiterentwicklung und konnten schon bald adulte Stammzellen parallel mit nahezu gleichem Erfolg verwenden. Man versetzte wie auch immer entgegen allen bestehenden Rechtsvorschriften diese Stammzellen in die Fähigkeit, sich in beliebige Gewebe zu differenzieren.

Man begann mit den Experimenten auch Knochenmarkstammzellen zu anderen Zelltypen wie etwa Nervenzellen umzuprogrammieren, was auch glückte und so konnten sie diese schon bald zur Therapie von Nervenerkrankungen einsetzten.

Sie waren beizeiten in der Lage, die Zellgewinnung umfassend zu variieren und wunschgemäß zu formen.

Angeblich soll ihnen bei den Versuchen mit Stammzellen schon sehr früh der Durchbruch gelungen sein, bei Therapiereihen mit Parkinsonerkrankten, das Problem der Überproduktion von Dopamin gelöst zu haben.

Man kann die Ergebnisse praktisch zu einem Punkt zusammenfassen.

Es ist davon auszugehen, dass die Organisation heutzutage absolut in der Lage ist, Stammzellen variabel zu programmieren und so erheblich in die DAN-Struktur einzugreifen und hier willkürlich zu manipulieren.

Ethnische Grundsätze wurden bei allen Forschungsreihen außer Acht gelassen, sie interessieren überhaupt nicht.

Der Organisation war schon nach früheren Forschungsreihen der Ruf angehaftet, sie würden Ihre Erfindungsresultate gezielt zur Gesundung elitärer Personengruppen

einsetzen, und würden gezielt daran zu arbeiten, um ein Menschenbild nach ihren Vorstellungen zu schaffen.

Ein geringer Teil der Geldgeber und Lobbyisten hatten sich nach bekannt werden der Gesetzwidrigkeiten mittlerweile von ihnen distanziert, und so arbeitete die Gruppe zwar im Verborgenen weiter, aber dennoch beharrlich und äußerst erfolgreich.

Man vermutet, dass die Organisation hochintelligente Mitarbeiter in vielen wichtigen Funktionen der Schaltstellen in Staat und Wirtschaft erfolgreich etabliert habe. Darum ist man nicht auf Werbung für die eigene Sache angewiesen, sie rekrutiert gezielt, ausgewählt noch opportunen Konstellationen und Planungen. Man sprach davon, dass die Organisation sogar weltweit verzweigt sei, und mehrere Forschungsinstitute betreibe, die hervorragend getarnt sind und sogar Stipendiaten unterstütze sowie an staatlich geförderten Projekten mitarbeitete, was bisher jedoch nicht zu beweisen war.

Das Knowhow der Gruppe wird geschätzt und man bedient sich ihrer, obwohl sie in all ihren geheimen Forschungslinien ethische Gesichtspunkte außen vorließ.

Alex war kaum in der Lage, dies alles innerhalb weniger Minuten zu verkraften, denn viel zu groß war sein Erstaunen und die Verblüffung darüber, wie weit der Staat diese Manipulationen doch tolerierte, und seine Frau Hannah steckte nun mittendrin, war von dieser Gruppe erfolgreich rekrutiert worden.

Steckte möglicherweise auch Professor Rommelsbächer, der sie angeblich erfolgreich therapierte, mit denen unter einer Decke und hatte er mit seiner Behandlung Hannah auf Richtung gebracht?

„Es liegen bisher keinerlei derartige Erkenntnisse vor", wusste Dr. Scheller zu berichten, „Wenn die Klinik Rommelsbächer involviert sein sollten, dann konnte bisher alles gut verdeckt werden, was natürlich absolut ins Bild passen würde".

Nachbar Dr. Scheller hob noch einmal hervor, dass all diese Erkenntnisse bisher nicht ausreichten, um strafrechtlich gegen die Gruppe vorzugehen. Es wurde wieder und wieder geschickt verdunkelt, verheimlicht und verwischt, ein ideales geheimes Netzwerk, das optimal funktionierte.

„Doch alle diese Sachverhalte fußen doch lediglich auf Mutmaßungen und Befürchtungen, oder? ", gab Alex zu bedenken und versuchte Dr. Scheller zu bremsen, der sich fast wie besessen in sein Referat hineingesteigert hatte.

„Ja, alles nur Hypothesen und Mutmaßungen, doch die Fachleute weltweit sehen diese Dinge als Tatsachen an; die Organisation ist auf diesem Stand, ich bin mir sicher", versuchte Scheller Alex' Zweifel auszuräumen.

„Dann wächst hier ein Machtpotential heran, dessen Ausmaß kaum zu erahnen ist" sagte Alex, in Gedanken an seine

Familie. Mit düsterer Mine nickte Dr. Scheller zustimmend. Viele Dinge gerieten für Alex in den Hintergrund, degradierten sich in Anbetracht dieser Gefahr zu absoluten Nichtigkeiten.

Jetzt schien es an der Zeit zu sein, seinem Freund Pit Maurer in USA von den explosiven Neuigkeiten zu berichten.

Alex telefonierte von seinem Arbeitsplatz aus, denn nun musste davon ausgegangen werden, dass sein heimischer Telefonanschluss nicht mehr sauber war.

Wie weit war alles doch gekommen, den Sohn verloren und jetzt seine Frau, die nicht mehr zu ihnen gehörte und für immer verloren war.

Diese starke Hannah Meiners, deren psychisches Immunsystem durch seelischen Schmerz geschwächt durcheinandergeraten und somit für eine gezielte Infiltrierung anfällig war, befand sich im Hexenkessel einer gefährlichen Organisation.

Pit Maurer fiel aus allen Wolken, als Alex ihm die Neuigkeiten aus Deutschland bezüglich Hannah und Lina Paulsen mitteilte. Doch ermahnte er seinen Freund, keine übereilten Schritte zu wagen. Man musste davon ausgehen, dass die Gruppe sogar bis zum Äußersten ging und auch vor Gewalttaten nicht zurückschreckte, wenn man ihr zu nahekam. Alex wollte die Ratschläge beherzigen und sich bald wieder melden, während Pit Maurer versprach, einen guten Bekannten in der Schweiz zu kontaktieren, der sich ausgiebig mit derartigen Organisationen beschäftigt hatte.

Schon am Abend rief Pit Maurer wieder an und konnte seinem Freund mitteilen, dass ein Martin Gretler aus der

Schweiz sich in kürze bei ihm an seinem Arbeitsplatz im Gymnasium telefonisch melden würde.

Schon am nächsten Tag rief Gretler an. Alex genoss nebenbei das Schweizerdütsch, schilderte ausgiebig seine Situation, worauf der Gesprächspartner ihm ins Wort fallend unterbrach.

„Ich habe übermorgen in Frankfurt zu tun, wie wär's, wenn ich auf dem Weg bei Ihnen vorschaue und wir die Angelegenheit persönlich besprechen", schlug Gretler vor.

Alex erschrak ob der spontanen Reaktion, die ihm jedoch die Wichtigkeit des Sachverhalts wie eine Ohrfeige ins Gesicht schlug. Was mag hierbei wieder an unangenehmen Neuigkeiten herauskommen? Er bestätigte gern den Termin, denn Hannah befand sich außer Haus, so dass sich die Männer ungestört unterhalten konnten.

Gretler war ein kleiner, etwas füllig und ungelenk wirkender Mittfünfziger, dessen Outfit bestimmt schon bessere Tage gesehen hatte. Hinter der unmodernen Brille verbargen sich die Augen eines Fuchses, denen nichts zu entgehen schien. Der Mann wirkte äußerlich wie ein erfolgloser Staubsaugervertreter, dessen anstrengender Tag soeben zu Ende gegangen war.

Er gab sich absolut freundlich und man mochte schon nach den ersten Minuten einmütiges Vertrauen in ihn setzen. Der Schweizer arbeitete als freier Mitarbeiter, oder wie immer man diese Art Tätigkeit nennen mag, in Diensten der Schweizer Bundespolizei, die eine Abteilung gegen Wirtschaftsspionage und ähnliche Delikte unterhielt.

„Eine in der Schweiz unter absoluter Beobachtung stehende Organisation könnte ein Ableger der deutschen Gruppe sein. Es wird vermutet, dass sie Mitglieder bis in die allerhöchsten Ebenen der größten Pharmaunternehmen einschleusen konnte. Ferner glauben wir, dass Aufsichtsräte maßgeblicher Banken durch sie beherrscht und gesteuert werden", begann er seine Erklärungen.

„Strafrechtlich relevante Handlungen konnten wir ihnen bisher nicht nachweisen, da sie sehr geschickt taktieren", sagte Gretler, wobei er seine dicke Brille ständig mit dem Zeigefinger nach oben schob.

„In Oberhofen am Thunersee verschwand vor einer Woche die Tochter eines angesehenen Wirtschaftsmanagers. Es wird eine Entführung vermutet, deshalb ist die Öffentlichkeit noch nicht informiert worden.

Der betreffende Industrielle verfügt über einzigartige Patentrechte, seine Firma besitzt vorzügliche Know-hows. Das Unternehmen produziert hochwertige Labor- und Analysegeräte und vertreibt sie weltweit, jedoch in erster Linie auf den US-amerikanischen Markt. Vor kurzem brachte die LabTec einen milliardenschweren Auftrag aus China auf ihre Seite, was den Export in die USA heftig abbremste und zurückfahren ließ. Obwohl die Firma zusätzliche Kapazitäten freimachte und massiv Arbeitskräfte einstellte, konnte der amerikanische Markt nur reduziert bedient werden, was zu extremen Verstimmungen in den amerikanischen Chefetagen führte. Wir vermuten, dass das Verschwinden des Kindes mit dieser Sache zu tun hat, explosiv ist die Angelegenheit aufgrund der Tatsache, dass die Entführte an der seltenen Blutkrankheit Lafora - Syndrom leidet. Diese Krankheit ist spärlich verbreitet, aber im Endstadium absolut tödlich", unterbrach Gretler sein Referat und gab Alex ausreichend Zeit zum Durchatmen.

Dann fuhr der Schweizer in seinen Ausführungen fort:" Die Betroffenen leiden zunächst unter epileptischen Anfällen, später kommen Bewegungsstörungen sowie fortschreitender Demenz dazu, bis der Tod sie erlöst. Eine Heilung blieb bisher unmöglich.

Der Grund für das Lafora-Syndrom ist eine Besonderheit der Gehirnzellen: Während andere Zellen Glykogen (Zucker) lieben und es für ihre Energieversorgung sogar benötigen, ist der Stoff für Gehirnzellen absolut tödlich – wenn sie sich Speicher davon anlegen. Es arbeiten im Gehirn mehrere Kontrollsysteme unter der Beaufsichtigung von Überwachungsproteinen an der Verhinderung der Anhäufung von Glykogenvorräten in den Nervenzellen. Der Mechanismus sorgt dafür, dass die Apparatur für die Bildung eines Kohlenhydratspeichers in der Zelle ausgeschaltet bleibt. Ein erbgutbedingter Defekt von 2 Genen löst die Krankheit aus.

Bei der Tochter des Industriellen wurden bisher nur vorstufige Symptome festgestellt, doch geht man davon aus, dass auch bei ihr die Krankheit ziemlich schnell fortschreitet", beendete Gretler seinen Vortrag.

In Alex' Kopf ratterten die Festplatten, um die Dimension der Lage in vollem Umfang zu erfassen, immer wieder kam ihm das Verschwinden des eigenen Kindes in den Sinn. Waren sie wegen Bens Erkrankung in diesem Strudel gefangen?

Doch seine eigene Familie war nicht vermögend, sie befanden sich in keiner gesellschaftlich herausgehobenen

Stellung und es waren auch keinerlei Lösegeldforderungen eingegangen.

Alex überließ Martin Gretler eine Kopie der CD aus Lina Paulsens Schreibtisch und gab ihm eine zusammenfassende Übersicht der Ereignisse in den USA, die sich der Schweizer aufmerksam anhörte und das Gesprochene nur ab und zu mit einem skeptischen „Hm?" quittierte.

„Wir vermuten schon seit geraumer Zeit, dass die Organisation einen Zweig in den USA eingerichtet hat, konnten aber bisher noch keine fundierten Erkenntnisse sammeln", ergänzte Gretler und begann sich langsam zu verabschieden. Nachdem die beiden Männer Visitenkarten und entsprechende Telefonnummern ausgetauscht hatten, verließ Gretler das Haus.

Alex fühlte sich grenzenlos einsam, er drehte versonnen das Weinglas in der Hand und starrte mit leeren Blicken durch das Zimmer. Eine seltsame Stille umgab ihn und schwemmte die völlige Hilflosigkeit, die aus der Situation erwachsen war, an die Oberfläche. Ihn quälten Zukunftsängste in Anbetracht all dieser tonnenschweren Belastungen, die seine Seele zupflasterten.

Die Mädchen übernachteten beim Großvater Johannes Lendte. So durchschnitt kaum ein fremder Laut die Stille während Alex sich auf das Sofa legte. Nur die Stimme David Gilmour's von Pink Floyd drang sanft in sein Ohr:

Who are you and who am I

To say we know the reason why?

Some are born; some men die

Beneath one infinite sky.

There'll be war, there'll be peace.

But everything one day will cease.

All the iron turned to rust;

All the proud men turned to dust.

And so all things, time will mend.

So this song will end.

Er dachte an die Zeit, als die Familie noch komplett war und seine Ehe die glücklichste von der Welt zu sein schien. Die Einsamkeit schmerzte und er stürzte in eine tiefe Verzweiflung, nur die giftige Wirkung des Alkohols ließ ihn in einen tiefen Schlaf versinken, aus dem ihn das schrille Läuten des Telefons weckte.

Pit Maurer scheuchte ihn mit aufgeregter Stimme aus dem Koma „Ich habe Neuigkeiten vom Detektiv Abbot".

Alex' schwere Kopfschmerzen waren wie weggeblasen und sein Gehirn wurde klar und aufnahmebereit.

Da der Nachbar Dr. Scheller auf seinem PC noch aus Zeiten, in denen er praktizierte über eine geschützte Anonymous connection verfügte, ließ Alex sich die Mail von Pit Maurer auf diesen Computer schicken, so lief er nicht Gefahr „gehackt" zu werden.

Nach Eingang der Nachricht, die alle neuen Ermittlungserkenntnisse der Privatdetektive enthielt, und unter

Einbeziehung der Ergüsse aus dem Gespräch mit dem Schweizer Gretler resümierte Dr. Scheller präzise und fast militärisch:

„Die Organisation könnte expandiert haben.

Es verschwinden Menschen, deren Angehörige mit Medizin, Pharmazie oder ähnlichem zu tun hatten, und finanziell sehr gut gestellt waren.

Ausnahmen: Benjamin Meiners, die polnische Haushälterin und John Baillard. Bis auf die Haushälterin litten alle Vermissten an mehr oder weniger unheilbaren Krankheiten. Fügen wir die Vorfälle in der Schweiz hinzu, vermehren sich die Fakten entsprechend.

Hier könnte der Schlüssel liegen. Hatte das Verschwinden der Personen etwas mit den Machenschaften der Organisation zu tun? Gehört die Gruppe in Deutschland mit der in San Francisco zusammen? Werden sie womöglich zentral gesteuert", beendete Dr. Scheller sein Resümee und ließ die letzten Worte unbeantwortet im Raum kreisen.

Alex telefonierte vom Anschluss des Nachbarn noch einmal mit dem Schweizer Martin Gretler und teilte ihm den Inhalt der E- Mail mit.

„Es ist durchaus möglich, dass die beiden Gruppen zusammengehören. Wir haben schon lang eine Verbindung nach USA vermutet, hatten jedoch noch keinerlei konkrete Anzeichen. Vielleicht ist da jetzt etwas dran", entgegnete Gretler interessiert und wollte dem Hinweis nach seiner Rückkehr in die Schweiz intensiv beleuchten.

Alex hatte Mühe am nächsten Tag seine Arbeit im Gymnasium ordnungsgemäß zu erledigen, denn seit er sich in diesem Dilemma befand, litt die Arbeitsqualität unter der seelischen Belastung. Das Lehrerkollegium spürte schon lang die Veränderung, die in ihrem Chef seit Wochen vorging und sukzessiv fortgeschritten war. Ihn daraufhin anzusprechen hatte wenig Sinn, denn er tat jede Frage nach seinem Befinden mit lapidaren Begründungen ab.

Es war nicht von der Hand zu weisen, der Gymnasiums Direktor Alexander Meiners steckte in einer schweren seelischen Krise, während die kollegialen Hyänen bereits nach seinem Job schielten und auf den ersten richtigen Fauxpas des Chefs warteten, um die obere Schulbehörde unverzüglich über die Zustände zu informieren.

Kurz vor Dienstschluss rief der Nachbar Dr. Scheller an und berichtete ziemlich aufgeregt von einer Entdeckung, die er bei der erneuten Durchsicht aller vorliegenden Indizien gemacht hatte.

Beim Betreten des Nachbargrundstücks sah Alex tiefsinnig auf das eigene Haus, und dachte über die strudelartigen Ereignisse nach, von der seine Familie seit fast einem Jahr in die Tiefe gezogen wurde. Bevor er das Haus des Nachbarn betrat, fiel sein Blick hinüber auf die Terrasse und die verwaisten Vogeltränken. Seit Ben nicht mehr bei ihnen ist, und keine Bilder vom frechen Amselvolk malte, hatten sich die Vögel fast völlig zurückgezogen. Nur selten verirrte sich ein Amselmännchen an die Tränke, nahm einen tiefen Schluck, schaut verdutzt umher und flog anschließend enttäuscht davon.

„Jetzt hab ich's, endlich", begann Dr. Scheller seinen Vortrag schon am Hauseingang, ohne Alex ausgiebig zu begrüßen. Er zog ihn mit entschlossenem Griff am Arm in das hell erleuchtete Wohnzimmer, wo Fido desinteressiert auf einem Hundekissen in der Ecke gemütlich schlummerte und nur von Zeit zu Zeit gelangweilt die Augen öffnete.

„Auf der einen Seite haben wir die deutsche Gruppe „Neue Arche", die anscheinend ausnahmslos in Deutschland agiert", erklärte Scheller mit weiten Fingerschwüngen auf das Papier zeigend, „Und auf der anderen die amerikanische Gruppe „New Life Bridge", fuhr er fort, während Alex ihm mit fragenden Blicken sein Unverständnis zu übermitteln schien.

„Verstehen sie?"

Alex schüttelte verständnislos den Kopf in Erwartung weiterer Erklärungen.

„Jetzt kommt's", erhöhte Scheller die Spannung, „Die amerikanische Gruppe hat gem. Auskunft des Detektivs Abbot ihren Sitz in Newark, San Francisco, verstehen Sie? ", was ein erneutes Kopfschütteln bei Alex hervorrief.

„New Ark, Neue Arche!!!!!! Das !!! ist die Verbindung", knallte er Alex seine Feststellung entgegen, was den Angesprochenen bewog sich blitzartig aus dem Sessel zu bewegen.

„Ja", entgegnete Alex, „das ist die Gemeinsamkeit, es kann kein Zufall sein, dass sich die Organisation in gerade im namensgleichen Ort NEWARK niedergelassen hat!! „

Wie sollte jetzt vorgegangen werden, um noch mehr über die Gruppe in Erfahrung zu bringen.

Alex musste seinen Freund in LA und auch den Schweizer augenblicklich von den neuen Kenntnissen um Newark und der Organisation unterrichten.

Für Pit Maurer verdichteten sich die Neuigkeiten immer mehr zu einem kompletten Mosaik, insbesondere nach der Einbeziehung aller Ermittlungsergebnisse, die ihn Miles Abbot überbrachte. Die Tatsache, dass hier wahrscheinlich ein und dieselbe Organisation im Spiel war, machte ihn äußerst nachdenklich und erhöhte mit jedem weiteren Gedanken den Puls merklich.

Seine Frau Ellen konnte ebenfalls mit Neuigkeiten aufwarten, in dem sie von einer jungen Frau erzählte, die vor einem Jahr wahrscheinlich als unliebsame Aussteigerin einer Organisation den Rücken kehren wollte und nunmehr seit mehreren Monaten vermisst wird.

In einem anonymen Brief an den Fernsehsender wurde dieser Sachverhalt bekannt gemacht und als Grund für das Verschwinden der Frau geschildert. Ellen wollte umgehend den Redakteur befragen, der die Sache seinerzeit aufdeckte, denn vielleicht könnte es die Organisation betreffen, die Abbot gerade mit seinen Leuten observierte.

Pit Maurer informierte Miles Abbot über den anonymen Brief, worauf der Detektiv sofort zusagte, umgehend nach LA zu kommen, um beim Gespräch mit dem Redakteur dabei zu sein.

Vor etwa 2 Jahren ging ein Brief bei der Redaktion ein, in dem eine jungen Frau, namens Nathalie ein, die in völliger Verzweiflung ihr Dilemma schilderte, in dem sie sich befand. -Mein Name ist Nathalie, ich weiß nicht mehr ein noch aus. Zu viele Dinge sind passiert, die ich nicht mehr verantworten kann. Ich habe nicht mehr die Kraft daran weiter mitzuarbeiten. Nein, über diese Brücke gehe ich nicht mehr. Ich möchte nicht für das Leid anderer Menschen verantwortlich sein. Bitte helft mir einen Weg zu finden. -

Miles Abbot gab zu bedenken, dass es mittlerweile an der Zeit sei, einen neuen Versuch zu starten, um der Polizei in Bakersfield über die Entwicklung zu unterrichten, um damit die Behörden zu sensibilisieren.

Das schwarze Loch, in das man seit geraumer Zeit versucht hat Licht zu werfen, scheint sich als noch verworrener und tiefer darzustellen, als man anfangs für möglich gehalten hatte. Zu viele Menschen waren jetzt verschwunden, oder haben sich in diesem Netz verstrickt.

"Doch wenn die wichtigen Strukturen bei der Polizei von den Gruppen bereits durchsetzt und infiltriert sind, was wir ja schon beim Verschwinden von Benjamin Meiners vermuteten, haben wir keine Chance irgendwann einmal etwas zu beweisen ", bekräftigte Pit Maurer die berechtigten Zweifel.

„Vielleicht wäre die verschwundene Nathalie eine Spur", brachte Abbot vor „ich werde meine Verbindung im Police Dept abfragen, ob es in der Zeit einen Leichenfund gab, in dessen Fall der Name „Nathalie" passt".

Die Vermutung erwies sich als richtig, die junge Frau hieß Nathalie Preston, war von Beruf Diplom Bio-Chemikerin, gebürtig aus Dallas. Sie studierte in San Francisco und nahm nach ihrem Diplom, das sie mit Auszeichnung abschloss, einen Job an einem Forschungslabor in San Diego auf. Sie wohnte seinerzeit mit einer Freundin zusammen, die nach Aktenlage eine sukzessive seelische Veränderung im Verhalten Nathalies feststellte.

„Vor knapp 9 Monaten fand man ihre Leiche am Strand von Salinas und benötigte Wochen, um ihre Identität zu ermitteln" berichtete Abbot weiter.

„In dieser Zeit war der anonyme Brief bei uns eingegangen" ergänzte Redakteur Clayton, „Da wir keine Erklärung und nicht den geringsten Bezug zu einem Verbrechen hatten, ließen wir die Sache vorerst auf sich beruhen, denn es gehen öfter solche Briefe ein, von Leuten, die sich wichtigmachen wollen. Erst später, nach Bekanntwerden des Leichenfundes, übergaben wir das Original des Briefes den ermittelnden Behörden".

„Das Labor wurde geschlossen, kurz vor Feststellung der Identität der jungen Frau und noch bevor die Polizei ihre Ermittlung aufnahm ", fuhr Abbot fort, „Die Ermittlungen wurden eingestellt".

„Die Freundin, vielleicht wäre sie ein Ansatz etwas mehr zu erfahren", warf Ellen ein.

Miles Abbot fand Nathalies Freundin Leslie Henderson ängstlich und verstört vor. Es dauerte 3 Tage, bis der Detektiv einen vertrauensvollen Zugang zu ihr gefunden hatte, der sie öffnete und sie befreit reden ließ.

Seit dem mysteriösen Tod der Freundin war sie fast ständig auf der Flucht, aus Angst ebenfalls umgebracht zu werden, weil die Mörder davon ausgehen mussten, dass Nathalie sich der Freundin offenbart hatte.

Auf die sanfte Nachfrage des Detektivs über die Tätigkeit, die Nathalie ins Verderben zog, konnte die junge Frau nur vage Vermutungen wiedergeben. Ihr gegenüber erwähnte die Tote lediglich einmal, dass sie mit medizinischer Biotechnologie und pharmaspezifische Verfahrens- und Messtechnik zu tun hätte, und dass die Restarbeiten, die letztendlich das Ergebnis brachten, grundsätzlich von anderen Chemikern erledigt wurden.

„Irgendwelche Versuchsreihen hatte sie durchzuführen, für die sie auch mehrmals nach Mexiko reisen musste. Von diesen Trips kam sie meist entnervt und gestresst zurück, brauchte immer ein paar Tage, bis sie sich erholt hatte. Dann fand ich diesen Brief, an dem Tag, an dem Nathalie verschwand", berichtete die junge Frau unter Tränen und konnte sich kaum noch auf den Beinen halten.

Von Weinkrämpfen geschüttelt erzählte sie Miles, dass sie aus Furcht vor dem gleichen Schicksal mindestens 4 mal umgezogen sei. In voller Verzweiflung schilderte sie in allen Einzelheiten die Tage, in denen sie aus Angst nicht in ihre Wohnung gehen wollte, abwechselnd bei Freunden und manchmal in Motels übernachtete, sich mit Perücken tarnte und sogar ihr Auto wechselte. Erst nach einigen Minuten beruhigte sich die junge Frau, und berichtete erleichtert, dass die Polizei ihr zwischenzeitlich von der eiligen Schließung des Labors und der fluchtartigen Räumung der Gebäude benachrichtigt hatte. Über die Firmenleitung und der Identität weiterer Angestellten konnte man keine Auskunft geben.

An der Beerdigung der Freundin nahmen damals nur Leslie, zwei ältere Nachbarsfrauen und der Vermieter teil. Die Tote hatte keine Verwandte. Bei der Trauerfeier fiel Leslie auf, dass ein Mann, ca. 30- 35 Jahre alt, etwas abseits der Zeremonie beobachtete.

Eine genauere Beschreibung konnte in der gesamten Aufregung nicht abgeben.

Miles Abbot legte die Aussagen auf seiner geistigen Festplatte unter dem Ordner "???" ab und fügte das neue Wissen dem bestehenden Mosaik zu, das immer mehr an Kontur gewann.

Auf der Rückfahrt nach Newark spulte der Detektiv noch einmal Leslies Angaben ab. Man musste davon ausgehen, dass die Organisation Nathalie gezielt ausgesucht hatte, und zwar direkt an der Uni. Eine ledige junge Frau mit einem vorzüglichen Diplom, ohne Verwandtschaft, also die besten Voraussetzungen, sie für eine Verwendung in einem Geheimlabor mit höchst brisanten Aufgaben vorzusehen.

In der Observationswohnung am Gateway Blvd. legte Miles Abbot eine Kopie des Überwachungsfilmes an, um Leslie Anderson den Arzt Dr. Mortimer zur Identifizierung des Mannes an der Beerdigung zu vergleichen. Der Detektiv hatte den Verdacht, dass auch hier der Mediziner seine Hände im Spiel haben könnte.

Die Observation des Bürogebäudes brachte momentan keinerlei neuen Erkenntnisse, und die Einstellung der aufwendigen Beobachtung schien unvermeidlich.

******

Die junge Frau lenkte ihren kleinen offenen Flitzer über den Bayfront Expressway und bog auf den Gateway Blvd ein, um anschließend forsch auf dem Parkplatz der New Life Ark Foundation zu bremsen.

Ihr kastanienbraunes Haar über dem mädchenhaften Gesicht war von einem hellblauen Band gehalten, und der Fahrwind spielte freudig damit. Sie trug eine modische Sonnenbrille, ihre auffällig geschminkten Lippen leuchteten aufreizend in der Sonne.

Die junge Frau freute sich, endlich einmal herauszukommen aus diesem Moloch Los Angeles, um hier in Newark ein paar Tage Urlaubsvertretung zu machen. Ihre hektische Labortätigkeit über einen längeren Zeitraum mit einem ruhigen Job im Planungsbüro für neue Forschungsreihen einzutauschen, passte ihr gut in die momentane Stimmung. Kurz vor ihrem wohlverdienten Urlaub konnte sie sich schon mal entspannen.

Man schätzte ihre herausragenden Kenntnisse und das erbarmungslose Streben nach spektakulären Forschungsergebnissen. Ihr gnadenloses Fordern nach Macht in der Forschungsabteilung ließ sie die Hierarchie mühelos erklimmen und so stand die junge Chemikerin schon bald an der Spitze der Fachkräfte.

Das brachte ihr nicht nur Lob und Anerkennung im Kollegenkreis ein, denn so manchen beruflichen Vorteil erreichte sie durch heftigen Einsatz ihrer weiblichen Reize und einer massiven Arbeit beider Ellenbogen. Auch die Tatsache, dass sie mit den höchsten Funktionären der Organisation über das normale Maß hinaus bekannt war, schürte Neid und Missgunst innerhalb der Gruppe.

Miles Abbot fiel diese rasante Autofahrerin sofort auf, die ihm bei der Einfahrt auf den Parkplatz gefährlich die Vorfahrt nahm. Er folgte ihr in gehörigem Abstand und ließ seine Präzisionskamera arbeiten, als die hübsche Frau mit galantem Schwung ausstieg, das Fahrzeug lässig verschloss und ihren gut geformten Körper zum Gebäudeeingang wallen ließ.

Die Art und Weise ihrer Bewegungen erinnerten an das Eintreffen eines bekannten Filmstars, das von sensationsgeilem Publikum verfolgt wird.

Auf dem Treppenabsatz nahm sie die Sonnenbrille ab, was Abbot Gelegenheit bot, die ganze Schönheit der Frau mit der Kamera einzufangen.

Er traute seinen Augen nicht. Es konnte nur Nathalie Preston sein. Der Detektiv erkannte sie anhand des Fotos, das er bei der Freundin gesehen hatte mit absoluter Sicherheit wieder. Es konnte nicht sein, Nathalie Preston war tot, Leslie Henderson hatte alle Formalitäten der Beerdigung übernommen, die Polizeibehörden hatten zweifelsfrei die Identität der Toten festgestellt.

Wer war dann die Tote, die mit der Identität Nathalie Prestons beerdigt wurde?

Die Sache schien eine dramatische Richtung einzuschlagen und gehörig Fahrt aufzunehmen.

In der Observierungszentrale wartete man auf das erneute Erscheinen der jungen Frau und deren Rückfahrt, für die sich Miles Abbot schon in einem anderen Fahrzeug auf dem Parkplatz bereithielt. Zwei weitere Kollegen sollten ihm in einem zusätzlichen Auto bei der Observierungsfahrt assistieren. Die Spannung übertrug sich auf des gesamte Observierungsteam.

Zwischenzeitlich kam von Abbots Verbindungsmann das Ergebnis der Halterermittlung ein. Der Kleine Flitzer war auf eine Geraldine Brookfield, wohnhaft 322 Vicci Street, Santa Clarita, Los Angeles, zugelassen.

Endlich war es so weit, die junge Frau verließ mit beschwingtem Schritt und scheinbar bester Laune das Gebäude, bestieg ihren offenen Flitzer und schoss in rasantem Tempo aus der Parkfläche.

Sie nahm den Highway 1 Richtung Los Angeles und fuhr im gemächlichen Sightseeing Tempo, was den Detektiven die Arbeit erleichterte. Die Observation vollzog sich bis hierher unspektakulär und zweckvoll, als der offene Flitzer plötzlich in San Louis Obispo abrupt die Richtung änderte und zum Anwesen der Driscol Schwestern einbog.

In Miles Abbot ratterte die Festplatte und seine Kamera hielt die Ankunft der jungen Frau und die überaus freundschaftliche, ja fast zärtliche Begrüßung durch Dr. Mortimer fest.

Für den Detektiv vervollständigte sich die Mannschaft der Organisation und ihre Protagonisten immer mehr. Die Gruppe tauchte auch personell ständig weiter aus der Versenkung hervor. Abbot verzichtete auf eine weitere eigene Beobachtung, wies seine Assistenten an, der jungen Frau nach dem Verlassen des Hauses Dr. Mortimers zu folgen, und fuhr zu Leslie Henderson, um ihr die gerade geschossenen Fotos der jungen Frau im Coupe und Dr. Mortimer zu präsentieren.

Leslie identifizierte die Frau als Nathalie und Dr. Mortimer als den geheimnisvollen Mann bei der Beerdigung und zeigte sich tief erschrocken, als sie die Freundin als lebend wieder erkannte. Zu tief saßen noch die Eindrücke der Beerdigung und die Trauer über den Verlust der Freundin. Doch was war mit der jungen Frau passiert? Der Brief, die erschütternde Verzweiflung, alles nur gespielt? Wie war es gelungen die aufgefundene weibliche Leiche, die ja nun offensichtlich nicht Nathalie sein konnte, mit einer DNA auszustatten, die zur eindeutigen Identifizierung der Toten führte?

„Wie konnte sie mich nur derart hintergehen", seufzte Leslie nur verstört und vergrub ihr Gesicht tief in den Händen. Man sah ihr die schmerzliche Enttäuschung an, alle lebendige Farbe war aus dem hübschen Antlitz gewichen. Zur aufgetürmten Trauer kam jetzt diese herbe Niedergeschlagenheit. Miles Abbot nahm Leslie väterlich in den Arm und spürte dabei die echte Verbitterung.

Wie viele Verderben brachte der Fall noch über die Menschen, welche Tragödien werden diese Geschöpfe noch erleiden müssen?

Nur ungern verließ er dieses Häufchen menschlichen Elends, doch er wollte sich keine Pausen und schon gar keine sentimentalen Aussetzer leisten. Abbot musste am Ball bleiben, obwohl er dieser leidenden Schönheit in der kommenden Nacht gerne beigestanden hätte. Sie tat ihm leid, diese junge Frau, die in einen Strudel von Ereignissen hineingeraten war, die ihr seelisches Gleichgewicht vollständig ins Wanken gebracht hatten.

Nein, er konnte sie jetzt nicht allein lassen.

Sie saßen die ganze Nacht zusammen, redeten kaum. Miles Abbot wagte nicht ihr minutenlanges Schweigen mit störenden Floskeln zu durchbrechen. Leslie fühlte sich geborgen, nur für sie war er geblieben.

Der Detektiv nahm eine Decke, legte sie sanft über den jungen Körper, den endlich ein befreiender Schlaf ohnmächtig und schmerzfrei ruhen ließ.

Miles mixte sich entgegen aller Gewohnheit einen scharfen Drink, lehnte sich zurück und versuchte ruhig und planerisch zu denken. Würde das Police Dept aufgrund der vorliegenden Fakten und Beweisen Ermittlungen gegen die Gruppe aufnehmen, Haftbefehle erwirken, Verhaftungen folgen lassen?

Beim ersten Anzeichen einer Polizeiaktion könnte jedoch der gesamte Haufen in Panik geraten und das Weite suchen, die Beweise vernichten, und alle Mühen wären wieder einmal umsonst gewesen. Doch Beweise??? Welche der begangenen Straftaten konnten bewiesen werden?

Nix da, weiter so, manifestierte er seinen Plan.

Die Firmenleitung von Newton & Fowler, Private Detectives and Investigators entschloss sich, die Beobachtung der New Life Ark fortzuführen, ohne diese Notwendigkeit fortan in Frage zu stellen. Man hatte erkannt, dass es hier um einen Fall handelte, dessen Aufklärung sich wie ein Angriff auf den nationalen inneren Frieden darstellte und die Firma nach erfolgreichem Abschluss einen gehörigen Imagezuwachs verzeichnen würde. Also übertrug man Miles Abbot die Gesamtleitung des Falles, sicherte ihm sämtliche Unterstützung zu und stellte sogar eine gehörige Beförderung verbunden mit einer kräftigen Gehaltsaufbesserung in Aussicht.

Dieser hervorragenden beruflichen Perspektiven hätte es nicht bedurft, um die Motivation des Privatermittlers zu steigern. Miles Abbot befand sich in einer beruflichen Hochstimmung wie noch niemals zuvor.

Er berichtete seinem persönlichen Auftraggeber Pit Maurer in LA über die letzten wichtigen Ereignisse, und bekam auch aus dieser Richtung die verdienten Lobenshymnen.

******

Obwohl man sich in der Familie schon seit längerem auf die veränderten Lebensstimmungen mit der Mutter eingestellt hatte, wurde die Situation für Alex Meiners und seine beiden Töchter bedrückender und immer unerträglicher. Kleine Meinungsverschiedenheiten mit Hannah arteten in heftige Streitereien aus und ließen die Stimmung eskalieren. Die Mädchen zogen sich mehr und mehr von ihren Eltern zurück, und verbrachten manchmal ganze Wochenenden beim Großvater Johannes Lendte.

Dieser forderte Alex auf, zum Wohle der Kinder Entscheidungen zu treffen.

Der Vorschlag versetzte Alex in massives Grübeln. Gerade sein Schwiegervater Johannes Lendte riet zu einer Krisenlösung, die sich gegen die eigene Tochter richten würde.

Alex beschloss, notfalls in einem aufwendigen Sorgerechtsverfahren Tina und Susi nicht seiner Frau überlassen, die sich nun vollends von der Familie abgewandt hatte. Um nichts auf der Welt würde Alex die Kinder hergeben, und jetzt konnte er sich auch der Unterstützung des Schwiegervaters sicher sein.

Sollte sich Hannah wieder mehrere Tage im Haus befinden würde er seiner Frau die Scheidung vorschlagen.

Trotz aller Zerwürfnisse beabsichtigte Alex, sie vorher zur Abkehr von der Organisation zu überreden und eine erneute Zuwendung zur Familie vorzunehmen.

Die Neuigkeiten über die Ermittlungserfolge aus USA bekräftigten Alex in seinem Vorhaben eine Entscheidung herbeizuführen. Jetzt sollte ausschließlich das Wohlbefinden der beiden Mädchen im Vordergrund seines Interesses stehen, und nebenher musste der Suche nach Ben ein angemessener Handlungsspielraum eingeräumt bleiben.

Alex' seelischer Zwiespalt wurde ihm offensichtlicher, je länger und intensiver er seine Situation analysierte und sich mit seiner Lage auseinandersetzte.

Auf der einen Seite das hiesige Martyrium, in dem seine Familie wie in einer Zentrifuge rotierte und daneben die offene Suche nach Ben in den USA, bei der Alex zum Zuschauen verdammt war, die aber gleichwohl nach seiner Anwesenheit zu rufen schien.

Alex nutzte ein Wochenende, an dem die Kinder sbei Johannes Lendte waren und seine Frau sich wieder einmal zu Hause aufhielt. Er bekniete Hannah, wieder zur Familie zurückzukehren und sich von Lina Paulsen abzuwenden, die offensichtlich so viel Unheil über sie alle gebracht hatte. Hannah verhielt sich wie erwartet störrisch und abweisend. Alex musste sich zügeln, um bei einer derart destruktiven und gemeinen Verhaltensweise nicht die Fassung zu verlieren.

„Ich muss an ein höheres Ziel denken, es gibt wichtigere Sachen, als Betten machen, Wäsche waschen oder Kinder hüten", referierte Hannah ihren scheinbar einstudierten Text. „Wir haben wichtigere Aufgaben, und da gibt es kein Stillstehen, pausieren heißt verlieren, man zählt auf uns und wir dürfen nicht enttäuschen, Versagen vermeiden".

Alex glaubte, einen fremden Menschen vor sich zu haben, nicht mehr seine liebenswerte Hannah, die sich früher für ihre Familie aufgeopfert hätte, durch dick und dünn mit ihnen gegangen wäre.

Hier stand ein anderer Mensch vor ihm, ein maschinell funktionierender Körper, von irgendjemand geistig und seelisch manipuliert und fremd gesteuert, durch einen Absolutheitsanspruch und totalitärem Einfluss gefangen gehalten.

„Ich möchte, dass du so schnell wie möglich das Haus verlässt, ich werde umgehend die Scheidung einreichen, hinterlasse bitte eine Adresse", brachte Alex mit zitternder Stimme seine verzweifelte Lage zum Ausdruck und beendete hiermit die aufgewühlte Diskussion.

Hannah verschwand in ihr Zimmer, verschloss die Tür und drehte die Musikanlage auf.

Alex ging vor die Tür, die Kühle des Abends brachte ihm die gewohnte Nüchternheit zurück. Nun war es also so weit, der Bruch war unvermeidlich. Seine Ehe war Geschichte, die geliebte Frau hatte sich in einen Dämon verwandelt.

Johannes Lendte bot seinem Schwiegersohn etwas zu trinken an, drückte ihn in den Sessel und versuchte ihn zu beruhigen, nachdem dieser von der Auseinandersetzung mit Hannah berichtet hatte.

„Du hast das richtige getan, es musste sein. Da oben liegen deine beiden Mädchen, die dich mehr denn je brauchen. Sie erwarten den nächsten Tag, wollen friedlich leben". Sein Blick zeigte dabei die Empore hinauf, wo Tina und Susi im ehemaligen Zimmer der Großmutter schliefen.

Diese kleine, aber sehr feine Villa, die schon ewig im Besitz der Familie stand, hatte Alex viel zu selten von innen gesehen, zu groß waren die Zerwürfnisse, unter denen das Verhältnis zu Johannes Lendte bisher litt.

Erst jetzt, seit Bens Verschwinden und den Differenzen mit Hannah, hatte er einen Weg zu seinem Schwiegervater gefunden. Anscheinend nicht zu spät verstanden sich die Männer nunmehr prächtig.

„Leider kann ich die monatliche Zahlung, die Hannah aus dem Nachlass ihrer Mutter erhält, nicht einstellen lassen, doch werde ich persönlich keine weitere finanzielle Unterstützung mehr an sie leisten. Des Weiteren beabsichtige ich, sie in meinem Testament nur mit dem Pflichtteil zu bedenken. Vorher werde ich den größten Teil meines Nachlasses nach der Scheidung auf Dich über gehen lassen, unter der Verpflichtung, dass die Kinder einen von mir bestimmten Anteil auf ein Festgeldkonto angelegt bekommen. Wenn das auch nicht Hannahs Pflichtteilsanspruch mildert, doch was nicht mehr da ist kann sie nicht bekommen, und dieser Organisation in den Rachen werfen.

Ich bitte dich, ein Konto einzurichten, auf das ich dir schon jetzt monatlich einen Betrag überweisen kann. Die Aufwendungen für die Scheidung und das Sorgerechtsverfahren zahle ich direkt an die Anwaltskanzlei Zimmermann u. Partner, die ich dir hiermit wärmstens empfehle. Ich gehe davon aus, dass du nach der Scheidung euer Haus behalten möchtest, darum werde ich diesen Anteil, der Hannah hiervon zusteht, aus meiner Tasche zahlen. Alle Kosten für den Detektiv in USA werde ich weiterhin begleichen. Ich beauftrage meine Bank die Überweisung direkt an Newton & Fowler nach Rechnungseingang vorzunehmen, so dass diese Beträge gar nicht erst auf einem anderen Konto erscheinen", beschloss Johannes Lendte und ließ Alex verblüfft und beschämt im Sessel versinken.

Eine seltsame Stille machte sich im Raum breit, die beiden Männer fühlten sich wie zwei siegesbewusste Feldherren, die soeben eine Schlacht entscheidende Kriegslist über ihren größten Feind besprochen hatten.

Alex hatte den Ausführungen seines Schwiegervaters nichts hinzuzufügen, sondern fügte sich still den Vorschlägen Johannes Lendtes, der mit feuchten Augen vor den schweren Vorhängen stand und ziellos aus dem Fenster sah. Der alte Mann wusste, dass er mit diesen Entscheidungen gegen seine eigene Tochter nunmehr seinem kleinen Rest Leben eine entscheidende Wende gegeben hatte. Viele Gedanken kreisten dabei um seine verstorbene Ehefrau, der er hiermit herzlich um Verzeihung bat, ob der Sanktionen, die er soeben gegen die von beiden so geliebte Tochter ausgesprochen hatte.

Ein paar Tage später begann Hannah ihre Sachen zu packen und den Auszug aus dem gemeinsamen Haus vorzubereiten. Alex vermied es anwesend zu sein, während seine Frau mit diesen unangenehmen Aktivitäten beschäftigt war.

Danach fand er beim Heimkommen einen Brief vor, der Hannah 's Hausschlüssel, die neue Adresse und ein paar persönliche Zeilen enthielten.

Lieber Alex,

heute beginne ich ein neues Leben ohne Euch. Zu viele Jahre habe ich sinnlos verbracht, und nun bemühe ich diesen Verlust wettzumachen.

Meine Aufgabe ist es jetzt zum Wohle der Menschheit zu arbeiten.

Nur die Zukunft zählt.

Hannah

Alex war bemüht, nicht die Fassung zu verlieren. Kein Wort zu den Kindern, kein Hauch von Liebe oder Bereuen. Diese kalten, pragmatischen Worte seiner Frau ließen Alex erfrieren. Hannah 's Zimmer war leergeräumt, nur in der Ecke lag verloren und einsam die Geige, angelehnt an der Wand. Die Saiten des Instrumentes schienen ein Klagelied gegen die blauen Wände schreien zu wollen, um dieser Situation zu entfliehen. Die schmerzvolle Stimmung, die das Instrument in diesem Moment ausstrahlte, spiegelte den Zustand wider, in der sich Alex Meiners befand.

Seine Frau hatte ihr Liebstes zurückgelassen, die Geige, der sie schon seit ihrer Kindheit die sanftesten Töne entlockte und mit denen sie ihre Eltern, ihre Lehrer, dann später ihren Mann, den Kindern und einer unzählige Masse Menschen so viel Freude bereitet hatte, wurde durch sie abfällig wie Müll einfach weggeworfen, arglos beiseitegelegt, wie ein ausgelesenes Buch, ein leeres Glas, ausgetrunken und abgestellt. Kein seelischer Nachhall auf eine innige Beziehung zu dem Klangkörper, der bei jedem Spielen zart an ihrer Schulter lehnte und als Mittler fungierte, wenn sie mit Hilfe der Musik ihr frohes Inneres nach außen kehrte und so viel Glückseligkeit in ihre Umgebung streute.

Symbolisch war ihr altes Leben in den Mauern dieses Hauses verblieben, es sollte sie in ihrer neuen Umgebung nicht an die Vergangenheit erinnern, einfach ausgelöscht.

Besonders Susi litt unter der Abwesenheit ihrer Mutter, während die große Tina überraschend gut mit der neuen Situation zu Recht zu kommen schien. Sie engagierte sich fleißig im Haushalt, versorgte Susi mit Hausaufgabenaufsicht und machte sich in jeder Beziehung nützlich und war Alex in dieser schweren Zeit eine außerordentliche Hilfe. Der Vater hoffte inständig, dass diese Reaktion nicht eine Schutzfunktion war, mit der das Kind sein wahres Leid zu verbergen suchte.

An ungezählten Abenden saßen Vater und Tochter zusammen, planten die Zukunft und redeten über mancherlei Dingen für die Alex vorher kaum ein Ohr hatte, oder die er

in der gesamten Aufregung mitunter unbeabsichtigt übersah.

So verstärkte sich zwischen beiden die schon feste Gemeinschaft, die auch Großvater Johannes Lendte mit freudiger
Aufmerksamkeit zur Kenntnis nahm.

In vielen Telefonaten unterhielt sich Alex und sein Freund
Pit über die neue Situation in der Familie, und fand grund-
sätzliches Verständnis und hohe Aufmerksamkeit.

Der Freund in den USA zeigte sich zwar sehr betroffen über
das unerfreuliche Fortschreiten des Familiendramas, wollte
aber der Zukunft von Alex Meiners hilfreich zur Seite stehen. Besonders Ellen, die stets eine tiefe Freundschaft zu
Hannah pflegte, wollte die bevorstehende Scheidung der
Meiners kaum Glauben schenken und zweifelte an der
Richtigkeit der unschönen Entwicklung.

Aus Sicherheitsgründen vermieden die Männer es, in den
Telefongesprächen Sachverhalt und Stand der Ermittlungen über den vermissten Ben zu erwähnen.

Diese Dinge wurden bevorzugt über die abhörsichere safe
- connection beim Nachbarn Dr. Scheller erörtert und diskutiert.

Alex hatte zusammen mit den Kindern für das Wochenende großzügig eingekauft, denn Tina wollte einige Speisen, die sie im Schulunterricht gekocht hatte, noch einmal
für die Familie zubereiten. Der Vater freute sich über den

Elan, den die beiden Mädchen an den Tag legten und bot ihnen auch sofort Gelegenheit, diese frische Energie in neue Ideen umzusetzen. Und es half allen, die Traurigkeit über den Auszug der Mutter zu übertünchen, denn die Kinder litten unverändert unter den Zerwürfnissen in der Familie und ihren Folgen.

Während die Mädchen ausgelassen in der Küche plapperten, klingelte die Sprechanlage.

Eine junge Frau stellte sich vor, sie wäre von der „Neuen Seite", einem Magazin für Politik, Wirtschaft und Zeitgeschehen. Alex wollte sie schon abrupt abwimmeln, als sie ruhig und sachlich ihr Anliegen vortrug.

Ihr ist bekannt geworden, dass unter vielen vermissten Personen auch der Sohn Ben sei, und über dessen Schicksal sie schreiben möchte, um auch damit eventuell über seinen Verbleib etwas Licht ins Dunkel zu bringen.

Alex erinnerte sich, dass die Resonanz auf Bens Verschwinden gering ausgefallen war. Auch Hannah hatte nach ihrer Rückkehr aus den USA seinerzeit wenig Andrang von Journalisten erlebt. Doch gerade heute wollte er niemanden empfangen, der Abend sollte den Kindern gehören. Und aufgrund der erhöhten Brisanz, die die ganze Geschichte erzeugt hatte, musste äußerste Vorsicht walten.

Er ging an die Haustür, die Außenlampe warf ihr schwaches Licht auf ein schmales, unscheinbares schlankes Persönchen, deren schwarze Augen in Alex' sofortige Aufmerksamkeit hervorriefen. Sie waren fast so groß wie schwarze Oliven und strahlten eine wahrhaft unvorstellbare Leuchtkraft aus, die dem Mann sofort Wärme und Vertrauen einflößten.

In ihnen spiegelte sich der Glanz des Orients wider, und diese Empfindung ließ Alex' Gedanken abrupt weit fortreisen.

Fast versteckt klemmte eine braune Ledertasche unter dem Arm der Frau, die freie Hand versuchte nervös den Autoschlüssel zu verbergen, was kaum gelang, denn sie mussten zusätzlich noch die ungebändigte Haarlocke aus dem Gesicht wischen, die der leichte Wind wieder und wieder in das von braunem Teint geprägte hübsche Gesicht wehen wollte.

Mit freundlichen Worten gab er ihr zu verstehen, dass der heutige Abend für eine Unterredung sehr unpassend wäre, worauf ihm ein freundliches und verständnisvolles Lächeln als Antwort entgegenflog und ihn mit voller Breitseite traf.

Er verabredete sich fast stotternd für den nächsten Abend mit der jungen Frau und sein Gehirn rechnete wie automatisch nebenbei die Stunden aus, die ihm blieben, um sich ausreichend über die Journalistin zu informieren.

Die junge Frau bedankte sich, gab Alex ihre Visitenkarte und ging nach einer kurzen Verabschiedung zum Gartentor.

Zaida Rush Tochter eines ägyptischen Diplomaten in Deutschland und einer US-amerikanischen Wirtschaftswissenschaftlerin war nach ihrem Studium und einer kurzen Ehe mit einem texanischen Börsenmakler bei dieser Zeitung gelandet, die ihr zwar nicht den Traumjob bot, doch nach all den vergangenen Turbulenzen gab diese Tätigkeit der jungen Frau Raum zur Selbstfindung und Gelegenheit zur längst überfälligen Abnabelung von der ungeliebten Vergangenheit.

Aus ihrem Gesicht strahlte Alex ein offenes Lachen entgegen, als er ihr am nächsten Abend die Tür öffnete.

Wieder klemmte die braune Tasche fast nach Luft ringend unter der Armbeuge der jungen Frau, und der Autoschlüssel schien angewachsen an der Hand, die sie Alex reichte.

Mit wohlgeformten Worten kam sie dem Anstand nach und lobte die Einrichtung in dem blauen Wohnzimmer, dessen Wände noch die Anwesenheit der mittlerweile auswärtig lebenden Ehefrau vermuten ließen.

„Ja, dieses Blau, werde ich demnächst...", stammelte Alex fast aufgeregt.

„Eine interessante Farbe", gab die junge Frau verhalten aber freundlich als Antwort.

„Zaida, ein schöner Name, aus welchem Land kommt er?", log Alex die Frage, denn längst hatte er sich über diese junge Frau erkundigt, die erst kürzlich wegen einer höchst bemerkenswerten Artikelserie über das Vordringen des militanten Islams in aller Munde sämtlicher Pressegrößen war. In ihrer Heimat und der übrigen muslimischen Gesellschaft waren ihre Artikel keineswegs mit freundschaftlichen Gefühlen aufgenommen worden.

Lächelnd gab sie Alex eine kurze Vita und versuchte unvermittelt das Thema auf den verschwundenen Ben zu bringen.

Alex fragte sehr eindringlich nach dem Grund für das plötzliche Interesse am Verschwinden seines Sohnes und stellte anschließend fest, dass die junge Frau für die Antwort Zeit benötigte.

Man sah ihr die Suche nach der richtigen Beantwortung an, sie suchte förmlich nach einer Erklärung, die weder kränken noch Unverständnis hervorrufen sollte.

„Die Medien in Deutschland zeigten kein besonders großes Interesse an diesem Fall, als er hier bekannt wurde. Der Grund dafür war nicht so recht zu erkennen, denn fast überall, in jedem Kollegenkreis oder bei fachlichen Zusammenkünften hielt man sich ziemlich bedeckt und vermied kritische Äußerungen", klärte sie Alex auf.

„Grund dafür könnte die Tatsache sein, dass sich die Medienkultur hierzulande stark verändert hatte, weil das fast monopolistische Pressesystem sich inzwischen zu zwei Drittel in einer Hand befand, und diese verzichtete seinerzeit aus noch unerfindlichen Gründen auf einer breitflächigen und ausführlichen Berichterstattung", fuhr sie mit fester und überzeugter Stimme fort.

„Sicherlich waren damals auch die Sensationsberichte über das Attentat auf den britischen Premierminister ein Grund für die dünne Meldung über Ben's Verschwinden", schob Alex als vage Erklärung vor.

„Ich glaube eher, dass man gezielte Mangelinformation bevorzugte, um eine bestimmte Richtung in der Denke der Menschen auszuschließen", sagte Zaida und brachte das Gespräch bewusst in die Richtung, die auch Alex hintergründig vermutete.

„Es sollten gewisse Organisationen und Gruppen durch die ihnen nahe stehenden Presseorgane und Medien vor unliebsamen Recherchen und Nachfragen geschützt werden", vervollständigte die junge Frau ihre Mutmaßung und befand sich damit mit Alex auf der gleichen Spur, der jetzt die Sache auf den Punkt bringen wollte.

„Was vermuten sie konkret?"

„Unsere Zeitung steht im Gegensatz zu den meisten großen Presseorganen diesen ominösen Gruppen sehr kritisch gegenüber. Wir hinterfragen jegliche Aktivitäten und bringen auch dementsprechende Leitartikel und Kommentare, was die Herrschaften nervt. Wir haben uns deshalb schon zahlreiche Verfahren und Unterlassungsklagen eingehandelt, was uns aber nicht davon abhielt unsere Linie beizubehalten. Wir vermuten, dass diese Gruppen, hier in Deutschland insbesondere die „Neue Arche", gezielte Gen - Forschung betreiben lässt und dabei nicht vor kriminellen Geschäften zurückschreckt", versuchte die junge Frau Alex' neugierigen Gesichtsausdruck zu befriedigen.

Dieser erhoffte sich neue Erkenntnisse aus diesem Gespräch zu erhalten und zeigte offen seine Enttäuschung.

„Auf diesem Wissensstand sind wir auch", antwortete er, ohne dabei auf weitere Details einzugehen, „Doch in welche Beziehung bringen sie meinen Sohn in Verbindung mit diesen Gruppierungen?" fragte er weiter.

„Es gibt Grund zu der Annahme, dass die Organisation zielgerichtet Menschen entführt, um sie für wissenschaftliche Forschungszwecke zu missbrauchen", antwortete Zaida und traf ihn damit in voller Strenge.

Alex hatte diese These seit Wochen mit sich herumgetragen und auch bei Dr. Scheller, Johannes Lendte oder Pit Maurer zur Diskussion ansprechen wollen.

Hatte man seinen Sohn in USA entführt, um an ihm Gen-Forschung zu betreiben, und diese junge Frau hatte bereits eine heiße Spur??

Zaida Rush bemerkte, wie es in Alex Meiners arbeitete, wie seine Gedanken glühten und nach Zusammenhängen suchten, die nur noch in das Gesamtbild eingepasst werden mussten.

„Wir haben diese Vermutungen bisher noch nicht öffentlich gemacht und werden auch in Zukunft diese Unterstellungen zurückhalten. Ferner halten wir es zurzeit nicht für sinnvoll, staatsanwaltliche Recherchen in Gang zu setzen, denn es ist davon auszugehen, dass bestimmte Bereiche in diesen Behörden bereits mit Personen der betreffenden Organisation infiltriert sind", sagte die junge Frau.

Hatte Alex nunmehr eine fachmännische Mitstreiterin oder die profitgierige und sensationslüsterne Journalistin vor sich? Er war sich nicht sicher, wie weit er sich noch vortasten musste, um alle Zweifel ausschalten zu können. Die Sachverhalte und Ermittlungsergebnisse hielt er wohlweislich zurück, um dort nicht noch zusätzliche Einwirkungen auf die Arbeit von Miles Abbot zu verursachen.

Eine Weile herrschte Stille zwischen ihnen, jeder für sich schien die weiteren Vorgehensweisen zu erwägen und die richtigen Worte wählen zu wollen.

„Ich werde ihrer Bitte nachkommen, und den Artikel so weit wie möglich zeitlich verzögern, solange mein Chefredakteur mitspielt", sagte Zaida.

„Das freut mich sehr, doch sollten wir uns von Zeit zu Zeit gegenseitig austauschen und die Neuigkeiten strategisch bewerten", antwortete Alex.

Zaida war einverstanden und fühlte eine erfolgreiche Arbeit getan zu haben, als sie nach kurzen Terminabsprachen das Haus von Alex Meiners verließ.

Auch Alex war mit dem Verlauf des Gespräches zufrieden und benachrichtigte Dr. Scheller von dem Besuch der jungen Frau. Dieser war nicht besonders angetan von der neuen Strategie, akzeptierte jedoch Alex' Vorgehensweise und sagte weiter loyale Unterstützung zu.

******

Für Miles Abbot galt es u.a. nun herauszufinden, wo die weiteren Stützpunkte lagen, an denen die Gruppe auftrat. Die Standorte der Laboreinrichtungen mussten endlich ermittelt werden, um für eine spätere Aufklärung genügend Beweismaterial sammeln zu können.

Dr. Mortimer und die hübsche junge Frau, alias Nathalie, arbeiteten wahrscheinlich zusammen an einem Projekt in irgendeiner Klinik, Labor etc. Das konspirative Labor in San Diego war bekanntlich in Windeseile geräumt worden, somit war eine sensible Vorgehensweise äußerst wichtig, um nicht noch weiter Spuren zu verwischen.

Der Polizei Informationen über die „doppelte" Nathalie zukommen zu lassen, wäre für den Fortgang der eigenen Ermittlung nicht zuträglich, denn bei einem Ermittlungsdruck wären die Herrschaften gewarnt und würden eiligst die Zelte abbrechen; überlegte Abbot also entschied, wie bisher auf eigene Faust weiter zu ermitteln.

Über die Vorfälle in der Schweiz und von den Gesprächen Alex Meiners' mit dem Schweizer Gretler war der Detektiv informiert und konnte diese Fakten in seine Überlegungen einfließen lassen. In der Euphorie seiner Ermittlungsmotivation durfte er Leslie Henderson nicht vergessen, die sich als ehemalige Freundin der angeblich „verstorbenen" Nathalie Preston weiterhin in massiver Lebensgefahr befand. Über seinen Mittelsmann im Police Dept bekam Miles Abbot eine Liste der letzten Vermisstenfälle. Er versuchte herauszufinden, wer anstelle Nathalie Preston zu Tode gebracht worden war, um Spuren zu verwischen und andere Personen zu tarnen.

In den letzten Wochen ragte nur das Abhandenkommen von drei Frauen aus dem sonst üblichen Vermisstenkatalog heraus, deren nahe liegende Identitäten mit der von Nathalie Prestons zu vergleichen wären.

Dabei fiel ihm ein besonderes Indiz des Falles auf, deren Brisanz Abbot erst beim zweiten Hinsehen erkannte.

Nathalie 's Auto wurde in der Nähe des White Rock am Highway 1 ordentlich geparkt aufgefunden. Ganz in der Nähe befindet sich der Küstenparkplatz von Monte Cristo Place an dem der verschlossene Buick der Haushälterin Anita Koszlowski seinerzeit ordentlich geparkt war.

Es musste somit davon ausgegangen werden, dass die Gruppe auch mit dem Verschwinden der Haushälterin der Driscol – Schwestern zu tun hat. Die Tatsache, dass Dr. Mortimer bei den beiden Damen wohnte, erhärtete den Verdacht.

Es passte somit alles zusammen. Der Arzt spielte mit absoluter Sicherheit eine zentrale Rolle, vielleicht hatte er u. a. die Aufgabe unliebsame Zeugen dezent, aber wirksam zu beseitigen. Alle Indizien sprachen für seine eindeutige Verwicklung des Mediziners in dem Verschwinden der beiden Frauen. Und erneut musste Miles Abbot seine Mutmaßungen für sich behalten, um die Verdächtigen weiterhin in Sicherheit zu wiegen.

Am Abend wurden seine Pläne, Dr. Mortimer und seine Gefährten nicht unnötig aufzuscheuchen gehörig durchkreuzt. Der Sender, bei dem Pit Maurer's Ehefrau Ellen beschäftigt ist, sendete ein Special über die vermissten Benjamin Meiners, der Teenager Christine Stowinger und John Baillard. In diesem Zusammenhang wurde auch der Tod von Nathalie Preston und das Verschwinden der Haushälterin Koszlowski hinterfragt. Ferner verknüpfte man die überstürzte Schließung eines Labors in San Diego mit dem Gesamtkomplex der Ermittlungen.

Miles Abbot versuchte aufgeregt Pit Maurer zu erreichen und gab ihm zu verstehen, dass solch eine Berichterstattung dazu führe, die Hasen aus dem Bau zu locken, die sich erneut hinter einer passenden Tarnung verschanzen könnten, was eine Aufdeckung erschweren würde.

Ellen Maurer versicherte, erst kurz vor Ausstrahlung der Sendung von deren Inhalt erfahren zu haben, und deren Veröffentlichung nicht zu verhindern in der Lage war, da die gesamte Sendung ohne ihr Wisse und ohne Absprache über den Äther ging.

Der Detektiv war äußerst verärgert über diese Panne, er benachrichtigte sein Team hierüber und gab ihnen neue Instruktionen für die Observierungen.

Eine außergewöhnliche Aktivität in Kreisen der zu beobachtenden Personen wurde vorerst nicht festgestellt, jedoch erfuhr Abbot über seinen Mittelsmann von massiven Ermittlungen bei der Fahndungseinheit des Police Departements Bakersfield.

Hier wurden scheinbar aufgrund des neuen zu erwartenden öffentlichen Interesses die Fahndungen wieder hochgeschraubt, denn plötzlich tauchten Befragungsteams u. a. bei den Driscol - Schwestern und bei den Eltern der vermissten Teenager auf. Die Mutter von John Baillard hatte Miles Abbot unmittelbar nach der Fernsehsendung über die intensiv geführten Ausforschungen durch das Police Dept sofort benachrichtigt.

Die Berichterstattung des Senders hatte immerhin eine neue Motivation bei den Polizeibehörden in dieser Ermittlungsrichtung erwirkt.

Miles Abbot hoffte inständig, dass diese plötzliche Betriebsamkeit das sensible Kartenhaus seiner bisherigen Erkenntnisse über die Organisation nicht brutal einstürzen lassen würde. Es war zu befürchten, dass durch ein zu offensives Befragen alle Tatsachen zu dem Fall unwirksam verpuffen könnten, wenn die Bande erst einmal das Weite gesucht hatte.

Der Detektiv erhielt von Leslie Henderson, der Freundin von Nathalie Preston, eine aufgeregte Mitteilung auf sein Handy.

Die übermittelte Bitte, sie sofort aufzusuchen, versetzte ihn in eine ernsthafte Sorge über den Gesundheitszustand dieser labilen jungen Frau.

Sie empfing ihn aufgelöst und ängstlich. Mit zitternden Händen verschloss sie furchtsam verschloss sie bei seinem Eintreffen ihre Wohnung und flüsterte fast unverständlich:

„Ich habe eine Nachricht auf meinem Anrufbeantworter erhalten", hielt sie ihm mit zitternden Händen furchtsam das Telefon entgegen. Sie setzte sich und vergrub verzweifelt ihr Gesicht im Kissen und stammelte wirre Worte des

Entsetzens. Miles spielte die Aufzeichnung ab *„Es gibt keinen sicheren Ort für sie, außer bei uns. Wir haben sie im Visier!"*

Die blechern verfremdete Stimme feuerte Angst und Furcht aus allen Rohren auf die beiden Zuhörer ab und ließ den Raum in ein Höllenzimmer verwandeln. Die Wände weigerten sich, diese grauenvollen Tön zu schlucken, stemmten sich gegen ihr Eindringen. Die Geräusche quirlten durch das Zimmer, als hätte eine Zentrifuge sie aufgemischt. Miles Abbot war erschüttert über die brutale Offenheit dieser Warnung, fühlte sich in seinen bisher verborgen gehaltenen Ahnungen bestätigt.

Jetzt wurde die Organisation erkennbar offensiv. Er musste nunmehr davon ausgehen, dass die Gruppe von all seinen Ermittlungen detailliert Kenntnis und Einblick hatte. War er entlarvt und enttarnt worden? Hatte die Organisation ihre Leute auch in seiner Firma und jetzt die Schlacht gegen ihn eröffnet?

******

Alex telefonierte mittlerweile öfter mit Zaida und fand in ihr eine wohlmeinende Zuhörerin. Die Artikelserie über seinen vermissten Sohn Benjamin konnte die Journalistin weiterhin zeitlich hinausschieben, was ihren Chefredakteur veranlasste, sie zusätzlich in andere Recherchen einzubinden.

Das Gymnasium, mit seinen vielfältigen Aufgaben, forderte ihren Direktor Alex Meiners zunehmend, wodurch er zu erheblichen Überstunden gezwungen wurde.

Die Mädchen blieben manchmal über die Wochenenden hinaus bei ihrem Großvater Johannes Lendte, was Alex wirkungsvoll den Rücken freihielt.

Vor gut 14 Tagen sprach er das letzte Mal mit Hannah, als sie einige Sachen, die sie im Keller verwahrte, abgeholt hatte. Seitdem hörte er nichts mehr von ihr, was ihn nicht mehr berührte.

Auch Tina, die hin und wieder einen Anruf ihrer Mutter aufs Handy bekam, berichtete nicht von einem neuerlichen Kontakt.

Die Schulpsychologin Lina Paulsen ging ihrem Chef kurvenreich aus dem Weg und man kontaktierte sich nur zu unausweichlichen Anlässen, persönliche Gespräche, insbesondere über das Wohlbefinden seiner Frau Hannah, gab es nicht.

Der Nachbar Dr. Scheller fungierte weiterhin als Mittelsmann für neue Nachrichten aus der Medizin und stand als loyaler Kamerad für Gespräche hilfreich zur Seite.

Über Pit Maurer erfuhr Alex den neuesten Ermittlungsstand gegen die dortige Organisation und von den Aktivitäten des Detektiv Miles Abbot.

Hin und her gerissen von allen kontinentalen Begebenheiten, persönlichen Zerwürfnissen und nebelhaften Zukunftsaussichten, fiel es Alex hin und wieder schwer seine Arbeit fehlerlos und für die Kollegenschaft unauffällig zu erledigen.

Allein die Unterhaltungen mit Zaida Rush schienen ihm eine neue, seit langen nicht gekannte seelische Festigkeit zurückzugeben, und nach einigen Wochen fühlte er den freudigen Zwang, den die bevorstehen Telefonate oder persönliche Treffen mit der Journalistin in ihn auslösten mit einer nicht gekannten inneren Genugtuung.

Seit Tagen erkannte Alex bei der Schulpsychologin Lina Paulsen eine nicht zu erklärende Arbeitswut, über die er auch von verschiedenen Kollegen angesprochen wurde. Über einen möglichen Rüffel aus der übergeordneten Dienstbehörde, der diesen neuen Motivationsschub ausgelöst haben könnte, war nichts durchgedrungen.

Mit neu ausgearbeiteten Projektvorschlägen versuchte sie Alex' Interesse zu wecken und seine Aufmerksamkeit auf ihre Person zu lenken. Durch eine Veränderung ihres äußeren Erscheinungsbildes schien sie eine persönliche Imageverbesserung vollziehen zu wollen, was bei der übrigen Lehrerschaft gleichfalls Aufsehen erregte. Sie schminkte sich auffälliger, trug moderne Garderobe und gab sich äußerlich souverän und selbstbewusster.

Der Direktor registrierte diese Tatsache, verschwendete jedoch keine weiteren Gedanken daran, vergaß aber nicht, die sie wie gewohnt im Auge zu behalten.

Die Treffen mit Zaida Rush waren für Alex ein sehr wirksamer Balsam, um die Seele zu salben und neue Kraft zu schöpfen. Die Sachverhalte rund um die Organisation und den verschwundenen Ben spielten bei ihren Begegnungen nicht immer die Hauptrolle. Vielmehr verlegten sich die Gesprächsinhalte auf andere private Gewichtungen. Es wuchs langsam eine Freundschaft heran, deren

Entwicklung beide unbewusst nicht durch vorschnelle egoistische Bedürfnisse gefährden wollten und deren Krönung
beide instinktiv hinausschoben.

Vorsichtig und zurückhaltend ließen sie die Beziehung aufblühen.

******

Dr. Scheller rief Alex zu sich und bat auch Johannes Lendte
bei dem Gespräch dabei zu sein. Seine medizinischen Alt-
kollegen und Weggefährten hatten ihm Neuigkeiten über
die Organisation und deren Machenschaften zukommen
lassen.

„Es gibt eine richtungweisende Entwicklung in der Hirnforschung, die wahrscheinlich einer Forschungsinstitution
gelungen ist, die der Organisation gefährlich nahesteht",
begann Dr. Scheller seine Ausführungen.

„Es geht hierbei um die Überwindung einer Barriere im
menschlichen Gehirn, der so genannten Blut-Hirn-
Schranke. Dabei handelt es sich um einen Mechanismus,
der eine ungehinderte Aufnahme bestimmter Stoffe durch
das Gehirn verhindert.

Der Schrankeneffekt wird auf zwei Arten ausgeführt: Ers-
tens verhindert das bindegewebeähnliche Stützgewebe im
Zentralnervensystem, von dem die Blutgefäße umgeben
sind, das Eindringen nicht fettlöslicher Substanzen und
Proteine.

Dagegen wird nur der Austausch von Ionen und niedermolekularen Stoffen zugelassen.

Zweitens wirken die Zellen der Innenwand von Lymph- und Blutgefäßen als Filter. Ihre engen Kanäle verhindern das Eindringen der Stoffe durch die Zellzwischenräume. Dieses ist nur über die Endothelzellen selbst möglich. Dabei wirken Enzyme auf die Substanzen ein und stellen dadurch ihre Verträglichkeit sicher.

Mit einer speziellen Lasertherapie können nicht nur medikamentöse Wirkstoffe eingegeben werden, sondern auch strukturelle Veränderungen im Gehirn vorgenommen werden, deren Ausmaß noch gar nicht absehbar sind.

Hier wurde und wird auch weiterhin mit Volldampf experimentiert", schloss Dr. Scheller seinen Vortrag und gab den Anwesenden Zeit, das Gesagte zu verarbeiten.

„Wer kann sie jetzt noch stoppen, kann ihrer wahnsinnigen Experimentiersucht Einhalt gebieten?", stellte Johannes Lendte in den Raum.

Betretenes Schweigen breitete sich aus, und zeigte den Männern die völlige Machtlosigkeit, in der sie sich befanden.

„Wie reagieren die stattlichen Einrichtungen, die Kontrollbehörden und die Politik", fragte Alex und erntete nur ein destruktives Abwinken seines Schwiegervaters, der schon während seiner aktiven Zeit als Landgerichtspräsident eine Unterwanderung der Justiz durch ominöse Gruppen und Verbände vermutete. Dass ungehindert solch eine Forschung betrieben werden konnte, ohne dass die entsprechenden Behörden ihre Kontrollpflicht ausübten, erschütterte den Juristen nicht sonderlich.

Während der Nacht erwachte Alex häufig und dachte an seinen vermissten Sohn Ben. Ein frisches, drangvolles Gefühl, hier wieder aktiv zu werden, überdeckte sein Schlafbedürfnis und ließ Planungen für eine erneute Reise in die USA reifen.

Dann kam der neue Tag, und brachte für die Familie eine weitere grausame und unerbittliche Nachricht.

Nachdem Lina Paulsen schon am Morgen Alex aufgeregt nach dem Verbleib von Hannah fragte, machte sich in ihm eine böse Ahnung breit und am Nachmittag kam die erbarmungslose Wahrheit.

„Hannah ist tot!!!!

Man fand seine Frau auf einem abgelegenen Waldparkplatz. Mit einer Überdosis Schlaftabletten hatte sie ihrem Leben ein Ende bereitet. Ein Fremdverschulden schlossen die Ermittlungsbehörden kategorisch aus.

Nur mit Mühe konnten seine Kollegen Alex davon abhalten, Lina Paulsen Gewalt anzutun. Von seelischem Schmerz erfüllt, schrie er ihr aufgebracht die Verantwortlichkeit für den Tod seiner Frau in ihr unbeweglich ins Leere starrendes Gesicht. Weinend rief er ihr immer wieder die Schuldigkeit für den Tod seiner Frau entgegen.

In Alex' Kopf schmiedete eine wahre Armee von Hasssoldaten ihre Schwerter für den bevorstehen unerbittlichen Rachefeldzug gegen die Psychologin und die Organisation, die so viel Unglück über ihn und seine Familie gebracht hatte. Er malte sich in Sekundenbruchteilen eine Strategie aus, die Urheber seines Leides ausfindig und unschädlich zu machen. Er werde nicht eher ruhen, bevor alle Verursacher angemessen bestraft und weggeschlossen wären, hämmerte sich der verzweifelte Mann entschlossen in sein Hirn.

Die Tränen seiner Mädchen über den schmerzvollen Verlust der Mutter bohrten ihm weitere Giftpfeile in die Seele. Schwiegervater Johannes Lendte bemühte sich vergeblich, seinen Schwiegersohn zu beruhigen, und hatte Mühe seiner selbst Herr zu werden über den Verlust der geliebten Tochter.

Alex fiel in eine tiefe depressive Stimmung, in der sich die Verzweiflung in allen Variationen äußerte. Ein Schnellzug mit gefährlicher Ladung schien ständig seinen Kopf zu durchfahren.

Tina und Susi klammerten sich an ihren Großvater und der alte Mann fühlte sich verloren und hilflos inmitten allem Leid, das sich in dieses Haus gedrängt hatte.

So viele Jahre voller unbeschwerten und schönen Zeiten waren innerhalb kürzester Zeit von grausamen Einschnitten weggefressen, die Familie zerstört und seine Lieben bis aufs Äußerste gequält. Den alten Mann schmerzte es tief, seine Enkelinnen so leiden sehen zu müssen.

Johannes Lendte fand kaum Worte, als er Pit Maurer die brutale Nachricht zu übermitteln versuchte, denn sein Schwiegersohn war hierzu nicht in der Lage.

Auch Nachbar Dr. Scheller war erschüttert und brachte kaum eine Silbe heraus, als ihm der alte Mann die grausame Neuigkeit überbrachte.

Zaida Rush vermochte es nicht, Alex mit hoffnungsvollen Beruhigungen aus seiner tiefen Lethargie zu wecken, manch einfühlsame Geste verstärkte seine tiefe Mutlosigkeit.

Obwohl das Paar sich durch das Verschwinden ihres Sohnes massiv zerstritten und Hannahs Hinwendung zur Organisation unheilbar voneinander entfernt hatte, bestand zwischen den Eheleuten weiterhin eine unsichtbare familiäre Verbindung.

Hannh's Tod war für Alex nunmehr der Ausdruck seiner unentschuldbaren Fahrlässigkeit, durch die er das Eindringen der Organisation in seine Familie geschehen ließ.

Er hatte seiner Frau keine Hilfe geleistet, nicht unterstützt bei der Flucht aus den Fängen dieser Menschen. Ihre Hilferufe und die ungeheure psychischen Belastung blieben ungehört.

Der Absolutheitsanspruch einer solchen totalitären Gruppierung hatten er nicht richtig erkannt und seinen egoistischen Alltag weitergelebt. Mit ihrem Tod wollte Hannah ihren Mann bestrafen und zugleich wachrütteln.

In ihrem Musikzimmer versank Alex in einer Flut schmerzvoller, schöner Erinnerungen, als er die in der Ecke lehnende und ungeduldig auf eine Berührung wartende Geige in die Hände nahm, um mit weichem, um Vergebung bittendem Streicheln die Haut seiner verstorbenen Frau zu spüren.

Die stummen, trauernden Saiten des Instrumentes versetzten ihn in eine stille und friedfertige Stimmung. Wie auf einer Filmleinwand fuhren schöne Begebenheiten, die er mit Hannah teilen durfte, an ihm vorbei, entfernten ihn von allem Negativen und machten die derzeitigen Sorgen für ein paar Augenblicke unbedeutend und winzig.

Doch die Schuldzuweisungen in ihm kamen unvermittelt zurück und lähmten seine Fähigkeit den Dienst auszuüben, tagelanges dahinvegetieren, unrasiert in schlampigem Outfit mit Fertigpizza und flaschenweise Rotwein brachte ihn an den Rand eines Abgrundes, vor dem Zaida mutig die Reißleine zog und einen Absturz verhinderte.

Sie machte ihm unmissverständlich klar, dass bei Fortführung dieses Lebensstiles, die Kinder sich von ihm abwenden würden und er Gefahr laufe, seinen Arbeitsplatz zu verlieren, und auch die Beziehung zu ihr dann bald beendet sei.

Dieser Weckruf zeigte Wirkung.

Alex' Zustand besserte sich zusehends, er kehrte zurück in seine vernünftige und übersichtliche Lebensauffassung, besann sich seiner Aufgaben als Vater und fasste den Entschluss, in einem neuen Abschnitt sich und den Kindern wieder eine Perspektive für deren Zukunft zu geben.

Langsam gelangte sein Lebensschiff wieder ins rechte Fahrwasser, wobei sein Drang die Schuldigen allen Unheils zur Strecke zu bringen, keineswegs an Intensität eingebüßt hatte.

Nachdem er einen Dienst wieder aufgenommen hatte, betrieb er die Versetzung Lina Paulsens, die sich kurz nach dem Zusammenstoß mit Alex im Lehrerzimmer krankgemeldet hatte.

Er begründete die Anzeige zur Aufnahme disziplinärer Vorermittlungen mit den Verstrickungen der Psychologin in die Machenschaften einer Organisation, deren elementare Ziele und Strukturen er mit einer weiteren Anzeige einer gerichtlichen Prüfung zuführen wollte.

Sein Schwiegervater Johannes Lendte, als pensionierter Gerichtspräsident ein ausgebuffter Jurist, riet ihm von solchen Schritten ab, und begründete seine Ablehnung mit der Geschichte des Kampfes des tapferen Ritters gegen die Windmühlen.

„Du wirst selbst in das Fadenkreuz dieser Leute geraten", versuchte Zaida ihn zur Umkehr zu bewegen, „Du setzt alles auf 's Spiel, das Leben Deiner Kinder, uns, alles!" sie hatte Tränen in den Augen, die ihre Verzweiflung wieder spiegelte.

Zaida wollte diesen Mann nicht verlieren, sie hatte sich in ihn verliebt, ihm jedoch ihre Gefühle noch nicht offenbart.

Alex hingegen ließ sich nicht beirren, diese Aktion war ein Teil seiner Offensive gegen die Organisation. Er wollte sie treffen, sie sollte ihm offen ihr Gesicht zeigen.

In einer weiteren anonymen Maßnahme wollte er die Klinik des Professor Rommelsbächer von einer medizinischen Dienstaufsichtsbehörde überprüfen lassen. Ob es hier zu einer Kontrolle kam, oder nicht, war ihm einerlei. Alle Verdächtigen sollten in einen Strudel von Ermittlungen gezogen werden, er wollte mit gleicher Münze zurückzahlen, auch diese Menschen sollten spüren, wenn einem die Angst die Luft zum Atmen nimmt.

Im Kollegenkreis des Gymnasiums machten Gerüchte die Runde, deren Inhalte von Rufmord über Rache und sonstigen bestialischen Auswüchsen sprachen.

Hinter vorgehaltener Hand wurde der Ausgang des eigentlich unter dem Schutz des dienstlichen Schweigepflichttresors verschlossenen Disziplinarverfahrens gegen die Psychologin diskutiert und sorgte nicht gerade für eine gelassene Stimmung in der Lehranstalt.

******

Für das Wochenende hatte sich der Schweizer Ermittler Gretler bei Alex für einen Kurzbesuch angesagt.

Zaida reichte Gretler nur widerwillig die Hand zur Begrüßung, als Alex sie dem Schweizer als eine befreundete Journalistin vorstellte. Der Hinweis auf die Tätigkeit der jungen Frau ließ Gretler im ersten Moment zurückhaltend reagieren, was sich im Verlauf des Gespräches relativierte und der Schweizer es nachträglich sogar als Vorteil ansah, jemanden mit solch exzellenten Verbindungen im Boot zu haben. In den Augen des Gastes erkannte Zaida eine kalte, berechnende Persönlichkeit, die zum Erreichen eines Vorteils über Leichen gehen würde. Diese Erkenntnis ließ die junge Frau erfrieren, Eiskristalle schienen ihr die Blutbahnen abzusperren, als seine warmglitschigen Finger bei der Begrüßung aus ihrer Hand schlüpften.

„Sie hätten diese Schritte mit mir abstimmen sollen, mich informieren müssen. Jetzt sind wir gezwungen, uns eine wasserdichte Taktik zu erarbeiten und nach Verbündeten zu suchen", begann der Schweizer das Gespräch und kritisierte so Alex' überstürzte Maßnahme gegen die Organisation.

Die Gruppe wird nun aufgeschreckt sein und ihre Krakenfinger vorerst zurückziehen, um sie später, geladen mit den giftigsten Geschossen, neu gegen uns zu justieren. Wir werden uns warm anziehen müssen, wenn sie zurückschlagen", malte er die zukünftigen Wochen brutal realistisch aus.

Mit fachmännischer Präzision legte er ihnen in einem fast einstündigen Vortrag einen Schlachtplan zurecht, dem Alex nichts hinzuzufügen hatte.

Johannes Lendte klingelte an der Tür und Alex empfing ihn freundlich, entdeckte jedoch in dem fragenden Gesicht seines Schwiegervaters sofort das Vorhandensein eines größeren, ungelösten Problems.

„Die Mädchen können so nicht weiterleben, sie müssen in eine andere Umgebung, sie leiden sehr", begann der besorgte Großvater. „Was hältst Du davon, wenn wir sie in ein gutes Internat geben, in dem sie es besser haben als hier bei uns in dieser zerrissenen Gemeinschaft. Sie haben ihren Bruder und ihre Mutter verloren, und ihr Vater reibt sich auf und findet kaum Zeit, sich mit ihnen zu beschäftigen. Und am Wochenende nur mit mir, einem senilen alten Mann die Gesellschaft zu teilen, kann nicht das Leben deiner Kinder ausmachen!"

Johannes Lendte redete Tacheles, und brachte seine Meinung ungeschminkt hervor.

„Ich werde einige Investmentfonds auflösen und kann damit die Kosten für einige Jahre Internat decken, zusätzlich sollten wir die monatliche Zahlung, die Hannah aus dem Vermächtnis ihrer Mutter erhielt, für die beiden Mädchen gewinnbringend angelegen. Dein Einverständnis vorausgesetzt, werde ich es in die Wege leiten".

Alex fühlte sich überrumpelt, nickte dennoch wortlos, und fühlte gleichzeitig eine innere Genugtuung. Er war erleichtert, diesen Vorschlag von seinem Schwiegervater zu hören, denn auch er als Vater fand die Situation, in der sich die Mädchen befanden, mehr als ungenügend.

Hätte er selbst dieses Angebot gemacht, wäre mit Sicherheit der Makel von einem „Abschieben der Kinder" an ihm hängen geblieben.

Es sollte die Tatsache helfen, dass Tina 's frühere Freundin seit einem Jahr in einem Internat an der österreichischen Grenze lebte, deren Eltern lobten die Schule und die positive Entwicklung ihres Kindes.

Tina war begeistert von der Idee, während Susi still blieb, nachdem Alex und der Großvater ihnen die Idee näherbrachten.

******

Miles Abbot begleitete Leslie in ein abgelegenes Motel, das er für sich selbst von Zeit zu Zeit als Fluchtpunkt aus dem

Alltäglichen nutzte. Der Manager des Hauses kannte ihn bereits, wusste um seine Wünsche. Viele Stunden hatte er hier schon verbracht, die Abgeschiedenheit genossen und seinen leeren Akku erfolgreich aufladen können.

Kurz nach dem Tod seines Partners Sanchez war der Detektiv für einige Tage hierher geflüchtet, um einem ähnlichen Schicksal zu entgehen und sich zu sammeln.

Nun wollte er die junge Frau vor weiteren Angriffen aus den Reihen der Organisation schützen, doch war er sich bewusst, dass dies nur für eine kurze Zeit sein konnte, denn er musste sein Job tun, sie wieder allein und hilflos zurücklassen. Er fühlte sich in einer fatalen Lage, in der sich eine Schlinge mehr und mehr um seinen Hals legte und mit zunehmender Kraft enger die Kehle zu zudrücken schien.

Über Pit Maurer hatte er soeben von den Geschehnissen im fernen Deutschland erfahren. Diese Tatsache band sich als tonnenschweres Gewicht zusätzlich ans untere Teil der Schlinge und schien ihn noch weiter nach unten zu ziehen.

Inwieweit die behördlichen Ermittlungsmaßnahmen aus Europa bis hierher ihre Auswirkungen zeigen sollten, wagte sich Abbot nicht vorzustellen. Die hiesige Organisation wird sich aufgrund der ungünstigen Signale aus der alten Welt allemal in eine außergewöhnliche Alarmbereitschaft versetzen und den Bewachungsstab erheblich ausweiten. Nicht zum ersten Mal überfielen Miles Abbot Ratlosigkeit und Zweifel; sollte auch er jetzt die offensive Taktik wählen und alle seine Ermittlungsergebnisse preisgeben, die Behörden seine Arbeit machen lassen und sich selbst auf die ungefährliche Zuschauertribüne setzen?

Nein, zu tief hatte er Einblick gewonnen, man würde ihn jagen, unschädlich machen, ihn zum Schweigen bringen wollen, wie die Haushälterin Kozslowski ...wie Nathalie Preston, wie seinen Partner Sanchez.

Mit Blick auf die junge Leslie Anderson, die mit angstvollen Augen seine innere Besorgnis zu erkennen schien, wäre ein Ausstieg aus den Ermittlungen ratsam, doch könnte dieser Schritt nicht genau das Gegenteil bewirken?

Die Gruppe könnte ihre Attacken gegen sie alle noch verstärken, um alle Zeugen zu beseitigen.

Miles Abbot brauchte Zeit zum Nachdenken, er benötigte Ruhe, eine panikfreie Abgeschiedenheit, in der eine fehlerlose und perfekte Taktik reifen musste. Doch gleichzeitig wollte er diese verstörte junge Frau nicht ihrem Schicksal überlassen.

Für ein paar Tage tauchte er mit Leslie bei Pit Maurer und seiner Frau in LA unter. Der Detektiv und die junge Frau bewohnten dort das kleine, aber feine Ferienhaus des Universitätsprofessors in Hermosa Beach und entgingen so den möglichen Anfeindungen durch die Organisation.

Während sich der seelische Zustand der jungen Frau zusehends besserte, verharrte Miles Abbot weiterhin in Selbstzweifel und Bedenken bezüglich seiner noch nicht klaren Vorgehensweise. Die Observationen gegen die vermeintlichen Gruppenmitglieder wurden bis auf sporadische Einsätze zur Beobachtung der Zentrale zurückgefahren, da die Büros in Newark für mehrere Tage geschlossen blieben und niemand der Belegschaft die Arbeit aufzunehmen schien. Ein sicheres Zeichen dafür, dass man eine geschützte Deckung aufgesucht hatte, um zu gegebenem Zeitpunkt gestärkt loszuschlagen.

Miles Abbot deutete diese Phase als Ruhe vor dem Sturm und erwartete die entsprechenden Windboen.

******

Pit Maurer informierte Alex über die momentane Ruhephase, die sich innerhalb der USA-Gruppe breit gemacht hatte. Diese Tatsache begründete jedoch keine anhaltende Entwarnung für die Aktivitäten der deutschen Organisation, denn das Gegenteil sollte der Fall sein.

Lina Paulsen war wie vom Erdboden verschluckt. Seit 2 Tagen hatte sie ihren Dienst nicht mehr angetreten. Auch ein mit ihr befreundete Pädagoge konnte sich das Fernbleiben der Psychologin nicht erklären. In Alex machte sich ein ungutes Gefühl breit.

Befand sich Lina Paulsen auf der Flucht, oder war ihr etwas zugestoßen? Wieder traten Schuldzuweisungen gegen die Tür seines wieder hergestellten Selbstbewusstseins, hatte er ein mögliches Drama, um die Psychologin eventuell zu verantworten?

Als Zaida am Abend bei Alex vorbeischaute, fand sie ihn nachdenklich und zerstreut vor. Die neue Entwicklung setzte ihm kräftig zu, doch er schien gefestigt genug, um den bevorstehenden Kampf durchzustehen. Gegen die Organisation wurde zurzeit ermittelt, Ergebnisse lagen jedoch bisher keine vor.

Die Klinik des Professor Rommelsbächer war durch Behörden nicht behelligt worden. Eine anonyme Anzeige wurde nicht verfolgt, da offensichtlich keine Gründe für eine staatsanwaltliche Untersuchung vorlagen.

Im Fall Lina Paulsen hatte die Disziplinarbehörde ihre Vorermittlungen aufgenommen. Nach der ersten Befragung verschwand die Psychologin und war seither unauffindbar, ob hier ein Zusammenhang mit den Disziplinarermittlungen zu sehen war, war nicht erkennbar.

In einer ersten Ermittlung schloss die Polizei ein Gewaltverbrechen nicht aus, hierzu wurde Alex bereits intensiv vernommen, da er durch die Motivsituation zum Kreis der potenziellen Verdächtigen gehörte.

In seiner Lehranstalt waren bereits Mitglieder des Lehrkörpers befragt worden und gaben Auskunft über die Zerwürfnisse zwischen der angestellten Psychologin und des Direktors Alex Meiners.

Zaida lenkte Alex mit privaten Problemschilderungen und Arbeitsabläufen aus der Redaktion ab und brachte so die Gespräche in eine andere Richtung. Ihrer Zeitung hatte sie mit der Berichterstattung über die momentane Zuspitzung der politischen Lage im Nahen Osten beauftragt.

Die private Situation der Familie ihres verstorbenen Vaters machte der jungen Frau erhebliche Sorgen, ihre Angehörigen galten in ihrer Heimat als westlich orientiert und standen somit automatisch auf der schwarzen Liste der Revolutionäre. Die Ausreise der Verwandtschaft aus Ägypten wurde gerade mit langer Hand von ihrer in den USA lebenden Mutter und einflussreichen Freunden organisiert. So befand sich neben Alex auch Zaida gegenwärtig in den massiven Strömungen machtpolitischer und gesellschaftlicher Umwälzungen, deren Ausmaße und Folgen momentan kaum abzuschätzen waren.

An den mittlerweile durch ein unschuldiges „Weiß" vom extremen „Blau" befreiten Wohnzimmerwänden flackerte nur ein weiches Kerzenlicht, als Alex Zaida endlich an sich presste und sie beide gemeinsam alle Sorgen mit einer zärtlichen Umarmung sanft aber intensiv zur Bedeutungslosigkeit werden ließen.

Nur der Nachbar Dr. Scheller saß in dieser Nacht noch an seinem Schreibtisch und korrespondierte angespannt über seine anonyme online Leitung mit ehemaligen Freunden und Kollegen, die seit ihrer Pensionierung in Österreich, Frankreich und der Schweiz lebten.

In einem kleinen, aber ganz Europa überspannenden Netzwerk ehemaliger Mediziner und Forscher befanden sich die Informationsquellen, aus denen er jungfräuliche Erkenntnisse und Neuigkeiten auf dem Gebiet der Medizin und Pharmaindustrie bezog.

Bisherige Mutmaßungen, die seine Freunde zwischenzeitlich mit fundierten Kenntnissen und neuen Erkundigungen zu nachweisbar definitiven Tatsachen unterlegten, ließen Scheller nicht zur Ruhe kommen.

Mit einer Vielzahl von Nachwehen schienen diese unglückseligen Neugeburten auf dem Gebiet der Gen- und Hirnforschung eine unheilvolle Entwicklung in Gang gesetzt zu haben, und die politische und gesellschaftliche Gegenwart irreparabel ins Wanken bringen.

Eine kurz vor dem Durchbruch stehen Entwicklungsreihe konnte nur mit Hilfe der Organisation und deren Forschungssöldner erfolgreich zum Abschluss gebracht werden. In geheimen Papieren, die von Bediensteten aus den Laboren der Organisation geschmuggelt werden konnten, vollzogen Schellers befreundete Experten die

Arbeitsschritte nach und bauten so eine Palette der bedeutendsten Entwicklungsstufen zusammen.

Obwohl die Mitarbeiter der Organisation über die gesamte Dauer der Forschungsreihe in den Loboratorien eingeschlossen und überwacht wurden, gelang es einigen mutigen Angestellten, sich einen Teil der Aufzeichnungen auf die eigene Netzhaut zu kopieren, oder Daten auf Microchips unter die Haut pflanzen.

Mit Hilfe eines neuen SiliconChips gelang es den Forschern dann die Unterlagen zu komprimieren und so in vollem Umfang in dem Auge eines Mitarbeiters durch die Kontrollen zu bringen.

In einer bisher noch unbekannten medizinischen Anstalt wurde der Chip entschlüsselt und das Auge des Schmugglers von seiner Last befreit.

Das Ergebnis war niederschmetternd und gleichzeitig bewunderungswürdig:

Es war schon länger bekannt, dass ein Defekt in einem von zwei Genen das Lafora-Syndrom auslöst, jedoch nicht, welche Konsequenzen diese Defekte innerhalb der Zelle haben. Auf die aufwendige Steuerung der Glykogenproduktion stießen die Wissenschaftler bei Versuchen mit Mäusen.

Wieder mussten Tiere für das Wohlergehen der Bestie Mensch herhalten, dachte Dr Scheller und suchte nach innerlicher Fassung, um den Ausführungen seiner online-Kollegen weiterhin aufmerksam folgen zu können.

Nun konnte eines aufgeklärt werden: Die beiden Eiweiße, deren Grundrisse und Bausteine auf den betreffenden Genen gespeichert sind, fungieren als Kontrolleure über die anderen Sicherungsmaßnahmen, die das Anfahren der

Zuckerproduktion verhindern. Sie ergänzen sich so prägnant, dass ein Defekt in einem dieser Proteine das andere ausschaltet und sich dadurch die genaue Kontrolle löst. Daraufhin werden verschiedene Reaktionen in Gang gesetzt, worauf schließlich die Bildung der Glykogenkörnchen erfolgt und schließlich der Tod der Nervenzelle eintritt. Den Forschern gelang es, künstliche Proteine zu schaffen, die über die notwenigen Gen-Informationen verfügen. In einem aufwendigen Prozess werden sie über die neue Technik der kürzlich entwickelten Brücke zum Überwinden der Bluthirnschranke per Super - Laser in die kranken Gehirnzellen transportiert.

Das Protein arbeitet wie eine Schere. Nachdem der DNA-Strang an einer fehlerhaften Stelle aufgeschnitten wurde, aktiviert ein Mechanismus automatisch in den Zellen einen Reparaturvorgang, welcher den erkrankten Bereich mit "gesundem" Genmaterial verfüllt. Fehlerhafte Gene werden so gegen intakte ausgewechselt, ohne dass toxische Nebeneffekte auftreten.

Für die Tochter des Schweizer Industriellen, die am unheilbaren Lafora - Syndrom litt, hätte der phänomenalen Durchbruch eine lebensrettende Konsequenz.

Die Fachwelt sprach davon, dass schon nach kurzer Zeit eine Besserung eintrat, die sich sukzessive fortsetzte, und man nun mit einer fast vollständigen Heilung rechnen würde.

Welche Gegenleistung der Vater der Patientin nunmehr der Organisation spendete, oder welche Menge an wirtschaftlichen Vorteilen sich die Gruppe durch die Entführung und der nachfolgenden Operation erpresst hatte, blieb abzuwarten und durfte nur vermutet oder befürchtet werden.

Wahrschein wurden ihnen Patente und eine bunte Palette von Know-how-Zertifikaten für weitere Forschungszwecke zur Verfügung gestellt, die dann erfolgreich einem elitären Teil der Gesellschaft zugutekam, und aus deren Dankeshymnen weiterer Vorteil für die Organisation erwuchs, mit Hilfe derer sie so zu einer unangreifbaren Macht expandierten.

Dr. Scheller saß zusammengesunken vor seinem Computer und war ratlos, ob dieser ungehemmten Entwicklung, denn wie es schien, kämen wahrscheinlich alle Gegenmaßnahmen zu spät, um das Unheil einzudämmen oder eine größere Katastrophe zu verhindern

Denn viel zu weit war die Organisation mit ihren Entwicklungserfolgen gekommen, zu groß waren ihre Machtpotenziale gewachsen und konnten nunmehr gezielt zur Manipulation einflussreicher Personen und Einrichtungen und schließlich zur Errichtung einer Gesellschaftsordnung ihrer Wahl eingesetzt werden.

Die Konzentrierung der Machtverhältnisse an der Pharmazie – und Medizinbörse führte zu einem drastischen Run in den Aktienmarkt führender Unternehmen dieses Sektors und zog eine Flucht der Anleger aus anderen Papieren nach sich. Ein derartiger Ansturm steuerte den übrigen Markt in eine nicht abzuschätzende Pleite, und füllte so die Wunschliste der von der Organisation noch zu übernehmenden Firmen.

Kleine und mittlere und insbesondere eigentümergeführte Betriebe meldeten reihenweise Konkurs an, die Selbstmordrate in diesen Führungsschichten stieg rapide an. Die Gesamtsituation führte zu einem kaum übersehbaren Desaster innerhalb der einheimischen Wirtschaftsstruktur.

Im Rahmen einer Krisensitzung gab die deutsche Regierung Versäumnisse im Bereich der Gesundheitspolitik und der Kontrolle pharmazeutischer Betriebe zu, worauf der Gesundheitsminister seinen Rücktritt anbot, und die Opposition eine Verschärfung der Sicherheitsgesetze verlangte.

Eine zusätzliche Vergiftung der politischen Stimmung lieferte das Gerücht, dass mithilfe deutscher Ärzte der Organisation, und lascher Kontrollen der Deutschen Behörden einem führenden radikalen Regierungsmitglied des Iran durch einen riskanten operativen Eingriff das Leben gerettet wurde. Der Gerettete soll für die Durchführung mehrerer Sprengstoffattentate verantwortlich sein.

In einer aufwendigen und komplizierten Hirnoperation nutzte man hier die neuen medizinischen Erkenntnisse.

Hiergegen protestierten einflussreiche Oppositionelle des Landes bei der Bundesregierung und brachten sogar gemäßigte Muslime gegen die herrschenden Islamisten im gesamten nordafrikanischen Mittelmeergürtel auf.

******

Während Alex hocherfreut war über das exzellente Abschneiden seiner Töchter in sämtlichen schulischen Fächern des Internats, so massiv sorgte er sich über die gesellschaftliche Entwicklung innerhalb Deutschlands und der politischen Situation im Zusammenhang mit den ethnischen Auseinandersetzungen im Nahen Osten, in deren Verwicklungen Zaida nicht nur arbeitsmäßig involviert war.

Wie schwer ihr dieser Zustand psychisch zusetzte, war der jungen Frau ständig anzumerken.

In all diesen Zerwürfnissen waren seine Töchter für Alex das einzige positive Merkmal des Tages.

Fast jeden Abend telefonierte er mit ihnen über die live geschaltete Videoplattform und gab ihnen so ein besonderes Gefühl der ständigen inneren Verbundenheit.

Unterschwellig jedoch loderte auf kleiner Flamme die immerwährende Erinnerung an Hannah und dem vermissten Sohn Ben.

Oft plagte ihn das schlechte Gewissen, obwohl ihn die neuerdings innigen Gefühle noch näher an Zaida band und er gerne mit ihr allen negativen Einflüssen den Rücken kehren würde und nach irgendwo verschwinden möchte.

Doch nicht nur die gesundheitliche Verfassung Johannes Lendtes, den seit Tagen ein fiebriger Infekt ans Bett fesselte, ließ in Alex' Gedankengebäude kaum ein Türchen offen für angenehmere egoistische, private Planungen. In erster Linie lag ihm das Wohlergehen der Mädchen am Herzen. Auch die immer neuen Fragen der Behörden zum Verschwinden der Schulpsychologin Lina Paulsen nagten an Alex' Psyche.

Im folgenden Winter starb Johannes Lendte an einer hartnäckigen Lungenentzündung und mit ihm verlor Alex einen Menschen, der ihm erst in den letzten Jahren zum Freund wurde und in dieser schwierigen Zeit loyal und tapfer zur Seite stand.

Tina und Susi weinten nächtelang über den Verlust des Großvaters. Alex bot alle Kraft auf, um den Mädchen über diesen Kummer hinweg zu helfen.

Der Vater erkannte darin, wie stark ihre Bindungen der Töchter zum Großvater waren und der Schmerz in ihnen wütete. Alex vermied es, einen Vergleich zum Heimgang seiner Frau Hannah zu ziehen.

Nun hatte wieder ein böses Ereignis die Tür zu seiner Familie eingerannt und brutal gewütet.

Wie lange sollte diese Folter noch andauern, mit der man seine Lieben quälte, was wollte man ihn spüren lassen, welche Macht prüfte die Seinen mit derartigem fortgesetztem Leiden? Für die Psyche der Familienmitglieder gab es keine Zeit der Erholung und der Regenerierung. Immer neue Risse trieb das Leben in die fragile Haut dieser Menschen. Und über allem schwebten als drohende Gewalt die Gedanken an die Organisation mit ihrer undurchsichtigen und nicht zu kalkulierenden Energie.

******

Miles Abbot erhielt alle neuen Nachrichten von Pit Maurer, der über die geschützte Internetleitung Dr. Schellers von Alex über sämtliche Ereignisse auf dem Laufenden gehalten wurde. Der Detektiv zeigte sich geschockt über die scheinbar spielend gelungenen medizinischen Erfolge der Organisation in Europa.

Das Ferienhaus der Maurers bot ihnen Gelegenheit öfter als bisher Kontakt zu haben und sich in ausgiebigen

Gesprächen viel intensiver kennen zu lernen und auszutauschen, als die bisherigen sporadischen informativen Treffen es ermöglicht hatten.

Besonders Leslie blühte in der neuen Freundschaft zu den Maurers auf und fühlte sich sehr wohl in dieser Umgebung. Die Beziehung zum Privatdetektiv Miles Abbot schien sich zu einer engen Kameradschaft entwickelt zu haben, obwohl dieser noch immer hintergründig einen Schutzschild dagegen aufbaute. Gefühle zu zeigen, schien seinem Berufserfolg eher konträr zu wirken, denn Leslie bemühte sich vergeblich ihm ein paar Einzelheiten aus seinem Privatleben zu entlocken.

Miles Abbot hatte sein Handy stets griffbereit, doch blieb es weiterhin stumm. Keine Meldung über neue Aktivitäten der Organisation weckten ihn aus der seelischen Erholung. Nichts rührte sich, auch die Kameraüberwachung des Bürogebäudes meldete nicht einen einzigen Alarm.

******

 Alex Meiners hatte alle Formalitäten zum Tode seines Schwiegervaters mit großer Traurigkeit erledigt.

Die Beerdigung war eine einzige seelische Folter, waren doch die Mädchen in ihrer kindlichen Isolation vom Schmerz gefangen. Es dauerte viele Tage, bis sie wieder soweit gefestigt waren, dass sie geheilt von den Wunden, die ihre Seele erlitten hatte, wieder am Internatsbetrieb teilnehmen konnten.

Zum Frühling hin stabilisierte sich die Verfassung der Mädchen zusehends und besonders die kleine Susi schien jetzt richtig Gas zu geben.

In der Musikgruppe wurde sie als beste Nachwuchsmusikerin ausgezeichnet, denn sie war allen klavierspielenden Kindern um Längen voraus. Und auch in den übrigen Fächern wuchs ihr Vorsprung deutlich, und es hatte den Anschein, als würde sie den Kummer in einen massiven Energieschub umzuwandeln. Selbst ihre Pädagogen konnten sich diesen deutlichen Formanstieg nicht erklären.

Der Vater sah es mit Freude, denn auch Tina kehrte zu ihrer alten Form zurück und legte nach anfänglichen Schwächen einen starken Aufwärtstrend an den Tag.

Alex hatte an einem der nächsten Tage einen Besprechungstermin bei Dr. Rosen, dem Notar und langjähriger Freund der Familie Lendte.

Die Größenordnung der Hinterlassenschaft seines Schwiegervaters überwältigte Alex im höchsten Maße und nach der Testamentseröffnung fühlte er eine dankbare Scham in sich aufsteigen. Sein Schwiegervater hatte ihn zum Alleinerben bestimmt, mit den Auflagen, für die Mädchen eine entsprechende Grundsicherung anzulegen, und dem Versprechen, die Suche nach Ben niemals einzustellen.

Diese Zusicherung gab er ohne Zögern, denn er selbst würde dieses Bestreben von sich aus ohnehin allezeit aufrechterhalten.

Innerhalb des Gymnasiums legte sich mittlerweile die Aufregung über das Verschwinden der Psychologin Lina Paulsens und für den Schulleiter Alexander Meiners schien sich das Arbeitsleben zu normalisieren. Wenngleich diese äußerliche Ruhe sich nicht in das Privatleben ausbreiten wollte, versuchte er seinen Töchtern gegenüber allen Problemen zu relativieren.

Innerlich brodelte es weiterhin in ihm und versetzte ihn in einem ständigen gedanklichen Standby – Modus.

Alex saß mit Dr. Scheller nun nicht mehr so oft zusammen, was den Nachbarn traurig stimmte, denn es fehlte ihm nun auch Johannes Lendte für die oftmaligen unendlichen Gespräche. Allein zur Nutzung der anonymen Internetleitung suchte Alex den Nachbarn auf, und wurde über alle Neuigkeiten bezüglich der medizinischen Aktivitäten der Gruppe informiert.

Zaida Rush war für ein paar Tage in die USA geflogen, um ihrer Mutter bei der Organisation der Evakuierung der Familienangehörigen aus Ägypten zu helfen. Mehrer Versuche, die Verwandtschaft aus Ägypten herauszubringen scheiterten an ständig aufkommen Problemen, wie Indiskretionen oder überhöhten Schmiergeldforderungen.

Die sich zugunsten der radikalen Islamisten verfestigende Macht schien sich wie ein giftiger Stachel in die Staaten Nordafrikas gebohrt zu haben. Aus jeder Region wurden zunehmend Ausschreitungen und Unruhen mit gewalttätigen Auseinandersetzungen gemeldet, die von fanatischem Radikalismus geprägt waren.

Alex fühlte eine starke Sehnsucht nach Zaidas Gesellschaft und spürte, wie sehr er sie doch vermisste.

Der nächste Tag lieferte eine erneute Situation, die wieder einmal einen Stein ins Rollen bringen sollte.

Beim Auspacken seiner soeben eingekauften Lebensmittel fiel Alex ein kleiner Zettel auf, der innerhalb eines Kartoffelnetzes steckte.

Hierauf war eine achtstellige Zahl vermerkt, die eine Telefonnummer oder ähnliches sein konnte, dahinter war das Wort „WICHTIG" in großen Buchstaben und doppelt unterstrichen vermerkt.

Um diesem Hinweis nachzugehen, fuhr Alex noch am gleichen Abend in einen anderen Stadtteil, vergewisserte sich, nicht observiert zu werden, und suchte dort ein entlegenes öffentliches Telefon auf.

Nach dem Anwählen der ominösen Zahlenreihe, meldete sich eine Telefongesellschaft, bei der man elektronische Postfächer mit Anrufbeantworter befristet anmieten konnte.

Es meldete sich eine verfremdete weibliche Stimme, die ihn bat, an den Ort zu gehen, an dem er seinerzeit versehentlich die Tür zu einem Raum geöffnet hatte, zu dem ihm normalerweise der Zutritt nicht gestattet war. Dort würde er alle weiteren Hinweise finden.

Diese Nachricht konnte nur von Lina Paulsen kommen, denn nur sie wusste, dass er damals anlässlich eines Betriebsausfluges nach ein paar Gläsern Bier versehentlich die Damentoilette betreten wollte und sie, Lina Paulsen, plötzlich vor ihm stand und ihn auf den Fauxpas hinwies.

In der Damentoilette dieses Restaurants musste Alex nunmehr nach Anhaltspunkten suchen, die weiteren Aufschluss über den Verbleib der Psychologin geben könnten.

Bei der Planung für dieses Vorhaben kam ihm der Gedanke, ob es nicht besser wäre, die ermittelnden Behörden von diesen neuen Hinweisen in Kenntnis zu setzen, als auf eigene Faust zu recherchieren. Doch genauso schnell, wie ihm diese Idee kam, verwarf er sie wieder, denn den heimischen Polizeibehörden sprach er alle Fähigkeiten ab, gegen die Organisation massiv und wirkungsvoll durchzugreifen.

Am Abend suchte Alex Dr. Scheller auf. In Erwartung eines adäquaten Vorschlags weihte er ihn in die neue Situation ein. „Es könnte natürlich auch eine Falle sein, wenn es ein Hinweis von Lina Paulsen war, könnte sie auch fremd gesteuert sein und systematisch benutzt werden, um ihn zu hintergehen", warnte der Nachbar ihn vor einer unüberlegten Handlung.

„Wir sollten diese Gelegenheit nutzen, um näher an die Basis der Gruppe heranzukommen", sagte Alex und versuchte die Zweifel Dr. Schellers zu zerstreuen. „Ich muss es probieren, solange Zaida noch in USA weilt, denn so ist sie außer Gefahr, sollte hier die Aktion schieflaufen", legte sich Alex fest. „Gut, aber wir sollten es zu zweit angehen, und besser schon bald, denn sollte dort tatsächlich eine Nachricht deponiert sein, könnte sie von anderen entdeckt werden und versehentlich unbrauchbar gemacht werden", bot Dr. Scheller an.

Schon am nächsten Nachmittag fuhren die beiden Männer in den Ferienort, in dem das Restaurant lag und das auch an diesem Tag ziemlich von Besuchergruppen stark frequentiert war. Während der Fahrt dorthin ließen die beiden Männer noch einmal so manchen Abend in Erinnerung an die Gesellschaft mit Johannes Lendte Revue passieren und amüsierten sich über die trockenen Sprüche, die der alte Mann trotz der oftmalig herrschenden ernsten Stimmung vom Stapel ließ. In nettem Andenken huschte ihnen ein zufriedenes Lächeln über die Gesichter.

Doch hier und jetzt in dem gut besuchten Gastronomiebetrieb waren sie gefordert. In perfekter Abstimmung sondierten sie die Lage und vergewisserten sich, dass niemand in dem Moment des Durchsuchens der Damentoiletten diesen Ort aufsuchte.

Ein passender Augenblick für eine gezielte Nachschau schien die gerade im großen Saal stattfindende Tombola zu sein. Von dem Schmiere stehenden Dr. Scheller gekonnt abgeschirmt fand Alex unter der Konsole des Waschbeckenschranks einen gepolsterten Briefumschlag.

Nachdem Alex diesen Brief an sich genommen hatte, verließen beide Männer sofort das Lokal, stiegen ins Fahrzeug und fuhren, ohne ein Wort zu reden in die Richtung, aus der sie gekommen waren. Die Spannung schien ihnen Stimmbänder und Zungenmuskel zu lähmen und die Gedanken einzufrieren.

Erst nach einer gut 15-minütigen Fahrt bog Alex abrupt in ein Waldstück ein, stellte den Motor ab und legte das dicke Couvert auf das Armaturenbrett. Er war kaum in der Lage, die Spannung weiter zu ertragen. Aufgeregt riss er die Klebestreifen auf und öffnete mit zitternden Händen den Umschlag.

Lina Paulsen hatte tatsächlich ein Lebenszeichen von sich gegeben. Wie Scherben von zerberstenden Glasscheiben flogen den beiden Männern die Neuigkeiten krachend um die Ohren. Ihnen stockte der Atem, als sie die Nachricht lasen und sich das Ausmaß der Mitteilungen vorstellten.

Der Brief, in dem auch eine Micro sd eingewickelt war, weitete sich von einer anfänglichen Beichte in einen ausführlichen Lagebericht aus, der, wenn das krakelig Geschriebene den Tatsachen entsprach, den Datenträger als hochexplosiven Tresor erwarten ließ.

Schon die ersten Zeilen des Briefes sorgten bei Alex für bestürzende Empfindungen. Hier schilderte Lina Paulsen ausgiebig die Hintergründe für den Selbstmord von Hannah Meiners.

Die Organisation hatte die Schulpsychologin massiv unter Druck gesetzt und sie aufgefordert, Alex auszuspionieren, um den Wissensvorsprung der Ermittler in USA zu erfahren. Ferner sollte sie ihn für die Ziele der Gruppe gewinnen, damit dieser die Weltanschauungen der Organisation im Bereich des Gymnasiums durchsetzt. Hierbei sollten unter anderem insbesondere die Anträge auf Aufnahme von Kindern der Organisation bevorzugt behandelt werden, um die elitäre Weltanschauung auch praktisch zu verbreiten.

Ferner drohte man Hannah, es nicht bei der Entführung ihres Sohnes zu belassen, sondern ihr auch noch eines der Mädchen zu nehmen. Dieses würde man in die Tat umsetzen, sollte sie sich ihrem Mann oder irgendwelchen Behörden gegenüber öffnen.

Alex' Ehefrau befand sich somit anscheinend in einem höchst gefährlichen inneren Zwiespalt und Zerwürfnis, und in ihrer Verzweiflung sah sie nur einen Ausweg, ...die Flucht in den Tod.

In dem Brief schilderte die Psychologin weiter, dass Ben aufgrund seiner Erkrankung von der Organisation zu Forschungszwecken gezielt ausgesucht wurde.

Für die Auswahl eines entsprechenden Kindes hatte Lina Paulsen selbst gesorgt. Für die Feststellung der DNA hatte sie Haare von Ben anlässlich eines Besuches bei ihnen an sich genommen, das Kind somit erfolgreich selektiert und der Gruppe gemeldet. Über einen derzeitigen Verbleib und dem Schicksal des Kindes ließ sie sich in dem Brief nicht weiter aus.

Alex las diese Zeilen mit Tränen in den Augen, ihm stockte der Atem. Voller Schuldgefühle und Selbstvorwürfen angesichts seiner damaligen Untätigkeit gegenüber den Aktivitäten, die Hannah an die Gruppe fesselte, verbarg er sein Gesicht in den verhängnisvollen Papieren.

Dr. Scheller legte seine Hand auf Alex' Schulter, doch es gelang ihm nicht diesen völlig am Boden zerstörten Mann zu trösten. Der Nachbar übernahm nunmehr das Steuer des Fahrzeuges und sie fuhren wortlos nach Hause.

Er vermied es bei Ankunft Alex auf den Minicomputer mit den brisanten Daten hinzuweisen, sondern nahm das Gerät wie selbstverständlich an sich und ließ den Mann unbehelligt, als dieser mit gesenktem Haupt und wie ferngesteuert den Weg zum Haus hinunterschlich.

Mit der Annahme des MicroSD begaben sich die beiden Männer in allerhöchste Lebensgefahr. Die SD enthielt derart explosives Material der Organisation, dessen Brisanz für Außenstehende nicht im Geringsten abzuschätzen war.

Über seine anonyme Internetleitung benachrichtigte Dr. Scheller seine ehemaligen Mediziner-Kollegen, um die

Datensammlung baldigst gemeinsam mit ihnen zu sichten und zu analysieren. Er allein fühlte sich nicht imstande, aufgrund der massiven Datenmenge hier ein abschließendes Urteil abzugeben.

Entweder befand sich Lina Paulsen selbst im Bereich der der allerhöchsten Führungsspitze der Organisation, oder sie hatte befristet Zugriff auf diese hochbrisanten Daten, die aus einer vielfältigen Zerstückelung zu einem Gesamtschema zusammengefügt wurden. Ansonsten hätte es nicht möglich sein können, derartige Information zusammen zu tragen.

Dr. Scheller kopierte die seiner Meinung nach wichtigsten Fragmenten, miniaturisierte die Daten und legte sie auf einen Chip, den er anschließend unter dem Kronkorken einer Bierflasche getarnt in seinem Keller deponierte.

Am nächsten Morgen klingelte er schon sehr früh an der Haustür von Alex Meiners, um ihn noch vor Dienstbeginn zu sprechen.

Dieser öffnete ihm in ramponiertem Ausdruck, und es hatte den Anschein, als würde für diesen Mann der Arbeitstag ausfallen.

Alex hatte am Vorabend mit ein paar scharfen Getränken seinen Kummer zu ersäufen versucht, was sich in dem jetzt faltenbedeckten Gesicht entsprechend wieder spiegelte. In kurzen knappen Sätzen gab Dr. Scheller eine Inhaltsangabe des Minicomputers und versetzte Alex in eine neue gedankliche Einbahnstraße.

Erst nach der Datenprüfung durch die Mediziner-Kollegen wollte man sich auf eine gemeinsame Vorgehensweise einigen. Bis dahin musste allgemeine Zurückhaltung und

Bedecktheit sowie ein absolutes Unterlassen eigenmächtiger Aktionen erstes Gebot sein.

Nachdem Dr. Scheller gegangen war, versuchte Alex seine Gedanken zu ordnen und als sich der seelische Bodennebel gelichtet hatte, brachte er seine körperliche Verfassung durch eine kalte Dusche und mit einem kräftigen Frühstück wieder in die Normalspur. Ihm wurde mehr und mehr bewusst, dass sich alle Beteiligten in einem Gefahrentrichter befanden, in dem sie sukzessive in die schmale Öffnung gepresst werden.

Nur die Intensität und die Geschwindigkeit veränderten sich ständig, doch das Finale schien vorprogrammiert zu sein.

******

Zaida spürte in Sekundenbruchteilen, dass irgendetwas vorgefallen sein musste, als Alex sie am Flughafenterminal in den Arm nahm.

Selbst die Anstrengungen des Rückfluges aus den USA und die nicht enden wollenden Sicherheits-checks hatten ihr den Sinn für diese Auffälligkeiten nicht verstellen können.

Auf der Fahrt in Zaidas Wohnung informierte Alex sie mit sich fast überschlagenden Worten über das inzwischen Vorgefallene. Die junge Frau war erschüttert und in ihr schien sich schon jetzt ein verheerendes Zukunftsbild aufzubauen. Gleichzeitig witterte die Journalistenader in ihr eine seltsame Wallung des Blutes, die Zaida noch zu unterdrücken versuchte.

„Wir sollten alles daransetzen, Lina Paulsen ausfindig zu machen, um mehr über Ben herauszubekommen", leitete Zaida eine vage Konzeption ein, während Alex noch tief in Gedanken versunken diesen Vorschlag kaum wahrzunehmen schien.

Wenn die Organisation sie jagte, wird man sie finden, dann führt die Spur aufgrund der Enthüllungen auch direkt zu uns…." Zaida wollte dieses Prozedere nicht weiterspinnen.

Sie machte Alex unmissverständlich klar, dass sie nunmehr handeln mussten. Ben befand sich möglicherweise in einer Klinik dieser Organisation und musste loboratorische Versuche über sich ergehen lassen.

„Wo sollen wir anfangen, was tun wir zuerst. Die Mädchen, die Mädchen sind in Gefahr", brachte Alex panisch hervor. „Doch die Gruppe hätte sie schon längst in ihre Gewalt gebracht, wenn sie für ihre Zwecke von Nutzen gewesen wären", entgegnete Zaida erstaunlich realistisch.

„Wenn Lina Paulsen unentdeckt bliebe, würde die Organisation keine Kenntnis von den Enthüllungen bekommen. Hoffen wir, dass sie ein sicheres Versteck hat", schloss Alex die Diskussion.

******

Dr. Scheller nahm die Frühmaschine nach Zürich und wurde am Flughafen von Benito Carrizza empfangen, seinem alten Freund aus der Schweiz, dessen italienische Herkunft nicht nur an dem klangvollen Namen zu erkennen war. In seiner Jugend musste dieser gutaussehende ältere

Herr der Schwarm sämtlicher Weiblichkeit in seiner Umgebung gewesen sein.

Auf der Fahrt nach Gössikon, unweit des Zürichsees, wo Carrizza eine geräumige Ferienhütte besaß, gab Dr. Scheller seinem Freund einen kurzen Überblick zum Inhalt der Speicherkarte. Eine angespannte Stille breitete sich im Geländewagen des Schweizers Mediziners aus, als dieser versuchte, das gerade Erfahrene gedanklich zu verarbeiten.

Das Ferienhaus bot ihnen ein ideales Rückzugsrefugium, um ungestört zu arbeiten und die Auswertung der Dateien auch entsprechend zu archivieren. Die Hütte war mit sämtlichen erforderlichen technischen Einrichtungen ausgestattet. Am späten Nachmittag stieß der Rest des Freundeskreises dazu und in kompletter Runde gingen die fünf ehemaligen Mediziner mit nie da gewesener Motivation an die Arbeit.

Eine kaum vorstellbare Bestürztheit erfasste sie, als zu erkennen war, dass alle bisher von ihnen erst für die nächste Zukunft für möglich gehaltenen medizinischen und pharmazeutischen Forschungsergebnisse durch die Organisation bereits ausnahmslos und erfolgreich zum Abschluss gebracht waren. Des Weiteren gaben die Daten einen Ausblick auf die zukünftig in Angriff zu nehmenden neuen Forschungszielen. Hierbei stockte den Medizinern nicht nur der Atem vor Erstaunen und Betroffenheit, sondern hinzu kam hintergründig auch ein Gefühl der fachlichen Bewunderung.

Doch dieses wurde in Sekundenbruchteilen von den Ängsten erstickt, die sich bei Betrachtung der Tatsache ausbreiteten, dass die Forschungen, gepaart mit den politischen

Endzielen, die Organisation zu einem weltbeherrschenden Imperium entwickeln würde.

Die aufgelisteten Namen der involvierten Professoren, Mediziner, Techniker, Fabrikanten und Politiker ließen Vorzüglichkeit und Spannweiten der Expansion dieser Organisation erkennen. In fast allen Bereichen und in sämtlichen großen Nationen, die über ein Höchstmaß an wirtschaftlichem und politischem Machtpotential verfügen, war die Organisation verschachtelt und in absolut legalem Gewand verborgen.

Insbesondere in medizinischen, pharmazeutischen, energiepolitischen und hauptwirtschaftlichen Zweigen dieser Nationen hatte sie sich regelrecht eingegraben und ihre Herrschaft schien täglich zu wachsen, wie die Fangarme eines gefährlichen Kraken.

Und in den aufstrebenden Ländern, die wegen ihrer natürlichen Ressourcen für die Gruppe außerordentlich wertvoll waren, hatte man sich mit gigantischen Investitionen eingekauft und somit einen rechtzeitigen Einstieg in die eigennützige Ausbeutung gesichert.

Die noch fehlende Autorität verfestigte sie durch wohlgefälligen Einsatz ihrer medizinischen Erfahrungen an erkrankte Politiker und deren Angehörige dieser Staaten und brachte so die Führungselite in stets wandelbare Abhängigkeiten. Die immer knapper werdenden Lebensmittelrohstoffe führten weltweit zu einer drastischen Erhöhung der Lebensmittelpreise und trieben kleinere und mittlere Betriebe in den Ruin. Diese Entwicklung forcierte die Organisation schon seit Jahren mit Hilfe punktuell eingesetzter Mittelmänner durch gezielte Preis- und Investitionspolitik bei bestimmten Produkten.

Unter dem wohlklingenden Namen Green Arrow Agriculture and Research erwarb die Gruppe binnen kürzester Frist weltweit freie und ungenutzte landwirtschaftliche Flächen. Mit fadenscheinigen Angeboten oder mit gewalttätigem Zwang nötigten erprobte Strohmänner Landwirte und sonstige Bewirtschafter zum Verkauf ihrer Höfe.

Im Rahmen komplizierter Forschungsreihen gelang es der Organisation in ihren biochemischen Laboren die gentechnischen Strukturen knapper Getreidearten derart zu manipulieren, dass sie sich nach der ersten Ernte erneut selbst aussäten. Ferne wurden sämtliche Getreide schädlingsresistent kultiviert. Diese wurden sukzessiv wohlgefälligen Regierungen angeboten.

Für wasserarme Regionen und für klimatisch ungünstige Anbauflächen konnten spezielle Sorten gezüchtet werden. Verkauf und Vertrieb wurde durch sie überwacht und gesteuert. Somit kontrollierte die Organisation weltweit auch die Versorgung mit Grundnahrungsmittel, und spielte verzweifelte Menschen gegeneinander aus. An den Börsen der Welt boomten ihre Papiere und ließen die Werte in ungeahnte Höhen schnellen.

Die Mediziner um Dr. Scheller fühlten sich als winziger Spielball inmitten eines gigantischen Strudels, den die Organisation in eine sich stets erhöhende Geschwindigkeit gebracht hatte.

Wer sollte sie jetzt noch aufhalten und ihnen Einhalt gebieten.

******

Martin Gretler steuerte seinen ziemlich ramponierten japanischen Jeep unauffällig durch den nächtlichen Ort im deutsch-schweizerischen Grenzgebiet. Die bescheidene Pension lag einsam an einem kleinen malerischen Hügel ziemlich abseits vom westlichen Ortsrand und verfügte nur über eine schmale Zufahrt. Das Haus galt ihm schon seit Jahren als Erholungsherberge, wenn sich sein Akku entleert hatte und für ihn eine seelische Auffrischung dringend vonnöten war. Mit langen Spaziergängen in einsamer Natur regenerierten sich so Körper und Geist vom täglichen Stress.

Der Besitzer, ein im Nebenerwerb Landwirtschaft betreibender Schulfreund aus vergangenen Tagen, nahm ihn immer wieder gern auf und fragte nie, wenn er in stets wechselnder Begleitung an der winzigen Rezeption erschien und die Schlüssel für die kurzfristig telefonisch angemeldeten Zimmer in Empfang nahm.

So war es auch wieder vor gut einer Woche gewesen, als Gretler mit der blassen jungen Frau hier einzog.

Der Schweizer stellte den Jeep in der hinter der Pension liegenden Scheune ab, betrat die Pension durch den Hintereingang und ging durch die spärlich beleuchtete Halle über die Treppe und klopfte die verabredeten Morsezeichen an die Tür. Die verängstigte Frau öffnete ihm und beim Anblick seiner Person schien wieder Leben in das schmale bleiche Gesicht zurückzukehren.

Lina Paulsen setzte sich erleichtert auf das Bett, nahm einen tiefen Schluck aus dem Glas und lehnte sich langsam zurück.

„Es ist an der Zeit, dass wir unser Versteckspiel beenden, damit Alex Meiners nicht in noch größere Panik versetzt wird", sagte Martin Gretler als er das Zimmer betrat. „Wir müssen etwas tun, die Daten sind durch ihn zweifellos bereits ausgewertet worden. Wenn davon etwas nach außen dringt, kann ich allein sie nicht mehr schützen", warnte der Schweizer und

Lina Paulsen nickte wortlos.

Gretler hatte sich kurz nachdem Alex Meiners ihm die Kopie der CD aus Lina Paulsens Schreibtisch übereignete, auf die Fährte der Psychologin gesetzt und sie ständig unter Beobachtung gehalten. Befreundete Kollegen der gleichen beruflichen Klientel unterstützten ihn bei dieser schwierigen Aufgabe. Nach dem Freitod von Hannah Meiners war dem Schweizer im Rahmen der Observationen die Veränderung im seelischen Verhalten Lina Paulsens aufgefallen und er bereitete danach akribisch eine gezielte Evakuierung der Frau vor. In einer aufwendigen und heiklen Aktion hatte er sich ihr genähert, sie unter Narkose gesetzt und anschließend zur rettenden Mitarbeit überreden können.

Um keine unnötigen Komplikationen aufkommen zu lassen, unterließ er eine unmittelbare Benachrichtigung Alex Meiners. Doch jetzt schien es an der Zeit, das Versteckspiel zu beenden.

In einem Telefonat, das Gretler über sein internes Handy führte, kündigte er ein baldiges Treffen mit Alex an, der sich ziemlich erstaunt und auch erleichtert zeigte. Das Gespräch gefährdete niemand, denn das nicht registrierte Handy, mit einer nicht erfassten IMEI-Nummer war praktisch nicht existent und hinterließ keinerlei Spuren. Eine

Rückverfolgung von Gesprächen oder Mitteilungen war ausgeschlossen, denn mit einer besonderen Tastenkombination konnte Gretler die Anrufdaten unwiederbringlich löschen. Eine willkommene technische Hinterlassenschaft seiner langjährigen Mitarbeit in den Schweizer Sonderkommissionen.

******

„Dieser Schweizer Himmelhund, hat mich tagelang veräppelt" sagte Alex freudig verärgert und nahm dabei Zaida in den Arm, die ihn fragend ansah.

„Er hat Lina Paulsen schon vor längerer Zeit in Sicherheit gebracht, hat sie zur Abkehr von der Organisation und zur Mithilfe überreden können".

Nachdem Dr. Scheller aus der Schweiz zurückgekehrt war, tauschten die Männer die Neuigkeiten aus.

Der Nachbar zeigte sich erleichtert über die Evakuierung Lina Paulsens durch den Schweizer und bot sich an auch bei allen noch folgenden Aktionen eingebunden zu werden.

„Wie könnte ich auf Ihre Hilfe verzichten", nahm Alex lobend die Offerte Dr. Schellers an.

Über die anonyme Internetleitung informierte Alex Meiners seinen Freund Pit Maurer in den USA, der umgehend den Detektiv Miles Abbot von allen Neuigkeiten in Kenntnis setzte.

Denn mit dem Ausstieg Lina Paulsens und mit einem möglicherweise Bekanntwerden der geheimen Daten könnte die

Gruppe um Dr. Mortimer in Kalifornien aufgeschreckt werden. Man sollte deshalb auf alle Eventualitäten vorbereitet sein.

Am Abend saßen Alex und Zaida am Kaminfeuer und genossen wortlos die angenehme Wärme. Das Schweigen ließ eine seltsame Stimmung aufkommen, und Zaida erkannte in Alex' Gesicht das aufgeregte Arbeiten seiner Hirnzellen.

Sie wusste sehr wohl, dass er auf dem Sprung war, die Suche nach dem vermissten Sohn wieder persönlich und vor Ort in die Hand zu nehmen.

Für sie stand fest, dass es nicht lange dauern würde, bis er das Signal zum Aufbruch in die USA ertönen ließe, denn in seinen Gedanken waren sicherlich bereits sämtliche Schlachtpläne hierfür erarbeitet und druckfertig in den imaginären Schubladen abgelegt.

Eine gehörige Portion Angst und Ungewissheit schwang in den Gedanken mit, von denen Zaida in dem Moment umgeben war, auch im Hinblick auf das Schicksal ihrer in die USA geflüchteten Familienmitglieder, und insbesondere schmerzte auch die ungewisse Zukunft der in Ägypten zurück gebliebenen älteren Onkel und Tanten ihres Clans.

Für ein paar Minuten driftete sie in jene Fiktion ab, deren unliebsame Inhalte sie bisher eigentlich vollends auszublenden versuchte. Die Zeit, in der sie von ihren Eltern durch die ständigen Verpflichtungen deren Ämter als kleines Mädchen und Teenager andauernd irgendwo zum Parken deponiert wurde. Scheinbar ständig auf der Flucht vor immer neuen Eindrücken, neuen Mitmenschen und deren

Sprachen. Und nun, als sie sich wieder inmitten von menschlichen und politischen Konflikten befand, wollte sich der Kreis schließen.

Sich dem ganzen zu entziehen, hieß, sich wieder auf die Flucht zu begeben, wegzulaufen, ausreißen, doch wo gab es das friedliche Meer, in das sich lohnt hinabzutauchen, dessen warme friedvolle Umgebung in sich einpumpen, daraus Mut und Lebensfreude schöpfen, an Liebe zu wachsen, aufzublühen unter dem schützenden Federkleid staatlicher Ordnung und wirtschaftlicher Sicherheit, sich sonnen in heilkräftiger Umwelt, baden in sauberen Seen, fröhliche und gesunde Kinder aufwachsen sehen, den wohlmeinenden Rat älterer Menschen respektvoll entgegen nehmen.

Doch nein, es war nur ein schöner Traum, friedliche Refugien, einen secret peacefull garden gab es nicht mehr, denn die Welt war schlecht, mies und stinkend und sich vor Müll erbrechend, eiternd vor Krankheit, Neid, Missgunst, Gewalt und totalem Werteverlust, brennend durch tödliche Fäulnisse von Krieg und Folterherrschaft, die Armen wurden ärmer, die Reichen immer reicher, die Rohstoffe wurden geraubt und gnadenlos ausgebeutet, die Luft verpestet, ein großer Teil der Menschheit verunsichert oder bereits durch Bankenmisswirtschaft verarmt und betrogen, bestohlen von ein paar hundert Führern, deren mörderische Willenskräfte kaum mehr zu brechen waren, die sich der flachen Medien bedienen, deren Mächte sich anschickten wie bösartige Geschwülste an der Oberfläche der Erde zu wuchern, gestützt von korrupten Politikern, deren einzige Talente und Streben in der Sicherung der eigenen Interessen bestand, Lebensmittel- und Energiepreise explodierten, Menschen verkauften ihre Wertsachen, um den nächsten

Tag überstehen zu können......die Welt ging materiell und moralisch pleite.

Erst das Klingeln des Telefons ließ Zaida von den trüben Gedanken loskommen. Der Ausdruck in Alex' Gesicht verriet die Bedeutsamkeit der Nachricht.

„Gretler will uns morgen treffen. Einen genauen Zeitpunkt und den Ort teilt er später mit. Wir müssen helfen, Lina Paulsens sicher zu verstecken, ...nur wie?" warf Alex das Problem in den Raum. Zaida setzte sich nah zu ihm und zeigte so ihre Bereitschaft zur uneingeschränkten Hilfe.

„Nur eine neue Identität, hervorgebracht aus neutralen biometrischen Daten könnte sie schützen, denn wie wollen wir sie sonst irgendwann außer Landes bringen?", gab Zaida zu bedenken.

******

Der Jeep raste in der Kurve ungebremst gegen den Steinwall, legte sich leicht auf die Seite und rutschte über die Gegenfahrbahn den Abhang hinunter. Nach zwei ungelenken Salti schlug er mit massiver Wucht in dem mit dichtem Gestrüpp überwucherten Seitental auf.

Die Schweizer Kantonspolizei barg am frühen Morgen zwei deformierte Körper aus dem Wrack und brachte sie in die Gerichtsmedizin nach Basel.

Bei der Ermittlung des Unfallhergangs wurden keine Bremsspuren festgestellt, das Bremssystem des Jeeps wies nach der ersten technischen Untersuchung keinerlei

Schäden oder Mängel auf, die den Unfall hätten verursachen können. Es wurden weder Hindernisse noch sonstige Barrieren auf der Fahrbahn gefunden.

Die Spezialisten gingen bei der ersten Inaugenscheinnahme des Unfallortes von Fahrfehlern infolge eventuellen menschlichen Versagens aus.

Alex Meiners und Zaida Rush warteten ungeduldig am vom Schweizer vorgeschlagenen Treffpunkt.

„Es muss etwas passiert sein"; wertete Alex die Situation, während sich wie beiläufig schlimme Ahnungen durch sein Gehirn wucherten.

„Gretler hätte sich gemeldet, und das Treffen abgesagt", sagte er beim Einsteigen in Zaidas Auto.

Nach dreistündiger nervenaufreibender Wartezeit fuhren sie direkt zu Dr. Scheller und berichteten vom ergebnislosen Versuch Gretler und Lina Paulsen zu treffen.

Der Nachbar informierte seine Medizinerfreunde über den Vorfall. Carrizza wollte seine Beziehungen für eine gezielte Nachforschung bei den Behörden nutzen und sich danach umgehend wieder melden.

„Die Sache scheint uns aus den Händen zu gleiten", resümierte Scheller die ungewisse Lage und traf absolut die Stimmung, die momentan bei allen Beteiligten erneut auf den Tiefstpunkt absank.

Am späten Abend meldete sich Carrizza erneut übers Internet und ließ die Wartenden mit seinen Mitteilungen aufs Heftigste erschüttern.

Es hat einen Verkehrsunfall auf einer Nebenstraße im deutsch-schweizerischen Grenzgebiet gegeben. Ein Geländewagen war einen Abhang hinuntergestürzt, in dem ein Mann und eine Frau den Tod gefunden hatten. Die Leichen befanden sich im gerichtsmedizinischen Institut in Basel.

Carrizza war bemüht, das Obduktionsergebnis so schnell wie möglich zu bekommen.

„Sie haben beide erledigt, ich habe es geahnt", Alex gab seiner Erschütterung Ausdruck.

Niemand vermochte ihm zu widersprechen.

Am nächsten Abend schickte Carrizza seinem Freund Scheller das Ergebnis der Obduktion.

Martin Gretler und Lina Paulsen starben an einem abrupten Versagen der Lungenfunktion. Innerhalb weniger Sekunden waren sie erstickt.

In ihrer Lunge fand man winzige Spuren eines Atemgiftes, dessen chemische Zusammensetzung den Gerichtsmedizinern zurzeit noch Kopfzerbrechen bereitete.

Das Präparat war anscheinend über die Lüftungsanlage in den Innenraum des Fahrzeuges gelangt, wo die Partikel sofort freigesetzt wurden, was zu einer sofortigen Ohnmacht bei den Opfern führte. Die weiteren Folgen sind bekannt.

„Wahrscheinlich wurde das Auto Gretlers kurz vor der Abfahrt manipuliert, also hatte man ihn schon längere Zeit vorher im Visier gehabt", kommentierte Dr. Scheller, als er

Alex die Nachricht überbrachte und diesen damit ziemlich ratlos und bestürzt machte.

„Wir sollten nun endlich die Behörden einschalten", entgegnete Alex. „es stellt sich die wichtige Frage, welche staatliche Einrichtungen bei uns ist noch sauber sind, welche Behörde ist in der Lage gezielt zu recherchieren, ohne jemanden dabei auf die Füße zu treten", gab Alex erneut zu bedenken.

„Einen Versuch sollten wir den Schweizern tun lassen, denn dort ist der Unfall passiert und ihnen können wir am besten die kausalen Zusammenhänge schildern. Wie sie dann die Sache angehen werden, liegt nicht in unserer Hand. Doch ihnen schenke ich persönlich das größere Vertrauen, und schließlich war es auch einer ihrer ehemaligen Mitarbeiter, der dort zu Tode kam", bekräftigte Dr. Scheller.

Alex akzeptierte die Einschätzung seines Nachbarn und so bereiteten sie eine Übergabe aller Informationen an die Schweizer Behörden vor. Dr. Schellers Schweizer Freund Carrizza sollte der Mittelsmann für den ersten Anlauf sein.

Die sichere und unauffällige Aufbewahrung aller Beweise übernahm Dr. Scheller, der alle Daten noch einmal kopierte, bevor er sie an einer Autobahnraststätte bei Basel an Carrizza übergab, der für den gleichen Tag einen Besprechungstermin mit Beamten der Schweizer Sonderermittlung hatte.

Alex und Zaida fuhren am Wochenende fluchtartig in das bayerische Voralpenland, um sich für ein paar Tage dem Strudel der Ereignisse zu entziehen und sich vom depressiven Druck der Todesfälle zu befreien. Gleichzeitig wollten sie Tina und Susi besuchen, denn für die Mädchen wendeten sie in der Vergangenheit wie immer kaum Zeit auf.

Für ein paar Stunden schien es, als könne kein Ereignis der Welt dieses heile und frohe Miteinander stören.

Die Zeit war geprägt von harmonischer und freundlicher Einmütigkeit mit den Kindern. Alex war angetan von den guten schulischen Ergebnissen seiner Mädchen und bemerkte sehr wohl die leichte Entfremdung, die trotz aller liebevollen Zuneigung aus den Gesten und Wörtern der Kinder durchschimmerte. Auch bemerkte er in Tinas Verhalten das unmittelbar bevorstehende Erwachsenwerden.

Zaida beobachtete sehr genau das Verhältnis der Familienmitglieder untereinander, und fühlte sich wohl bei dem Gedanken schon fast dazu zu gehören. In ihren Gedanken spulten sich in der jüngeren Vergangenheit schon sehr oft das Szenario einer Hochzeit und damit eine völlige Bindung an Alex Meiners ab. Ohne ihn bedrängen zu wollen, würde sie ihm bald ihren größten Wunsch vortragen, und auch einen Vorschlag für die weitere Ausgestaltung ihrer Beziehung eröffnen. Doch alles zu seiner Zeit, dachte sie zurückhaltend.

Dr. Scheller fungierte mit Unterstützung seines Freundes Carrizza nunmehr auch als Verbindungsmann zu den Schweizer Behörden.

Ihm wurde mitgeteilt, dass die Ermittlungen eingesetzt hätten und alle Beteiligten in Kürze mit persönlichen Vorladungen zu rechnen hätten. Bis dahin sollten er sämtliche eigenen Schritte unterlassen und bei Auftreten irgendwelchen Veränderungen oder Auffälligkeiten den Ermittlern umgehend Bericht erstatten. Entsprechend gedeckte und sichere Telefonnummern und Deckadressen gab man ihm an die Hand.

„Ich bin heilfroh, dass es jetzt seinen offiziellen Lauf nimmt", gab Alex erleichtert zu, als Dr. Scheller ihm die Einzelheiten schilderte.

„Wir sollten uns jedoch keinen großen Illusionen hingeben, denn ich schätze, dass auch die Schweizer nicht viel aufrütteln werden", dämpfte der Nachbar wiederum Alex' Erwartungen.

Gretler und Lina Paulsen starben durch ein bisher nicht bekanntes Nervengift, das sekundenschnell die Atmung aussetzen ließ.

Man fand feinste Partikel chemischer Substanzen und einige Glassplitter im Verteiler der Lüftungsanlage in Gretlers Jeep. Diejenigen, die es auf die zwei abgesehen hatten, deponierten wahrscheinlich gezielt eine Ampulle mit dem Gift, die auf der holprigen Bergstrecke durch die Erschütterung wie geplant mit Verzögerung aufsplitterte und anschließend das tödliche Gift ausströmen ließ.

Diese Erkenntnisse waren die einzigen Informationen, die Carrizza Dr. Scheller übermitteln konnte, ansonsten war zurzeit absolute Funkstille angesagt.

Anscheinend hatte die Organisation nach der Übergabe der brisanten Unterlagen die Tätigkeiten einfrieren lassen, oder sie war dabei, sich neu zu strukturieren, um gezielt weiter arbeiten zu können.

Den Freunden Dr. Schellers waren momentan keine weiteren Neuigkeiten über die Gruppe zugespielt worden, alles hielt sich ziemlich bedeckt und eingenebelt.

******

Pit und Ellen Maurer freuten sich über die Einladung zur Eröffnung der kleinen Galerie, die mit der Ausstellung einiger namenloser Künstler für den Galeristen Jerome Cutter der Start in eine hoffentlich erfolgreiche Selbständigkeit bedeuten sollte. Besonders Ellen hatte ihren Bekannten stets zu diesem Schritt ermuntert.

Nach einer herzlichen Begrüßung kümmerte sich Jerome um seine anderen Gäste und entließ Pit und Ellen für einen eigenständigen, freien Rundgang durch die Ausstellung.

Langsam füllte sich der kleine Ausstellungsraum und das Paar wurde zwangsläufig in einen Nebenraum mit weiteren Exponaten gedrängt.

Pit Maurer stockte der Atem, ihm lähmte der Anblick eines Bildes jegliches Luftholen. Schweißperlen sammelten sich auf der Stirn und bildeten in den Gesichtsfalten kleine Entwässerungsgräben, die zu reißenden Flüsse anzuschwellen drohten. Ellen Maurer erkannte die Veränderung in der Verfassung ihres Mannes und fragte nach dessen Wohlbefinden.

„Diese Bild, hier dieses Bild......!", er zeigte mit zitternden Fingern auf eine DIN A 3 große Malerei.

In der Bildmitte stand ein großer alter Tisch in einem heruntergekommenen fensterlosen Zimmer. Die Wände des Raumes sind dreckig verschmiert und auf ihnen blättert die kaum sichtbare Farbe ab.

Auf dem Tisch tanzt eine kleine bucklige, menschliche Gestalt in einem Harlekingewand mit einem noch sehr jungen Gesicht, dessen Haut nicht zu der schrumpeligen Hand passt, die knochigen Finger heben eine Geige samt Bogen über dem Kopf. Die andere Hand hält triumphierend ein Sekundenglas in die Höhe, das erbsengroße Totenköpfe beinhaltet, die zur Hälfte bereits durch die kleine Öffnung in den unteren Teil des Glases geflossen sind. Das Männchen wird von einer verkommenen, schmutzigen, applaudierenden Menschenmeute umringt, deren riesigen Fratzen verknorpelte, uralte Gesichter beherbergen.

Auf dem Fußboden kauern 2 wolfartige Wesen, die gerade einen hilflosen schwarzen Vogel zerfleischen.

„Dieses Bild hat Benjamin Meiners gemalt", schrie Pit seiner Frau entgegen. Sämtliche umherstehende Besucher wandten sich um. Ellen wurde von ihrem Mann an der Bluse in eine Blumenecke gezogen.

„Diese Bild….hat Alex mir in allen Einzelheiten beschrieben und ein Foto davon per e-mail geschickt, er fand es seinerzeit als Bleistiftzeichnung im Dachgeschoss seines Hauses, und jetzt ist es hier als bunte Malerei mit allen Inhalten vollständig zu sehen.

„Was läuft hier Ellen?", fragte Pit in aufgeregter Panik seine Frau und sah sich dabei prüfend um, während sich die Umstehenden wieder der Ausstellung widmeten.

„Das kann nicht sein", mehr wusste Ellen nicht zu antworten und ließ sich von der Aufregung ihres Mannes anstecken. Beide waren geschockt von dem Entdeckten und fanden momentan keine Erklärung.

„Wir müssen Alex benachrichtigen", sagte Pit, in dem er Ellen erneut am Arm zog, die sich abbremsend wehrte.

„Warte, warte bitte, lass uns Jerome fragen, was er über das Bild weiß", versuchte sie den Handlungsdrang ihres Gatten zu stoppen.

„Ich habe das Bild für die Ausstellung über eine Agentur erhalten, die junge Künstler fördert und finanziert", gab Jerome verdutzt als Antwort und wunderte sich über das Verhalten seiner Bekannten und dem Interesse an dem Bild.

Nachdem Pit die Adresse des Ausstellers erhalten hatte, verließ er mit seiner Frau fast fluchtartig die Galerie.

Im Auto saß er tief und schnell atmend am Steuer. Ellen blieb stumm und malte sich in Gedanken die Folgen der gerade gemachten Entdeckung aus.

Welcher Blitz hatte eingeschlagen und ein Geröll in Bewegung gebracht, das als Unheil bringender Steinschlag in breiter Streuung mit massiver Geschwindigkeit zu Tale raste und unaufhaltsam in zerstörerischer Wut alles im Wege Stehende ruinieren und vernichten würde.

„Wir müssen Alex anrufen. Womöglich lebt Benny hier irgendwo, während wir jeden Tag wie ganz normal weitermachen. Was passiert hier Ellen?", fragte Pit fast flehend sich seiner Frau zuwendend.

„Es gab da noch ein weiteres Bild, das Alex besc hrieben hatte, mit Geigen in irgendwelchen Bäumen und so, wir müssen die Agentur aufsuchen", sagte Pit und fuhr abrupt los.

Während der Fahrt versuchte Ellen ihren Ehemann zu beschwichtigen und den ersten Dampf aus seiner seelischen Druckleitung entweichen zu lassen.

„Lass uns irgendwo etwas trinken und die Sache noch einmal ausgiebig besprechen, bevor wir überstürzt handeln, komm bitte".

„Aber wir müssen…", versuchte Pit sich gegen diesen Vorschlag durchzusetzen.

„Ja, doch lass es uns gut planen, komm….", beruhigte Ellen mit sanfter Stimme.

Pit lenkte das Fahrzeug auf den Parkplatz eines Restaurants am Venice Blvd. Er atmete tief durch, als hätte er gerade eine schlimme Fahrt hinter sich.

Nachdem beide eine Weile regungslos und in Gedanken versunken abgewartet hatten, stiegen sie aus und ließen sich in einer ruhigen Ecke des Lokals einen Tisch zuweisen.

Pit hatte das Gefühl, als würde ihm eine seltsame Macht das Blut aus dem Körper ziehen und ihn als leere Hülle zusammenfallen lassen. Ausgesaugt und ohne den Schlag des eigenen Herzens zu spüren, versuchte er sich zu sammeln und wieder klar zu denken.

„Wer in Gottes Namen spielt hier dieses grausame Spiel mit uns. Das Bild, es ist eine absolut haargenaue farbige Kopie der Zeichnung, die Alex mir seinerzeit als Anhang einer anonymen Mail herüberschickte. Irgendwo auf meinem PC ist sie abgespeichert. Wir werden sehen. Wann sagen wir es Alex??", schleuderte Pit seiner Frau die Gedanken entgegen.

„Über die anonyme Leitung zu seinem Nachbarn, besser, und gleich morgen", wollte Ellen ihn besänftigen.

„Alex wird sicher sofort herüberfliegen wollen, so wie ich ihn kenne, sofort wird er kommen, ich weiß es!", mutmaßte Pit und dachte an die ersten Tage nach Ben's Verschwinden vor über 4 Jahren.

„Wenn das andere Bild auch auftaucht? Wir müssen die Agentur aufsuchen!", beschloss Ellen und drückte dabei seine Hand als suche sie einen festen Halt vor dem drohenden Untergang.

Ein starkes Gewitter ging über Los Angeles hernieder, als Pit und Ellen vor der Agentur anhielten. Sollte das Wetter ein Synonym für die bevorstehen Enthüllungen und Neuigkeiten sein? Ellen gab vor, als Journalistin für den Kunstsektor ihres Senders zu recherchieren und so bekamen sie bereitwillig Auskunft.

Die Mitarbeiterin in der Agentur erklärte, das Bild aus einer Behinderteneinrichtung erhalten zu haben, in der die dortigen Bewohner von Zeit zu Zeit als junge Künstler, sei es als Maler, Bildhauer oder Grafiker, ständig an Wettbewerben teilnehmen und die Sieger die Chance bekämen, ihre Stücke in Galerien auszustellen.

Den Notizzettel mit der Adresse der Wohneinrichtung in den Händen hin und her rollend saß Pit abwartend hinter dem Steuer und wagte nicht auszusprechen, was er dachte. Doch Ellen erkannte seine geistigen Salti und brachte die Situation auf den Punkt.

„Werden wir dort Ben antreffen, aber warum ist auf einmal alles so offen zugänglich was mit dem Jungen zu tun hat, sollte uns das nicht noch vorsichtigen werden lassen. Oder ist man sich so sicher?"

„Alex, wir benachrichtigen Alex, bevor wir die Einrichtung besuchen, wir dürfen nicht mehr warten", sagte Pit und sah Ellen fast beschwörend an. „Und wir informieren den Detektiv Miles Abbot über die neue Lage", ergänzte Ellen.

Detektiv Miles Abbot und seine Partnerin Malvina Tilton zeigten sich ziemlich bestürzt über die Neuigkeiten, die ihnen das Ehepaar Maurer präsentierte.

Abbot hatte erst vor ein paar Tagen Leslie Henderson in eine sichere Wohnung seiner Detektei Newton & Fowler verbracht, wo sie sich noch eine Zeit erholen konnte.

„Wir wollen die Wohneinrichtung aufsuchen und uns als Paar ausgeben, das einen geeigneten Betreuungsplatz für sein Kind sucht", erklärte Pit Maurer seinen Vorgehensplan. Der Detektiv zeigte sich einverstanden, wollte die Aktion jedoch aus geeigneter Entfernung mit seiner Partnerin absichern und notfalls eingreifen, falls unvorhergesehene Situationen eintreten.

Die Einrichtung für Menschen mit geistigen Behinderungen lag am Stadtrand von Burbank in einer ruhigen Seitenstraße, die von einem kleinen Park begrenzt wurde.

Das saubere und gepflegte Gebäude fügte sich mit seiner liebevoll gestalteten Gartenanlage exzellent in die etwas gehobene Wohngegend ein.

Die Leiterin des Hauses hinterließ beim Ehepaar Maurer den Eindruck einer englischen Erzieherin, die mit ihrer Ausstrahlung und Gesten an einen Kasernenhofdrill vergangener Epochen zu erinnern schien. Jedoch nach der ersten Unterhaltung spiegelte sich in ihr das Gemüt eines warmherzigen Mütterchens wider.

In ihrer Einführung wies sie insbesondere auf den künstlerischen Aspekt in der Schulung und Betreuung der jungen Bewohner hin, die in ihrer individuellen Entwicklung explizit gefördert werden sollen.

Mit stolzem Lächeln zählte sie die künstlerischen Erfolge ihrer Schützlinge auf und vergaß dabei nicht die einzelnen Behinderungen der Kinder und Jugendlichen zu erwähnen.

Während des Rundganges durch die hell und freundlich ausgestatteten Räumlichkeiten fiel dem Paar die Bildergalerie der jungen Künstler auf, von der die Wände zu den Unterrichtsräumen geziert wurden.

Und tatsächlich erkannten sie Benjamin, den Sohn ihres Freundes Alexander Meiners klar und deutlich auf einem der ausgestellten Fotos.

Benjamin Meiners war oder ist mit 100-protentiger Sicherheit Bewohner dieser Einrichtung.

Die administrativen Formalitäten bildeten den Abschluss der Unterweisung für das Ehepaar Maurer, in der die Leiterin die erforderlichen ärztlichen Untersuchungen durch die eigenen Mediziner hervorhob. Bei Zustandekommen eines Betreuungsvertrages würde beim ärztlichen Direktor Dr. Mortimer eine zeitnahe Terminierung vorgenommen.

Damit wurden Pit und Ellen Maurer freundlich verabschiedet.

In einem nahen Straßencafe' gab das Ehepaar Maurer den Detektiven die gerade erhaltenen Informationen weiter.

Miles Abbot traute seinen Ohren nicht, als sie den Namen Dr. Mortimer hörten. Hier war dieser Arzt also auch tätig, wahrscheinlich konnte er hier in aller Ruhe die Selektierung der Probanden für die Organisation vornehmen.

Für den Nachmittag verabredete man sich, um Alexander Meiners in Deutschland von den Ermittlungsergebnissen zu unterrichten.

******

Alex rannte aus dem Haus, umkurvte die Blumenrabatten, übersprang trotz einsetzender Dunkelheit das Gartentor und stürmte in die von Dr. Scheller bereits geöffnete Haustür geradewegs in das Arbeitszimmer des Nachbarn.

Er konnte kaum lesen, was der Monitor ihm präsentierte. Massive Blitze schienen sein Augenlicht zu attackieren und ihm den Blick für alles Fassbare zu vernebeln.

„Die Bilder, die Bilder, Ben's Zeichnungen sind in Amerika ausgestellt worden, mein Gott er lebt, Ben lebt, wahrscheinlich in einer Behinderteneinrichtung", schrie er krachend in den Raum. Die Wände schmetterten die Worte zurück wie ein Tennisspieler den letzten Matchball.

Dr. Scheller nickte stumm. Eine Erleichterung oder ermutigende Gedanken wollten sich jedoch keineswegs in den Hirnwendungen des Nachbarn breit machen.

In diesem Augenblick wusste er, dass Alex Meiners in kürze zum Flughafen rasen, und in gehetzter Rastlosigkeit den Flug in eine ungewisse Zeit nehmen würde.

Zaida erkannte in Alex fragendem Blick die Gedanken, die den Mann quälten. War es richtig, den Mädchen erneut die Ferien zu rauben und sie in erneut in das Land zu schleppen in dem ihr Bruder vor nunmehr über 4 Jahren auf mysteriöse Art und Weise verschwand.

Seine große Tochter Tina hatte volles Verständnis für die Reisepläne ihres Vaters und wollte mithelfen, Ben zu finden, während Susi still und verhalten akzeptierte, was in dem kleinen Rest der Familie vor sich ging.

Um den Mädchen weiteren Stress zu ersparen, entschloss sich Alex seine Töchter der freundlichen Obhut des Internats zu belassen, denn in den USA würde er keine Zeit für sie haben. Sollten sich irgendwelche Konstellationen ergeben, bei denen die Mädchen nach Kalifornien nachreisen müssten, würde Dr. Scheller alle nötigen Schritte einleiten. Grundsätzlich hatte Alex den Nachbarn um die Fernbetreuung seiner Töchter gebeten und ihn mit allen notwendigen Befugnissen ausgestattet.

Dass ihr Papa seit über einem Jahr mit einer neuen Frau befreundet war, haben die Töchter zustimmend hingenommen und respektierten Zaida als liebe neue Kameradin.

Doch die Ungewissheit und die Gedanken an den Bruder verursachte eine neuerliche massive innerliche Unruhe bei den Mädchen.

Nun waren alle notwendigen Formalitäten erledigt, die Koffer gepackt, das Haus und die hiesige Gegenwart in die zuverlässigen Hände Dr. Schellers überlassen worden.

Die erforderlichen Nachrichtenwege waren festgelegt und die europäischen Verbündeten Dr. Schellers über Alex' und Zaida's Ausreise informiert worden.

Die Schweizer Behörden sahen den Flug in die USA zwar als gefährlich und für den Fortgang der Ermittlung als schädigend an, konnten die Reise weder verhindern noch untersagen.

******

Die Begrüßung war herzlich und eindringlich, als Pit Maurer und seine Frau Ellen den alten Freund Alexander Meiners in die Arme nahmen.

Zaida Rush, als Alex neue Partnerin genoss die ehrliche und freundliche Aufnahme bei den Freunden ihrer neuen Familie. Besonders in Ellen, als journalistische Kollegin, fand Zaida auf der Stelle eine willkommene Gesprächspartnerin. Zwischen den beiden Frauen schien sich die Chemie als ausgesprochen stimmig zu entwickeln.

Am Abend wurden Alex und Zaida über die spannenden Neuigkeiten ausgiebig informiert, und brauchten einige Zeit, um alles zu verarbeiten.

Für den nächsten Tag plante man eine Zusammenkunft mit dem Detektivgespann, um eine wirkungsvolle Strategie für die gezielte Suche nach dem vermissten Benjamin Meiners zu erarbeiten.

Aufgrund der neuen Erkenntnisse hatten die Chefs der Detektei Newton & Fowler ihrem Mitarbeiter Miles Abbot erneut freie Hand eingeräumt und mit allen erforderlichen Kompetenzen ausgestattet, um den Fall Benjamin Meiner endlich zum Abschluss bringen zu können.

Die Führungsetage des Ermittlungsbüros witterte hohe Anerkennung und plante die maximale Werbeausbeute ein, sollte diese Angelegenheit erfolgreich beendet werden.

Miles Abbot hatte sich schon eine besondere Taktik für die Suche nach dem Jungen zurechtgelegt. Er setzte auf eine systematische Überwachung der Wohneinrichtung und einer erneuten gut gedeckten Observierung Dr. Mortimers und des Bürogebäudes in Newark.

„Was haltet ihr von der Einbeziehung der Polizeibehörde?", warf Alex ein und erntete mit diesem Vorschlag nichts als betretenes Schweigen aus der Runde.

Zaida, die sich mit ihren Gedanken relativ zurückhalten verhielt, wollte die Anregung befürworten, ließ ihre Zustimmung ob des negativen, in Schweigen verpackten Votums der übrigen Beteiligten großzügig fallen.

„Also, alles vorerst ohne Polizei", resümierte Pit Maurer und überließ dem Detektiv Miles Abbot als Fachmann das Rednerfeld.

Parallel zur Überwachung wollte sich der Ermittler als potenzieller Käufer des Bildes aus der Galerie von Jerome Cutter in der Wohneinrichtung zwanglos nach dem jungen Maler erkundigen und aus unverfänglicher Neugier heraus mehr über sein künstlerisches Wirken erfahren. Er plante hierbei, die Rolle eines snobistischen Neureichen zu spielen, um bei der Leiterin der Einrichtung kein Misstrauen zu erwecken.

Keinerlei Argwohn kam in der Erzieherin auf, als sich dieser lustige, etwas verrückt wirkende Kunstliebhaber nach dem jungen Maler erkundigte.

Aber eine genaue Auskunft konnte sie ihm nicht geben, denn der Junge befand sich seinerzeit nur für ein knappes halbes Jahr in ihrer Einrichtung, nach dem seine Eltern bei einem schlimmen Autounfall ums Leben gekommen waren.

„Wir haben ihn so gern hier gehabt, wo er doch so viel Schlimmes erleben musste", erklärte die Leiterin bedrückt, als sie den etwas wirren Kunstmäzen durch die Einrichtung führte. Sie schilderte mit weinerlicher Stimme, dass sich nunmehr der ärztliche Direktor Dr. Mortimer für weitergehende Behandlungen persönlich um den Jungen kümmern würde, da angeblich eine sofortige medizinische Betreuung keinen zeitlichen Aufschub erlaube.

Der Detektiv erkannte in der Fotogalerie der jungen Künstler neben Benjamin Meiners auch die beiden Teenager

Christine Stowinger und John Baillard. Auch sie sollten hier wohl nur zwischen geparkt worden sein.

Jetzt besaß Miles Abbot endlich die erhofften Hinweise auf eine heiße Spur und triumphierte innerlich, da er von Anbeginn der Fahndung den Arzt als Hauptverdächtigen eingeordnet hatte. Mit diesen Hinweisen konnte man die Ermittlungen allein auf den Mediziner und seine unmittelbare Umgebung konzentrieren.

Alex Meiners und die Bekannten waren angenehm und aufgeregt überrascht vom schnellen Ergebnis des Detektivs und ihre Hoffnungen auf ein baldiges Ende des seelischen Martyriums wurden sichtlich genährt.

Mit zunehmendem Observationsdruck auf Dr. Mortimer wuchs allerdings die Gefahr, dass der Arzt die Beschattung bemerken würde, daher setzten die Detektive all ihre technischen Gerätschaften und ausreichend manpower ein, um die Beobachtung so unauffällig wie möglich zu gestalten.

Im Wohnhaus des Mediziners im Garten der Driscol-Schwestern wurden sämtliche Räume in einer aufwendigen Nacht- und Nebelaktion komplett verwanzt und mit hochwertigen Minikameras ausgerüstet, die von keinem in Hochfrequenz arbeitenden Spürgerät erfasst werden konnten. Die Aufzeichnungsgeräte vermochten über eine längere Distanz gesteuert und individuell eingesetzt zu werden.

Das Anwesen der Driscol-Schwester und das Bürogebäude in Newark waren mit Gesichtsfeldsensoren ausgestattet worden, mit deren sensible Speichertechnik selbst eine minimale altersbedingte Veränderung anhand komplizierter

Rechenvorgänge mit absoluter Treffergenauigkeit den entsprechenden Personen zugeordnet werden konnte.

Die Ermittlungsergebnisse allerdings stimmten die Beteiligten keineswegs fröhlich. Es fanden sich nicht die geringsten Anhaltspunkte auf den Verbleib Benjamin Meiners.

Er schien im Umfeld Dr. Mortimers nicht sichtbar existent zu sein. Der Arzt fuhr täglich seine Strecke nach Los Angeles, verschwand im Gebäude des St. Lukas Hospitals und tauchte nach 20-30 Stunden wieder auf, um die Rückfahrt anzutreten.

Innerhalb des Gebäudes konnte er weder verfolgt, beobachtet oder sonst wie entdeckt werden. Konkrete Nachfragen beim Personal und aufmerksame Beobachtungen innerhalb des Klinikums blieben ohne Ergebnis. Man schien den Arzt hier nicht zu kennen.

Der riesige Hospitalkomplex verschluckte den Mann förmlich und spuckte ihn anschließend wieder aus. Wo er sich in der Zwischenzeit aufhielt, war nicht aufzuklären.

In seinem Haus in San Louis Obispo wurden keinerlei verdächtige Telefonate geführt, die einen minimalen Hinweis geben konnten, auch die visuellen Aufnahmen der Speichergeräte ergaben nichts Schlüssiges.

Doch die Fahnder von Newton & Fowler arbeiteten weiterhin unermüdlich und ließen sich vom Misserfolg nicht entmutigen.

„Wir müssen geduldig sein", versuchte Pit Maurer in Alex und Zaida die Flamme des enthusiastischen Drangs nach Erfolg am Brennen zu halten.

Das Ausbleiben positiver Fahndungsmeldungen nagte an den Nerven. Nur schwer war für Alex Meiners die Situation zu ertragen, seinen vermeintlich noch lebenden Sohn in unmittelbarer Nähe zu wissen, aber machtlos zu sein im Bestreben ihn zu sehen, geschweige denn, ihn in den Arm nehmen zu können.

Die parallel geschaltete Suche nach den beiden Teenagern Christine Stowinger und John Baillard blieb ebenfalls erfolglos. Die Gesichtsraster in den Überwachungskameras sendeten kein Signal, die Audioanlagen blieben stumm.

Mit einer tiefen Leere breitete sich in den seelischen Stimmungen aller Beteiligten Hoffnungslosigkeit aus, und drohte die mit Erfolgsaussichten aufgebauten guten Anfängen der letzten Tage zu einer welken Blume zu verkümmern zu lassen.

Zaida und Alex hörten immer wieder die Überwachungsbänder der letzten 3 Tage ab, fanden jedoch keine Ansatzpunkte.

„Was bringt das alles noch ", Alex ließ sich ausgebrannt und entmutigt in den Sessel fallen.

Wir müssen weiter machen, alle machen weiter, wir auch", munterte ihn Zaida selbstbewusst auf.

„Wenn es doch nur einen kleinen Lichtblick geben würde", sinnierte Alex ungeduldig.

Dr. Scheller fragte aus Deutschland über die anonyme Leitung nach den ersten Ergebnissen. Zaida schrieb ihm in einer mail ein paar Zeilen, aus denen der Nachbar kaum etwas Positives herauslesen konnte. Eine neue Nachfrage von ihm kam nicht.

Miles Abbot hatte fast einen ganzen Tag erfolglos die Tiefgarage des Hospitals nach möglichen Schlupflöchern für ein geheimes Verschwinden des Fahrzeuges Dr. Mortimers abgesucht und wartete in seinem Fahrzeug auf seine Partnerin, die in der Cafeteria einen frischen Kaffee besorgen wollte, als sich unweit seines Standortes ein Teil der gelb gestrichenen Wand über einer Sperrfläche anhob und der Van des Arztes in langsamer Fahrt aus dem Gemäuer näherte. Abbot gelang es sich noch rechtzeitig abzuducken, während der Arzt sein Fahrzeug ohne Anzeichen irgendwelcher Hast und Eile langsam und gelassen zum Ausgang rollen ließ.

Wie aus einer Höhle, deren getarntes Tor sich auf ein Zauberwort magisch geöffnet hatte und sein Geheimnis preisgab, schälte sich der Van des Arztes aus dem betonbedeckten Schlupfwinkel.

Geschickt lenkte der Detektiv sein Fahrzeug unbemerkt in dieselbe Fahrtrichtung und gewahrte eine jugendliche Person, die neben dem Arzt auf dem Beifahrersitz saß.

Es war Benjamin Meiners. Der Detektiv erkannter zweifelsfrei den Jungen wieder.

Jetzt galt es, den Kontakt zum Fahrzeug des Arztes nicht zu verlieren.

Über Thousend Oaks nahm Mortimer in unaufgeregter Geschwindigkeit den Highway 101 Richtung Norden. Er fühlte sich wahrscheinlich sicher, was der Observierung durch den Detektiv sehr entgegen kam. Miles Abbot alarmierte unterdessen seine Kollegen, die beim Anwesen der Driscol-Schwestern postiert waren und gab ihnen die Fahrtrichtung des Mediziners durch.

Malvina Tilton stand verdutzt vor der leeren Parkbucht in der Tiefgarage der Klinik und hielt 2 Kaffeebecher in der rechten Hand, während die andere mit den schmalen Fingern versuchte, das Handy aus der Hosentasche zu fummeln, das aufgeregt klingelte.

Miles Abbot gab seiner Kollegen in Kurzfassung einen Überblick über die neue Situation.

Dr. Mortimer steuerte sorglos und nichts ahnend seinen Van auf das Grundstück in San Louis Obispo, während die alarmierten Privatermittler von Newton & Fowler in der freien Dachgeschoßwohnung gegenüber dem Driscol-Anwesen erwartungsschwanger die Empfangsgeräte belagerten.

In absolut hochwertiger Schärfe filmten sie das Aussteigen des Arztes und seines jugendlichen Begleiters. Der Junge kickte in sportlicher Manier einen Erdklumpen über den Rasen, worauf der Arzt ihm lobend auf die Schulter klopfte.

Edna Driscol öffnete die schwere Eingangstür und nahm den lachenden Jungen freudig erregt in den Arm und streichelte ihn über den Haarschopf. Anschließen schloss sich die Tür hinter ihnen.

Miles Abbot konnte das Gesehene kaum glauben, zu lange hatte der Arzt ihn an der Nase herumgeführt und jetzt war er Dr. Mortimer auf die Schliche gekommen und befand sich nur einen Steinwurf von ihm entfernt.

Wilde Gedanken schossen durch das ansonsten gut geordnete Gehirn des Detektivs.

Sollte es jetzt nicht an der Zeit sein, die Polizeibehörden einzuschalten, oder war es besser, den Jungen eigenhändig aus den Fängen des Arztes zu befreien?

In Miles wuchs ein leichtes Unbehagen, ob dieser natürlichen Unbefangenheit des Arztes mit der dieser zu Werke ging. Sollte er sich täuschen, oder war sich Dr. Mortimer seiner Sache derart sicher, dass er sämtliche Vorsichtsmaßnahmen außer Acht ließ?

Könnte diese Sicherheit, in der sich der Arzt wähnte, nunmehr genau der Zeitvorsprung sein, den Abbot nutzen sollte, um das Policedepartement über die neuen Sachverhalte zu informieren?

Musste Abbot jetzt handeln? Auf eigene Faust den Behörden die neue Entwicklung schildern, das Auftauchen des vermissten deutschen Jungen unverzüglich und ohne Zeitaufschub melden?

Der Detektiv informierte mit zitternder Stimme Alex Meiners über die Beobachtung und löste in dem Mann ein wahres Erdbeben aus. Geröllartig schleuderten emotionale Trümmerteile über Alex Meiners' Gemüt und rissen tiefe Wunden in sein wundes Herz. Hin und her gerissen von Freud und Leid gleichzeitig konnte er kaum glauben, was er hörte. Wie durch einen schweren Vorhang drangen dumpf die Worte des Ermittlers zu ihm herüber. Mit zitternden Händen versuchte er festen Halt zu finden. Die Schrankwand stützte den Mann, der sich erschöpft gegen das Möbelstück lehnte. Die Umherstehenden ahnten Schlimmes, als sie Alex' Verhalten beobachteten und wagten nicht, den gebrochen wirkenden Mann anzusprechen.

Policeofficer Hank Zieman reagierte gelassen auf die Hinweise, die ihm der Detektiv Miles Abbot mit stolzem Selbstbewusstsein präsentierte.

Erst die konkreten Anhaltspunkte zu derzeitigem Aufenthaltsort des Jungen lösten sofortige Aktivitäten im Umfeld

Ziemans aus. Über das Handy hörte Miles Abbot die Befehle mit, die der Policeofficer seinen Mitarbeitern gab.

Privatermittler und Polizist einigten sich auf eine gemeinsame Vorgehensweise und verabredeten eine gedeckte Zusammenkunft in dem von Ermittlungsbüro Newton & Fowler angemieteten Haus gegenüber dem Anwesen der Driscol- Schwestern.

Die Polizeieinheit überwachte nunmehr das Haus, in dem Dr. Mortimer den Jungen gebracht hatte rund um die Uhr.

Miles Abbot traf am Abend ein und fand Alex Meiners ziemlich erschüttert und mitgenommen vor. Der Detektiv erstattete den Anwesenden nochmals persönlich und in allen Einzelheiten umfassend Bericht.

Bei der Durchsicht der Überwachungsvideos warnte Miles Abbot Alex Meiners vor dem Einblick in eine besondere Sequenz des Filmes.

Mit Tränen in den Augen erkannte der Vater seinen über 4 Jahre vermissten Sohn wieder. Zaida stand wie festgewurzelt am Fenster verfolgte wie gelähmt das visuelle Wiedersehen. Pit Maurer goss mit zitternden Händen die Gläser voll, während sogar Miles Abbot ergriffen die Hände vor dem Mund hielt, als wolle er das Einhauchen eines giftigen Atems verhindern.

Eine die Scheiben zerberstende Stille durchflutete den Raum, als die Filmsequenz den Arzt und den Jungen beim Betreten des Hauses zeigte.

Von unerträglichen Lähmungen erstarrte Menschen umgaben den hilflosen Vater und niemand vermochte ein Wort der Ermunterung oder des Trostes hervorbringen.

Jede Silbe könnte den dünnen Faden, an dem die explosive Stimmung hing, zerreißen und eine Flut von Gefühlen losbrechen lassen. Gefasstheit und Chaos lagen fast miteinander verkettet zusammen und kochten die Seelen in einem Sud von Schmerz, Kraftlosigkeit und Ohnmacht drunter und drüber.

Inmitten der Stille brach aus dem Überwachungsband wie ein Weckruf für verlorene Seelen das Pfeifen eines Amselmännchens hervor. Eine kindlich-jugendliche Stimme trällerte den Jingle einer Amsel in immer wieder kehrenden gleichen Strophen vor sich hin.

Wie von einem wohltuend schmerzenden Keulenschlag getroffen, streckte diese Musik den Vater hin. Alex konnte sich kaum noch auf den Beinen halten, taumelte wie ein angezählter Boxer in seine Ecke und genoss diesen lang entbehrten Klang des Pfeifens seines Sohnes.

„Benjamin, es ist mein Junge", schluchzte Alex vor sich hin. Die Anwesenden stürzten sich auf den Mann, um ihn zu umarmen und ihm gleichzeitig Stütze zu sein in dieser Minute, denn kein Mensch auf der Welt könnte sich nach dieser seelischen Folter aufrecht auf den Beinen halten.

Zaida umarmte und küsste den Mann, den sie so sehr bedauerte, ob des Herzeleids, das diese arme Seele jetzt auszuhalten hatte.

Detectiv Hank Zieman vom Police Departement in Bakersfield überspielte sein Erstaunen und die gleichzeitige Bewunderung ruhig und gefasst, als er den Schilderungen Miles Abbots zuhörte, und sah sich kommentarlos die Überwachungsbänder an.

Anschließend telefonierte er kurz mit dem leitenden Staatsanwalt und lud hinterher zu einer großen Lagebesprechung ein. Die Beobachtungen der vor Ort postierten Polizeieinheit ergaben bisher keine nennenswerten Ergebnisse. Der Junge befand sich nach wie vor in dem Haus der Driscols.

Jetzt war Miles Abbot raus aus der Sache, er hatte gesiegt, sein Part war gespielt. Die Teilnahme an der Lagebesprechung erfüllte den Privatermittler mit Stolz und beruflicher Befriedigung.

Ein mächtiges Gefühl der innerlichen Genugtuung hatte den Detektiv erfasst. Er freute sich über die erfolgreiche Arbeit, als er den Weg zurück nach LA zu den wartenden Freunden fuhr.

Gegen die Organisation wurde jetzt zu einem mächtigen Schlag ausgeholt, der das strukturelle Gefüge zwar erschüttern, jedoch ganz sicher nicht auslöschen würde.

Miles Abbot hoffte, dass die leitenden Polizeioffiziere von Bakersfield die richtigen Entscheidungen zur Personalauswahl für den Einsatz treffen würden, denn sollte die Organisation über Maulwürfe gewarnt werden, wäre alle Arbeit umsonst gewesen, deshalb drängte die Zeit.

Noch in der gleichen Nacht schlug die Polizei massiv zu. In drei parallel geführten Einsätzen wurden Dr. Mortimers Wohnhaus, die Zentrale in Newark und das verborgene klinische Labor im Untergeschoß des St. Lukas Hospitals gestürmt.

Benjamin Meiners wurde auf dem Anwesen der Driscols von einem Eingreiftrupp befreit und in ein Militärlazarett nach San Diego geflogen. Dort sollte ein ärztlicher Check unter höchster Sicherheitsstufe vorgenommen werden, erst dann sollte der Vater sein Kind wieder sehen.

Christine Stowinger und John Baillard wurden im geheimen klinischen Labor der Organisation aufgefunden und umgehend drei Stockwerke höher in die Intensivstation des St. Lukas Hospitals verlegt und ärztlich versorgt.

Beide Teenager befanden sich in postoperativem Zustand, dessen Ausmaß momentan noch nicht zu erkennen war.

Die Festgenommenen brachte man vorerst im Hochsicherheitstrakt in Bakersfield unter. Mittlerweile sickerten auch in der Öffentlichkeit einzelne Gerüchte über die vorzüglich geheim gehaltenen Polizeiaktionen durch, sodass sich die Polizeiführung entschloss, eine Pressekonferenz abzuhalten.

Hierbei kam dem Sender, bei dem Ellen Maurer beschäftigt war, eine besondere Rolle zu. Die Ehefrau von Pit Maurer hatte den gesamten Ablauf des Falles in allen Einzelheiten miterlebt und quasi durchlebt. Ihre Informationen über Zusammenhänge und die erstklassige Kenntnis über interne Verschachtelungen und spezielle Abläufe sollten ihr bei der späteren öffentlichen Aufarbeitung des Falles in eindrucksvoller Weise für ihre weitere Karriere ungewollte Hilfe leisten.

Dr. Scheller, der Nachbar der Familie Meiners, erfuhr lange bevor die Medien in Deutschland ihre Berichte sendeten durch ein Telefonat mit Alex von der geglückten Befreiung des Kindes.

In seiner gewohnt zurückhaltenden Art nahm der Nachbar die guten Neuigkeiten entgegen, wollte aber dennoch nicht in einen haltlosen Freudentaumel ausbrechen, denn inwieweit die Organisation in Europa zum Gegenschlag ausholen, oder eventuell den Rückzug antreten würde, war vorerst noch ungewiss. Spätestens dann, wenn in Europa die Ermittlungen zu den Todesfällen um Martin Gretler und Lina Paulsen wesentliche Ergebnisse brächten, wäre die Gruppe zum weiteren Handeln gezwungen.

Alex und Zaida waren angespannt und nervös. Die Stimmung, in der sie sich befanden, nachdem beide im Klinikum des Militärstützpunktes in San Diego nunmehr seit Stunden auf die medizinische Führung warteten, war kaum noch zu ertragen. Nur ein paar Meter trennten den Vater noch von seinem Sohn Benjamin.

Wie mag er aussehen, dachte sich Alex. Eine Kette voller Gedanken rasselte durch sein Hirn und brannte Fragen über Fragen in seine Gehirnwände.

Ein leitender Arzt in Uniform kam den langen Flur herunter. Das Geräusch seiner Absätze gab scheinbar die Geschwindigkeit eines militärischen Gleichschrittes vor.

Unter dem Ellenborgen klemmte eine schmale Akte, die wohl die Neuigkeiten enthielt, mit denen der Mediziner gleich aufwarten würde.

Alex konnte die Spannung kaum durchstehen, alles um ihn herum schien an sein Nervenkostüm zu nagen und zu zerren.

Freundlich begrüßte der Arzt erst Zaida, dann Alex, den er fast fordernd an die Seite zog. In ruhigem Ton bereitete er den Vater auf das Wiedersehen mit seinem Sohn vor.

Er öffnete den Aktenordner und zeigte Alex Fotos mit besonderen Merkmalen des Kindes.

Alex erkannte sofort die Narbe in Form eines „W" auf dem Unterarm seines Sohnes, mit dem sich Fido, der Hund des Nachbarn Dr. Scheller damals mittels eines kurzen wütigen Bisses in Ben's Haut verewigt hatte.

Alex sah Zaida mit glücklichen Augen an, nickte dem Arzt zu und dachte kurz an Hannah 's damalige völlig überzogene Reaktion auf den Biss des Hundes.

Der Offizier langte in die Hosentasche und zog eine alte Armbanduhr hervor. Alex konnte jetzt seine Gefühle kaum zurückhalten. Tränen schossen ihm in die Augen. Zaida nahm ihn schützend in den Arm und drückte ihn in einen der Stühle. Der Militärarzt setzte sich neben Alex, legte seine Hand auf das Bein des verzweifelten Vaters.

„Ihr Sohn wird noch schlafen, wir mussten ihm ein starkes Beruhigungsmittel geben, weil er in dem Schockzustand nach der Polizeiaktion zu kollabieren drohte", versuchte der Mediziner den Vater zu beruhigen. „Doch sie können jetzt zu ihm".

Langsam und verhaltend vorsichtig betrat Alex das Krankenzimmer, in jeder Muskelfaser seines Körpers fühlte er sein unter Volllast arbeitendes Herz schlagen.

In der hinteren Ecke schlief in einem riesigen Krankenbett sein Sohn, der in gleichmäßigen Atemzügen das Leben in sich hineinpumpte.

Zaida folgte Alex auf Zehenspitzen, blieb jedoch abwartend an der Tür stehen. Sie verharrte, legte die Hand auf den Mund und spürte nicht die Tränen, die über ihre schlanken Finger flossen. Sie sah den Vater, der in einem Gefühl voller Glück, Zufriedenheit und unterschwellig kreisender Angst die Wange seines Sohnes streichelte.

Alex fühlte unsichtbar die Anwesenheit seiner toten Frau Hannah, deren Hand mit seiner verwachsen schien, um das Kind in sanftem Einklang zu berühren.

Hier lag er nun, der über 4 Jahre vermisste Sohn. Was mag er erlebt haben? Wie ist es ihm ergangen?

War er noch derselbe, der die Familie im Taumel seiner Krankheit täglich aufs Neue faszinierte und gleichzeitig verängstigte, sie verletzte und synchron neugierig auf die nächsten Tage machte, oder war er ein anderer Mensch geworden, von inhumanen Kräften und Mächten verändert, manipuliert und abgeschliffen.

Alex setzte sich auf den Stuhl, der neben dem Bett stand und beobachtete den Jungen. Mit gleichmäßigen Atemzügen saugte der Körper Linderung bringende Ruhe in sich hinein. Die blasse Haut des Kindes spiegelte sein Leid wider, das ihm in den letzten Monaten widerfahren war.

Seine schmalen Arme lagen auf der Bettdecke und rahmten den dünnen Körper ein. An der Innenseite des linken Unterarmes stach die Narbe hervor, die ihm Fido seinerzeit beigebracht hatte. Fast automatisch zog Alex die alte Armbanduhr aus der Hosentasche und band sie dem Kind um.

So, als wäre sie ein noch fehlendes Lebenselement, vervollständigte Alex die Äußerlichkeiten an seinem Sohn.

Wieder und wieder streichelte er Ben die Wange, als müsste er ihm die seit den letzten Jahren noch ausstehenden Zärtlichkeiten nachreichen.

Zaida löste sich langsam aus ihrer Zurückhaltung, ging an Alex' Seite, legte ihre Hand auf seine Schulter und band sich ein in diese Wiedersehensfreude.

Sie konnte nachempfinden, wie es jetzt in dem Vater aussah, der nun endlich sein Kind zurückbekam.

Fremde Mächte hatten den Familien so unendlich viel Leid zugefügt, Menschen, die ihren Zielen im Weg standen, unerbittlich und grausam zu Tode gebracht. Sie waren mitverantwortlich für den Aufbau einer Organisation, die alles Herzlose in sich trägt und gleichzeitig zu Wohltätern der Gesellschaft hinaufsteigt. Und wenn auch einige ihrer Mitglieder jetzt erfolgreich unnachgiebiger und sauberer Gerichtsbarkeiten zugeführt werden konnten, bleibt ihre Struktur und ihr Streben nach Macht bestehen. Unerkannt oder offen genießt die Organisation auch heute hohes Ansehen in Politik und Wirtschaft und hat in deren Repräsentanten willfährige Diener.

Möge jeder Mensch vor ihnen verschont bleiben.

Wenn auch mein Herz nicht mehr schlägt

meine Haut nicht mehr atmet

meine Hand nicht mehr fühlt

mein Fuß keinen Boden mehr tritt

mein Auge keinen Blick mehr fängt

meine Lippen nicht mehr küssen

mein Herz schlug nur für Dich

meine Haut fühlte nur deine Hand

mein Fuß trat nur in deinen Garten

meine Augen sahen nur dich

meine Lippen küssten nur deinen Mund

und dennoch…

Ich sah die Welt mit meinen Augen

meine Haut atmete die Ferne

mein Fuß fühlte fremdländische Erde

meine Augen verschlangen entfernte Bilder

meine Lippen küssten fremde Münder

Und dennoch …lebte ich…nur für dich

Hannah Meiners, Benjamins Mutter, wer weiß von woher

Herstellung und Verlag:

BoD – Books on Demand, Norderstedt

Biografische Information der Deutschen Nationalbibliothek

Die Deutsche Nationalbibliothek verzeichnet diese Publikation in der Deutschen Nationalbiografie; detaillierte Daten sind im internet über http:// dnb.de abrufbar.

ISBN Nr. : 9-783756241156